芦屋想太《あしやそうた》
高校二年生。口汚い召喚士見習い。千影を使い魔にしてしまったことで、学園内の悪評を一身に背負う。
藤原千影《ふじわらちかげ》
想太のクラスメイトにして使い魔。才色兼備な優等生。ぽんこつご主人様を教育中。
クラスメイトが使い魔になりまして
鶴城 東
Illust
なたーしゃ

三条茉莉花 さんじょう まりか
高校三年生。生徒会長であり三条家次期当主。トップレベルの召喚士。
三条凉華 さんじょう りょうか
茉莉花の従妹。野心に燃える魔導戦士見習い。
平野旭 ひらの あさひ
想太の友達。引っ込み思案な召喚士見習い。サキュバスを使役中。

ソフィア・エーデル・エイラム
異世界最強の魔人にして、エイラム
皇国の第三皇女。
近衛美砂 このえ みさ
想太の幼馴染み。女子力ゼロ
な魔導工学士見習い。

「……ね。なんで、そんなに焦ってるの？」
「いや、別に焦ってねぇし。
お前何言ってんの？
都合よく物事を解釈しないでくれる？」

「あはっ」

藤原が笑った。

「芦屋くんの心臓。ほら」

「は？」

「さっきより、バクバクいってるんだけど？

胸越しに、鼓動、
すごく感じるんだけど？」

やべぇ。

意識高い系使い魔女子
（貧乳）
VS
野心に燃えるスケバン系女子
（巨乳）

Classmate ga Tsukaima ni Narimashite

Contents

presented by Azuma Kakujo

Design
Yuko Mucadeya+Caiko Monma
[musicagographics]

クラスメイトが使い魔になりまして
鶴城 東
Illust
なたーしゃ

プロローグ

仮初の主従関係からはじまる二人の話

「ふーん。ストーンゴーレム、ね。なんだっけ？　最低ランクの魔物だっけ？」

声の主を探せば、艶《つや》やかな黒髪が印象的な女生徒が壁に寄りかかって俺を見ていた。

クラスメイトの藤原《ふじわら》千影《ちかげ》だ。

なんでお前がここにいるんだよ、と思いつつも、とりあえず無視して、試験監督の先生たちを振り返る。

魔術師の古典的正装である、黒いローブをまとった中年の男性教諭が、小さく頷いた。

「よろしい。芦屋想太《あしやそうた》、召喚試験合格だ。第二学年への進級を認める」

その言葉に俺は胸を撫《な》で下《お》ろした。

魔術師。

それは魔力を扱い、超常的な現象を引き起こす者達の総称だ。

魔力を扱える人間は世界的に少数派であり、そのため過去には世間様と色々な諍《いさか》いがあったとも聞く。けれど紆余曲折《うよきょくせつ》を経て、近代では「珍しいけどいるところにはいる連中」くらいのイメージを持たれるまでに落ち着いていた。

「さて、と」

床に描かれた召喚陣、その上に立つ石で作られた人型の魔物を見やる。

ストーンゴーレム。たった今、俺が異世界から召喚した、初めての使い魔。

使い魔を得たということは、召喚士の仮免を手に入れたということであり、同時に、国際魔術師協会付属学園日本校、境界干渉学部、その二年生に進級できたことを意味していた。

つまり俺も、これにて魔術師としての第一歩を踏み出した、というわけである。

……うん。労働を厭《いと》う身としては、嬉しさよりも、モラトリアムが着実に目減りしていることへの気怠《けだる》さの方がよほど強い。

「待ちなさいよ」

使い魔を連れて試験室から出ようとしたら、藤原に呼び止められた。

あぁ、まだいたのか。

「そんなしょーもない魔物なんかを使い魔にしちゃって、恥ずかしくないの？」

藤原は学年首席で、次期生徒会長の呼び声も高い才女だ。

しかし、なぜか事ある毎に俺に絡んできては小馬鹿にして去っていく変な女でもあり、個人的に関わり合いになりたくない人物の筆頭格だった。今回に至っては、わざわざ俺の試験を勝手に見学してまで文句言ってくるし。

ふつう、他人の試験、勝手に見るか？

「あ、もしかして俺に話しかけてた？」

「他に誰かいるわけ？」

試験監督の先生たちがいるじゃないか。しかも三人も。よりどりみどりだ。

「いやだって、あの次世代の大魔術師の呼び声高い藤原《ふじわら》千影《ちかげ》さんがだぜ？　まさか俺ごときゴミに話しかけてくるとか夢にも思わないじゃん。もしかして暇なのか？　だからって俺に絡んできてもいいことないぞ。時間は有効に使わないと駄目だ」

「あなた、そんな情けない使い魔で恥ずかしくないの？」

自虐をスルーされるとやるせないな。

それにしても面倒くさい。どうせまた、意識の高い説教を始める気だろう。

「別に。藤原は分相応《ぶんそうおう》って言葉知らないのかな？　俺にはこの使い魔で十分だってこと」

藤原は舌打ちすると、苛立《いらだ》ったように拳《こぶし》を握り、足早に俺へと近づいてきた。

うわやば。俺は慌てて両手を上げる。

「待て、暴力はよくない！　話し合いで解決しようじゃないか！　何がそんなにお気に召さない？　へへへ、必要があればこちらは額を地面にこすり付ける用意が……ひっ」

藤原に胸ぐらを掴《つか》みあげられた。

「なんであなたはそう意識が低いの？　どうしてもっと高みを目指さないの？」

「俺の意識が低いのは否定しないけど、物理的に高みに押し上げようとするのは勘弁してくださいぃ」襟首《えりくび》をグイグイと持ち上げられながら呻《うめ》く。「息が苦しぃ」

「私は今から魔人を召喚するのよ？　一流の召喚士でも難しいとされる偉業に、学生でありながら挑むのよ？　それなのにあなたは低レベルな魔物でお茶を濁して、自尊心がないわけ!?」

魔人とは、強大な魔術を自在に操る人型の魔物のことだ。魔力はもとより身体能力も極めて高いため、魔術師が使役できる魔物の中では断トツの最上位に位置づけられている。

現存する魔術師で、魔人を使役できる者は数人しかいないとされているほどだ。

俺は鼻で笑った。

「自尊心で試験に合格できんの？　逆に無駄に頑張りすぎて失敗して、落ちたらどうすんだ？　藤原はさぁ、もっと力抜いて楽に生きなされ。俺みたいに」

藤原の顔が引きつり、胸ぐらを捻《ひね》りあげる力がゆるむ。かと思えばキッと睨《にら》みつけられた。

「呆れた。もういい、ここで私の試験を見てなさい！　きっと芦屋《あしや》くんみたいなボンクラでも、私の偉業を直接目にすれば意識の改革が起きるから！　ええ、きっとそうに違いない！　特等席で私の偉業を目の当たりにする、その極上の幸運に打ち震えるといいわ！　特別よ!?」

ビシッ！　と指を突き付けられた。

鬱陶《うっとう》しいのでそれを払いのける。

「つーか俺、今から友達と進級祝いの打ち上げだから。いえーい！」

「ホントそういうところよ!?　なんであなたはそうっ……口だけじゃわからないってこと？」

「待て！　やっぱ今の嘘！　嘘だし見学するからその拳を引っ込めてくれ！」

慌てて懇願すると、拳《こぶし》を構えていた藤原《ふじわら》が殺気を収めた。

……っべー。沸点低すぎ。

観念し、ストーンゴーレムを引き連れ、藤原から離れた壁際に立つ。

「絶対に見てなさいよ!?　逃げたら許さないから！」

叫ぶ藤原に俺はひらひら手を振る。

藤原は疑わしげに俺を睨《にら》み、蛍光塗料に浸された刷毛《はけ》を手に取った。筆先を床に走らせる。

描かれていくのは召喚陣だ。俺がゴーレムを召喚するために描いたものとは、比べ物にならないほど複雑な作りをしている。

見ているだけで気が滅入る。きっと死ぬほど頑張れば、その構造をある程度なら理解することもできるのかもしれないが、そもそもそんな気になれないというか。

しかし、ふぅん？

ぼんやり眺めていると、召喚陣を完成させた藤原がドヤ顔を向けてきた。

「どう？　芸術的な召喚陣でしょう？」

「すごいすごい。ところでそれ、メインの魔導回路以外に補助で系統外の回路三つ使ってる？」

何の気なしに疑問に思った点を尋ねてみると、藤原が目を丸くした。

「わかるんだ。やっぱり才能はあるのよね」

藤原がジト目を向けてきた。

「自分でもったいないと思わないの？　努力することでその才能を開花させられたら、あなたはきっと素晴らしい魔術師になれるのに」

「俺にそんな大層な才能なんかあるわけねぇだろ。つーかやる気こそが一番重要な才能だ」

「人間って性根《しようね》が腐ると、善意のアドバイスすら素直に受け取れなくなるのね」

「きみは小まめに俺を馬鹿にしないと、息でもできなくなる人なわけ？」

藤原は俺を無視して、床に置いていた魔導書を拾い上げた。

表紙に手のひらを乗せると、一拍置いて魔法陣に青い光が走りだす。

魔導書を介して召喚陣を起動させたのだ。

この魔導書は、魔術師から放たれた魔力を一定の形に整えるための補助器具だ。

俺ら魔術師は体内で魔力を生み出せても、それを直接魔術へ変換する術《すべ》を持たない。そのため魔術を使いたい時は、一度補助器具を介して魔力を加工する必要があった。あるいは馬鹿みたいに長い呪文を何分も唱え続けるとか。

まあ、現代魔術では補助器具を扱うことが主流だな。

どんな技術であれ、歴史を重ねるうちに洗練されて最適化していくものなのだ。

とはいえ魔導書は自作する必要があり、魔術を発動させるための術式は自分で考えなければならない。魔術師、とりわけ召喚士としての実力の差はそこで生まれる。

つまり、膨大な魔力を持ちポコスカ魔術の構成式を編み出せる藤原は、十把《じっぱ》一絡《ひとから》げにされるようなプロより、ずっと優れていることになるわけですな。

才能の権化《ごんげ》。天狗《てんぐ》になる気持ちもわからないではなかった。

「いきます」

藤原《ふじわら》の呟《つぶや》きと同時に魔法陣がひと際強く輝く。

すぐさま魔法陣の上に現れたのは、燃え盛る炎を擬人化したような女だった。

ベールのように腰まで垂れた髪や、強い意志を示すような大きな瞳、絢爛豪華《けんらんごうか》なドレス。

そういった彼女を構成する要素の多くが深紅《しんく》に染め上げられている。透き通るように白い肌とのコントラストで、すべての紅色が際立っていた。顔立ちは、これまで俺が見てきたどんな女よりも整っている。

女は部屋の中を睥睨《へいげい》し、それから藤原に目を留めた。

「貴様か？　妾《わらわ》をこのような程度の低い世界に喚《よ》び寄せたのは」

「ええ。私の使い魔になってもらいたくて」

藤原の物怖《ものお》じしない態度に魔人が片目を細める。

「ほう？　それは妾が皇国の、エイラムの第三皇女であると知った上での戯言《ざれごと》か？」

「どこよそれ。役に立ちそうな個体を使い魔にするだけなのに、知るわけがないでしょ」

「……ふふ、愉快な猿だの。面白い。褒美《ほうび》に死をくれてやろう。そぅら」

魔人が藤原に人差し指を向けた。その指先が赤く輝いた瞬間、光弾が発射される。

攻性魔術だろう。補助器具も詠唱もなしに放つなんて、さすがは魔人といったところか。

だが、その光弾は召喚陣上に張られた結界に阻まれ、藤原《ふじわら》に届くことなく霧散した。

とはいえ、透明な障壁は大きく揺らいでいる。とんでもない威力だ。

不愉快そうに目を細めた魔人に、藤原が小さく息を呑む。けれど慌てた様子もなく再度魔導書に魔力を送り込み始めた。途端に魔人が表情を険しくして片手で顔を覆う。

「うぎっ……き、貴様、調子にのりおって……！　だが、これしきっ！」

服従の魔術をかけられているのだろう。しかし魔人は抵抗し、ギッと目つきを鋭くする。

よほど魔術耐性が強いのだろう。

藤原が苦しげに「う」とか「く」と呻《うめ》く。

きっと両者の間では、高度な戦いが繰り広げられているのだと思う。

でも、高度すぎると見ててもあんまり参考にはならないよね。うーん、暇。

手持ち無沙汰な俺は、隣に立つストーンゴーレムをチラ見する。単純な思考しか持たない低級の魔物。けど今の俺には十分すぎる力。やっぱりこれ以上の力が必要だなんて思えない。

身に余る力なんて毒と一緒だ。余計な力を持った人間は、余計なことをしてしまう。

……とかそんなことを思っていたら、藤原の抱えていた魔導書が突如として発火した。

「あっつ!?」

藤原が思わずといった調子で魔導書を放り投げた。それは瞬く間に炎に包まれ、床に落下することなく燃え尽き、灰さえ残さずこの世から消失してしまう。

えーっと……なんで燃えたの？

当の藤原も「ちょっ、はあぁ!?」と驚愕《きょうがく》していた。

予期せぬトラブルのようだ。魔導書が藤原の魔力に耐えられなかったのか、はたまた魔導書そのものに不備があったのか、なんにせよ服従の魔術は失敗した、と。

やっちまったな。これで進級は絶望的だ。

来年度からは敬語を使わせなくちゃ。

それはともかく、火急の問題は魔人である。魔導書が燃えて魔力供給を断たれた魔法陣は、結界としての機能を失っていた。解き放たれた魔人は間違いなく暴れだすだろう。

現に魔人は不敵な笑みを浮かべて藤原を見下ろしてる。

「藤原、下がりなさい！」

緊急事態に、先生たちが自分の魔導書に魔力を送り込み、各々の使い魔を召喚しながら叫んだ。

人狼、鬼人、妖狐が現れる。どれも魔人ほどではないが、高位とされる魔物だ。

それら三体の使い魔が、使役者の命令を受けて、魔人へ襲いかかる。

が、

「有象無象《うぞうむぞう》の塵芥《ちりあくた》が！」

魔人が右腕を横一文字に薙《な》いだ。

するとその軌道上に爆炎が発生し、三体の魔物にまとわりついて……？

跡形もなく燃え尽きてしまった。うわ、すげぇ。あれ普通の炎じゃねぇだろ。

てか、あれ？　これって先生たちの使い魔、全部死んじゃったのか？

「他愛《たわい》ない……貴様らが術者か？　身の程を知れ」

魔人がすぐ近くにいた教師らへ特大の光弾を放つ。それは彼らが展開した障壁をやすやすと突き破り、そのまま三人をまとめてふっ飛ばした。

うめき声が聞こえるので死んではないが、先生たちは立ち上がる気配もない……

嘘だろ。強すぎる。

「さあて、小娘よ。覚悟はよいか？」

「あ、あ……」

藤原《ふじわら》は腰を抜かしてその場にへたり込んでいた。

「劣等種の分際で不躾《ぶしつけ》にも狼藉《ろうぜき》を働いたその罪……楽に死ねると思うでないぞ？」

魔人の意識は完全に藤原へと向いていた。

もしかして俺、ノーマーク？

……よし、助けでも呼びに行くか！

いくらあの魔人が強かろうが、学園の教師たちがまとまってかかれば、さすがに負けはすまい。多分。

もっとも、助けを呼びにいっている間に藤原が生き残れるかは正直微妙なところだが、さりとて俺にそれ以外、できることはない。罪悪感がないと言えば嘘になるが、無駄死にするのも御免だ。

すまんな。

出入り口に向かい駆け出す。

「待て、逃がさぬぞ！」

魔人が指を鳴らした。連動したように部屋全体が得体のしれない魔力の膜で覆われる。

遅れて摑《つか》んだ扉はびくともしなかった。かてぇ。これ結界か？

振り返ると、魔人が薄ら笑いを浮かべて俺を見ていた。

俺は、反射的に魔導書に手を乗せ、「ゴーレム、行け！」と叫んでいた。

それまで壁際で棒立ちしていたゴーレムが、従順に、魔人へ殴りかかる。

が、光弾の一発で粉砕された。

馬鹿だ。動く石ごときが化け物に勝てるわけねぇ。

「女を置いて逃げるとは男の風上にも置けぬなぁ？」

全身から冷や汗が噴き出す。

「……いいえ、逃げるんじゃないですよ。ぼくは、助けを呼びに行こうとしていたのです」

「なにが助けだ。身を挺《てい》して女を庇《かば》うことこそ、男の本懐というものであろうが。クズめ。万死に値する。ついでに貴様も死ね」

散々な言われようだが、言わんとすることはわかる。

今の自分が情けないクズであるのは百も承知だ。

でもね。

「あ、っと。お姉様のおっしゃることはごもっともですけど、仮に身を挺して彼女を庇ったところでぼくが無駄に死ぬだけで、結局藤原《ふじわら》も殺されるのでは？　だったら助けを呼びにいった方がまだ双方助かる可能性がぐっと上がる気がするんですけど」

「ふむ。理屈を求めればそうなるであろうな」

「じゃあ、えーっと、ぼくが藤原を庇う意味って……」

「意味などない。だが男であればそうせねばならぬ。たとえそれが無駄であったとしてもだ。わかったな？　で、あれば覚悟もできたか？」

ダメだこいつ、全然話が通じねぇ。

きっとこれはもう、何を言ったところで殺されるな。

じゃあもういいや。

ただで殺されるのも癪《しゃく》だ。可能な限りこいつを不快な気分にさせてから死んでやる。

「それでは死ぬが――」

「お前、馬鹿なの？」

魔人の頬がピクピクッと震えた。

「……貴様、今、なんと言うたか？」

あーやばい、汗止まんねぇ。

「ん？　その頭には脳みその代わりに生クリームが詰まってんのかって言ったんすよ？」

悪態も止まんねー……

魔人の顔面にめっちゃ青筋が浮かび上がってきた。

怖い。ほんと怖い。でもやめない。

「ほ、ほう？　生クリームとな？　ちなみに、誰に対して、そのような無礼な口を利いたか、わかっておるのか？　身の程を知らぬとその死にざまも凄惨なものになるぞ？」

なおも偉そうにする魔人に、いよいよ俺の頭の中で何かが壊れる。

「うるせぇばぁぁあか!!」

気付けば叫んでいた。

「お前今から殺されるって人間がそんな脅しにいちいちビビるとでも思ってんのか!?　それともあれですか!?　へりくだって丹念に足の指を舐《な》めれば助けていただけるのですか!?」

「そ、それは殺すが……」

「だろお!?　じゃあ誰がテメェなんぞ敬うか！　ばあぁぁか！　死を覚悟した俺は無敵だ!!

今際《いまわ》の際《きわ》まで一生懸命死にもの狂いでお前を馬鹿にしてやるわ！　男女同権が広まったこのご時世に、性別でどうこうのたまうお前みたいなサビまみれのロートルに遠慮なんかするわけねえだろ！　つーかなんだよその承認欲求全開な地下アイドルみてぇな恰好は！　胸元開きすぎだろ痴女かよ！」

「な、なっ……!?」

魔人が顔を真っ赤にして唸《うな》った。酸欠の金魚みたいに口をパクパク開く。内面で荒れ狂う感情を表現するのに適切な言葉を見つけられないといったように見えた。よーしよし。がんばれ俺！

「そもそも俺はそこで腰を抜かしてる藤原《ふじわら》の十倍は弱ぇんだ！　そんな俺が藤原を助けるぅ？　ヘソで茶が沸くわ!!　ものの道理もわからん馬鹿が！　俺はここでお前にぶっ殺されるだろうけど、心は負けてねぇからな!?　もうほんと、お前を憤死させる勢いで馬鹿にしてやるわ！　わかったか脳筋女が！　来世は建設的な議論ができる文明人に生まれてこいよな!!」

「きっ……貴様ッ……！　死ねぇい！」

魔人が俺に手のひらを向け、光弾を放つ。

岩でもぶつけられたかのような衝撃に俺の体が吹き飛び、床の上を勢いよく転がった。

視界がグワングワン回ってわけがわからない。

「げほっ……い、言い返せないからって暴力に訴える野蛮な女め！　その口は飾りか!?　脳みそを使えよ、バーバリアンが！　ほーらいいぞ殺せ、今殺せ！　知性の勝利だ！　カモン！」

「まだ言うか！　もうよい、その不快な頭を踏み潰してくれる！」

魔人が肩を怒らせながら大股で詰め寄ってきた。魔力を集中させているのか、その両腕が燃えるように輝いている。空気に漂う魔力もそれに感応して煌《きら》めいていた。

怖気を感じるほどに美しい光景。まさか大気の魔力が可視化されるなんて。

なんにせよ死んだな。はい終了。来世は山奥の大樹に生まれ変われますように。

目前まで迫った魔人が腕を振り上げた。

殺されるその瞬間まで目を見開いてやる。

視線がかち合い、魔人が歪《いびつ》な笑みを浮かべて——そのまま真横に吹き飛んだ。

俺じゃない。魔人が、真横に、吹き飛んだ。

魔人は試験室の端まで飛び、壁に激突。モルタルが砕けて、半身がめり込む。

「今のうちに逃げろ！　我々が時間を稼ぐ！」

呆然としていると、復活したらしい教師の一人が叫ぶ。残る二人も起き上がり、魔導書に魔力を叩き込みながら数多《あまた》の攻性魔術を魔人へと繰り出していた。

しかし、魔人は特にダメージを受けたふうでもなく、苛立《いらだ》たしげに反撃を始めた。

頑丈すぎる。タングステンかよ。

「……ありがたいんですけど、逃げろって、どこに？」

めっちゃ強力な結界張られてるし。

せめて戦闘に巻き込まれないように、部屋の隅にでも向かうか。

腰を抜かした藤原《ふじわら》の腕を掴《つか》み、せき込みながらも引きずって、壁際へ。

「なんてことしでかしてくれてんだよ。先生たちが負けたら、いよいよ殺されるぞ」

「わ、私なにもミスしてない！」藤原が声を裏返して叫んだ。「そもそもあそこまで強力な魔人を喚《よ》び出すつもりなんて……こんなの絶対におかしい！」

言い訳かとも思ったが、必死なその形相は嘘を吐いているようでもない。

「あっそ。ま、もはや責任の所在なんざどうでもいいけどな。死ぬし。ほらご覧、三対一にもかかわらず手も足も出ない先生たちを。あの女、強すぎるだろ。なあ、今あの魔人をヤジったら、先生たちの邪魔になるかな？」

藤原は俺を無視し、挙動不審気味に視線を泳がせて、俺が手にする魔導書に目を留めた。

緊迫した表情でぶつぶつと呟《つぶや》き、何か考えているようだが……

「倒せないのなら、そうよ、あの魔人を使い魔にしてしまえば」

「それが失敗したからこうなってんだけど。つーかお前の魔導書、燃え尽きたろ」

藤原は再び俺を無視し、魔導書をひったくった。そしてすごい勢いでページをめくりだし
……あるページでピタッと指を止める。

それは、喚び出した魔物を服従させる魔術に関するページだった。

数秒ほどジッとそこを凝視したかと思えば、やにわに藤原は制服を脱ぎだす。

「おいおい、なにしてんだよ。恐怖でわけわかんなくなってんのか？」

「馬鹿言わないで！　私に考えがあるの！　あなたが、あの魔人を使い魔にするのよ！」

それとお前が裸になることって何か関係がある？

「無理だ。現実逃避もいい加減にしろよ。お前せめて死ぬ時くらい心穏やかに死ねないのか？　いやまあ俺は口汚く呪詛《じゅそ》まき散らしながら死ぬけど……っておい」

藤原がブラウスを脱ぎ捨て、上半身下着だけの姿になる。もちろん下はスカートを穿《は》いたままだが。それでも普段露出されることのない肉付きの薄い腹やら腋《わき》やらに目がいく。

これはこれは、ううむ、どうしてなかなか……貧乳のくせに……

どうせ死ぬのでこの際だからと藤原を凝視していると、藤原が部屋の隅に放置されていたバケツを取ってきた。刷毛《はけ》と筆、蛍光塗料が入った、魔法陣を描くための一式だ。

藤原は細い筆に液をしみ込ませると、己の腹部に這《は》わせ、ペタペタ何かを描き始める。

「おい、マジで頭いかれたのか？　なんでボディペイントなんだよ。錯乱して性癖が暴発したにしてもボディペイントはねーだろ……なあ、せっかくだしブラも取らない？」

「違っ、芦屋《あしや》くんの魔術体系に合わせた魔法陣を描いてるんですけど!?　なんでこんな時まで軽口叩けるの!?　気が散るから黙ってて！」

わけがわからん。けど黙れと言われたので黙る。

藤原《ふじわら》は鬼のような形相で手を動かし、腹に魔法陣を描いていく。

どうやら俺の魔導書を読み、それに対応した魔法陣を頭の中で構築したらしい。

頭いいなあ。他人の魔術体系を即座に理解し応用するなんて、普通は無理だ。

「――できたっ」

藤原が魔法陣を描き上げたのと、先生が一人欠けたのは、ほぼ同時だった。

かろうじて保たれていた均衡が崩れ、一気呵成《いっきかせい》に魔人が攻撃の手を強める。

今にも残る二人までやられてしまいそうだ。終わりは近い。

あーあ、案外辞世の句って思いつかないもんだなぁ。昔の偉人はすげぇや。

いよいよ諦観の境地に至り、解脱《げだつ》しかけていると、藤原が俺の腕を掴《つか》んできた。

「芦屋《あしや》くん、お願い！　もうあなたしか頼れないの！」

強い意志が灯った眼差しを向けられる。

「あなたならできる！　あなたがその気になれば、きっと！　だからお願い、諦めないで！」

まだ言うか。

なんでこいつはこうも俺に期待をするのか。見込み違いも甚だしいってのに。

でも、今回に限っては藤原にも何か考えがあるみたいだし……。

「……ま、やれることがあるならやるよ。死にたいわけじゃねぇし。何すりゃいいの？」

ほんの一瞬、藤原が笑った、ように見えた。

「っ……本来魔物に服従の印を刻むには、対象が魔法陣の中にいることが必須でしょう？　けれどあの魔人を魔法陣まで誘導するのは難しい。だから、私が魔法陣代わりになって、あの女に張り付く」

藤原が自分の腹部を指差しながら言った。そこには小さな魔法陣が描かれている。

「私が奴に張り付いた後、芦屋くんには服従の魔術を使ってほしいの。魔力のラインは繋《つな》がってるはずだから」

「なるほど。でもそれ、藤原は大丈夫なのか？　人体を魔法陣代わりにするって無茶だろ」

「そうね。前例がないし無茶かもしれない。でもこれしか方法がないなら、引き下がれない。私のせいでこんなことになって、このまま何もせずに殺されたら……私、ただの馬鹿じゃない！　どうせ死ぬならなんだってやるわよ！　じゃないとあなたに申し訳が立たないでしょう!?」

叫んだ藤原の目は据わっていた。

「そうか。覚悟が決まってるならいい。ただ、失敗して死んでも恨むなよ」

「恨まない。その時はあなたも死ぬんだから」

それもそうか。

藤原は迂回《うかい》するようにして魔人の背後へ向かった。

そして、残る二人の先生がやられたタイミングで、藤原が魔人に飛び掛かる。

肩や腰に腕を回し、足をからめ、隙間なくみっちりと張り付いた。

「ぬおっ!? な、なんだ!?」

勝利を確信し、完全に油断していた魔人が驚きの声を上げる。

「芦屋《あしや》くん!」

「わかってる!」

俺が魔導書に魔力を叩き込むと、藤原《ふじわら》の体が青色に輝き始めた。

魔人が目を剝《む》いて膝をつく。

藤原の放つ輝きが際限なく増していき、そのまま人の形をした光の塊となる。

あまりに強すぎる光が網膜を焼き尽くすようで、けれど目が離せない。

自分に起きていることをようやく理解したらしい魔人が叫んだ。

「やめろ! ぐ、あ、あぁぁぁ、離せ、離せ! 離せと、やめろとっ……言っておるだろうがぁぁ! 聞こえぬか猿がぁぁぁぁああ!」

狼狽《ろうばい》する魔人が肥大化していく光に飲み込まれた。

いよいよ耐えられずに顔を背け、だが、魔力だけは絶えず送り込み続けた。

やがて眩《まばゆ》い光も消えてなくなる。

そこには魔人が倒れていた。

額には小さな模様が刻まれている。間違いない。服従の刻印だ。

本当に成功したのか……絶対に失敗すると思ってたのに。

というか、藤原はどこだ？

そこにいるのは魔人だけで、藤原は煙のように消えていた。

死んでしまったのか。あんな無茶をしたのだから仕方ないかもしれないが……あぁ、くそ、後味悪ぃな。マジかぁ。せめて冥福だけでも祈っとくべきだろう。

面倒な奴だったけど悪い奴じゃなかったしなぁ。

南無南無《なむなむ》。どうか化けて出てきませんように。

「う、ぐうぅ……」

合掌していると、倒れていた魔人が唸《うな》り、薄くまぶたを開いた。

魔人は眩《まぶ》しそうに目を瞬き、

「ん……芦屋くん？　あぁ……ねえ、どうなったの？　魔人は……」

と呟《つぶや》いた。

は？

その口調に違和感を覚える。

まさか……い、いやでも、そんな馬鹿なことが……！

魔人は上体を起こすと、きょろきょろと辺りを見渡した。

「芦屋くん、聞いてる？　成功したの？　あの魔人は……なによその顔。なんでそんな馬鹿みたいな顔をして……あれ？　なんか私、声がおかしい。あれっ？　……えっ？」

俺は制服のポケットからスマホを取り出し、魔人（？）を撮影した。

そんで不思議そうに俺を見上げる魔人に撮影した写真を見せる。

魔人が――藤原《ふじわら》が顔をひきつらせた。

「どっ……なにこれ、なんで私が魔人に…………え、えぇ？」

そんなの俺が聞きてぇよ。

1 藤原さん、初めての「お使い」に挑む

「検査結果だがね。どうやら藤原君と魔人は、魂魄《こんぱく》レベルで融合しているようだ」

とある研究所の一室。

目の前に座る白衣の男が淡々と言った。

「随分と無茶をしたものだね。今、生きているのが不思議なくらいだよ」

「ほんとですよ。それで先生、藤原と魔人の分離はできないんですか？」

尋ねると、白衣の男が――先生が、頷きを返してくる。

「うん。今の魔導工学で元に戻すのは厳しいよ。こんなことを言ったら研究者として失格のようで情けないが、諦めてくれとしか言いようがない。なにせ魔人と人間の融合なんて前例がないからね。完全に発想も技術も追い付いていない。だからこそ、研究のし甲斐《がい》はあるんだけど、いかんせん藤原君の立場がね、いけない」

「はあ」

「ほら、藤原君は東日本支部の重鎮に連なる者でしょう。そんな立場の人間に手荒な検査をするとなれば色々問題があるんだよ。そういうわけだから、これからは召喚士と使い魔の関係として新たな人生を頑張りたまえ」

俺の隣で黙って先生の話を聞いていた藤原《ふじわら》（見た目は魔人だが）が唸《うな》った。

「そんな。本当に元には戻れないの？」

「残念ながらね。だって君、混じりあった二色の絵の具を単色には戻せないだろう？　つまりはそういうことだ。けれどいいじゃないか。君は期せずして魔人の肉体を手に入れられたんだから。最高の才能、資質だ。おそらくは人類史上最高のね。それの何が不満だっていうんだい？」

「自分が自分でなくなったのに、不満が無いわけがないでしょう!?」

きつく抗議する藤原に、先生は首を傾《かし》げた。

「よくわからないな。好みの問題もあるだろうけど、容姿だってより良くなったじゃないか。いや、もちろん元から美人だったけど、それにしたって今の姿は次元が違うと思うよ？　まるで芸術品だ。もはや戻る理由こそないでしょう？　いっそ幸運だったね」

合理的過ぎてデリカシーがまるで感じられない。

しかし悲しいかな、魔術師とは得てしてそういうものである。特に彼のような魔導工学士と呼ばれる手合いは、魔術の発展のためならば倫理観や良識を当たり前のように投げ捨てる傾向にあった。

「色々言いたいことはありますけど、芦屋《あしや》くんの使い魔になってしまったことが問題なんです！　これじゃあ学校に戻れません！　いい恥さらしじゃないですかっ！　せ、せめて使い魔の印だけでも消すことはできないんですか!?」

藤原が声を震わせながら訴えた。

先生はどうでもよさそうにカルテをめくる。

「そんなことを言われてもね。契約の仕方がイレギュラーだったんだから、正規の方法での解呪はできない。だからといって無理に使い魔の契約を解けば、君が死ぬ恐れもあるんだよ？　年頃の娘さんが同い年の男の奴隷になったようなものだから、風聞が悪いというのはわかる。でも、そもそもこんな無茶をして死ななかったという、その奇跡を喜ぶべきじゃないのかな？」

返す言葉がなかったのか、藤原が「ぐっ」と声を詰まらせた。

先生は頷くと、視線を俺へスライドする。

「ほかに何か質問はあるかな？」

「え、あー、質問というか……藤原の燃費が悪すぎてしんどいんですけど、どうにかなりませんか？」

先日の不幸な出来事によって、藤原が俺の使い魔となった。それはいい。いや全然良くはないのだが、なってしまったものは仕方がないしどうしようもない。諦めよう。

看過《かんか》できないのは、その使い魔の性能についてである。

使い魔は使役者から供給される魔力をエネルギー源として活動するわけだが、魔人はそのハイスペックさに比例し、ただ存在するだけでも魔力をバカスカ食っていくのだ。

俺の手には余る。

そもそも俺は魔術師として才能があるわけではない。魔力は平均以下だし、血筋もよくないし、勉強しないから知識だって乏しい。そんな俺が超高位の魔人を使役するとなれば、これはもう大変なんて言葉ですませられるものではなかった。

今の俺は無理してスーパーカーを買い、年間の維持費が捻出できなくなったフリーターと同じだ。ただのバカだ。

「それは君が自分を鍛えて魔力の最大量を増やすのが一番の対処法だね。あるいは魔力タンクみたいな魔導器具を使うかだ」

「ですよねぇ。じゃあ、せめて供給回路を補強したり、バイパスを伸ばしたりは……」

「無理。外部から無理に弄《いじく》って魂魄《こんぱく》が崩壊すれば目も当てられないでしょう？」

無慈悲な否定に、ため息が漏れた。

俺と藤原《ふじわら》の間で構築された魔力の供給回路は、正規のそれからすれば信じられないほどに脆《ぜい》弱《じゃく》なものとなっていた。

あんな無茶な契約の交わし方だったので、さもありなん。

まず有効距離が極端に短い。実験の結果、十メートル以上離れたら藤原は俺から魔力を受け取れなくなることが判明していた。さらに魔力を伝達させる際にロスまで生じるのだ。仮に俺が魔力を百送ったとしても、藤原が実際に受け取れる魔力は二十ほどしかない。

魔人の燃費の悪さに加えてこれなのだから、泣きっ面に蜂もいいところだ。呪われてる。

つーか有効距離が短すぎるせいで、常に一緒にいなければならないのが一番キツイ。だってほら、お年頃の男女が寝食を共にするってのは、ねぇ？　体裁が悪いというか、別に藤原のことをそういう目で見てるとかじゃないんすけど、ね？　色々問題が……ありますよね？

どうしようもないらしいけど。

「ただ、回路の改修は無理だけど、供給する魔力のロスをなくすことは可能だよ」

先生が言った。

「はい？」

「つまりほら、回路に頼らず直接魔力をやり取りすればいい。身体の接触によってね」

「えーっと、それって？」

嫌な予感に襲われながらも、恐る恐る尋ねた。

先生はまるで実験動物を観察するような眼差しで、俺と藤原を見比べてくる。

「魔力伝達の手段に乏しかった時代、魔術師と使い魔は肌を触れ合わせたり、粘膜を交わらせたりして魔力の伝達を行っていた。先人に学びたまえ。君たちの回路が貧弱で使い物にならないというのなら、そうした手段を取ることでとりあえず回路の問題は解決するよね」

ほはっ。

「いや、いくらなんでも付き合ってもいない男女がそういうことを致すってのは……」

「交尾に抵抗があるならキスでもいいし、なんなら半裸で抱き合うだけでも全然違う。ただ、皮膚より粘膜の方が魔力の伝達率が高いことは言うまでもない。触れ合う面積だって大きければ大きいほどいいことはわかるでしょう？　体液も媒介として極めて優秀だしね。まあでも、そのあたりは結局君たちの問題だ。好きにすればいいんじゃないかな」

　心底興味なさそうに言い切られた。この人、男女の機微に関心がなさすぎる。

「う、嘘よ、こんなの……私は今、夢を見てるんだわ……」

　藤原が今にも失神しそうな表情で天井を仰いだ。バッタでも食ったような顔だった。

　でも多分、俺も似たような表情をしていると思う。

「それとだね、これは優先度が低いかもしれないけど、その姿」

　先生の視線が藤原へ向く。

「日本人離れどころか人間離れすらしている美しい容姿。息を飲むようなという枕詞を付けても決して過剰ではない美貌。まるでおとぎ話に出てくる女王そのもの……というか、もう綺麗なんて通り越して異質の域に踏み込んでいる。過ぎたるは及ばざるが如しとはよく言ったもので、なんなら綺麗すぎていっそキモい。一緒に並んで歩きたくない。

「魔術を使えば、見た目だけなら元に戻せるだろうね」

「そうなの？」

　自失していた藤原が、か細い光明を見出だしたように、若干の精気を取り戻しながら聞き返す。

先生はカルテを眺めながら頷いた。

「まず前提として、その体には現在、二つの意識が宿っているようだ。わざわざ明言せずともわかるだろうが、藤原君と魔人の意識だね。それは自分でも感覚的にわかっているのかな？」

問われた藤原が、どこか曖昧に頷いた。

「私の中に、私以外の誰かの意識があるように感じているのは確かかね。きっとそれが魔人で、たまに、その声が聞こえてくることもある」

「へぇ？　ちなみにそれはどんな声？　言葉として聞こえる？　それとも意味を為してない？」

「よくわからない。ただ、少なくとも私に対して、良い感情を抱いてないのはわかる」

先生は「なるほど。向こうも藤原君を認識している、か」とカルテに何かを書き込んだ。

「つまりこのように、一見すれば藤原君の意識だけしか残っていないように見えても、魔人の意識はまだそこにある。それと同じだ。今の姿こそ魔人のそれだが、藤原君の肉体だってその内にはしっかりと残っている、ということだね」

意識みたいに実体が無いものと、物質を伴った肉体を同列に考えてもいいのかは正直疑問だったが、俺よりずっと賢い先生がそう言うのであれば、まあ、そういうものなのだろう。

先生がペン先を藤原の胸の中心へ向けた。

「何が言いたいのかといえば、魔人の要素を無理やり抑え込めば、姿を入れ替えられるかもしれないということだ。あぁ、もちろん意識に関しても同じことは言えるよ。何かの拍子に、魔人に意識を乗っ取られたって不思議ではない。注意はしておくように。それで、えーっと、藤原《ふじわら》君ほど魔力の扱いに長《た》けていれば、肉体だけを入れ替えることは普通にできるだろう」

「そういうことね」

感心したように藤原が頷いたが、おいおい。

「簡単に言いましたけど、それって尋常じゃない魔力が必要なやつですよね？」

俺の懸念に先生が「そうだね」と頷いた。

「ただ、一度姿を変えてしまえば、後はそれなりの魔力で姿を固定できるだろう。でも、どうしたって変化そのものには莫大な魔力を要する。これは仕方がないことだ」

膨大な魔力を要するのなら、きっとこの貧弱な供給回路では追いつかないだろう。必然的に身体接触による魔力供給を行わなければならないに違いないが……やだなぁ。

「藤原は元の姿に戻りたい？」

それとなく否定を求めた尋ね方をしたのに、藤原は「当たり前でしょ」と即答してきた。

「こんな痴女みたいな姿でいるなんて絶対に嫌。なによりアホみたいな大きさの胸のせいで肩が凝って仕方ないのよ。なんなのこれ、苛々《いらいら》して仕方ないんだけど」

「あぁ、突如発生した違和感に耐えられねぇのか」

「黙って。こんなトリグリセリドの塊なんて邪魔なだけだわ。身体構造の欠陥でしかない。なんで男はこんなものをありがたがるわけ？　ほんっと理解が及ばない。馬鹿じゃないの？」

「馬鹿だよ？　でも男が馬鹿でなけりゃ人類なんてとうに滅んどるわ。生物の本能舐《な》めんな」

「……あっそ。で、魔人の要素を抑え込むって言ったけど、芦屋《あしや》くんの貧弱な魔力でどうにかできるものなのかしら？」

基本的に、使い魔は自ら魔力を生成することができない。なぜかといえば、使い魔に反逆されることを恐れた召喚士が、召喚時に制限をかけてしまうからだ。

異世界生物たる魔物は生命活動を維持するために魔力を必要とし、使い魔は必然的に魔術師からの魔力供給に頼らざるをえなくなる。魔力で生殺与奪《せいさつよだつ》の権を握り、さらに服従の刻印を合わせることで、肉体的にも精神的にも制御してしまうわけだ。

つまり、藤原や魔人が元来持っていたであろう膨大な魔力は、何の役にも立たなくなった。もったいない。

「さあな。試してみないことにはわかんねぇよ。もし駄目だったら諦めてくれる？」

「嫌よ……あぁもう、ほんと最悪……」

鬱々《うつうつ》と表情を曇らせた藤原だが、それは間違いなくこちらの台詞《せりふ》だろう。

そうやって意気消沈する俺らに、先生が「悲観することはないよ」と言った。

「魔術の進歩は日進月歩。じきに魂魄《こんぱく》の分離だってできるようになるんじゃないかな。それが一年後か十年後か、はたまた百年後かはともかく、いつかは元に戻れる日がくるさ」

「そんなに待てませんよ。先生ほんと頑張って……なんなら藤原をちょろっと解剖する程度は黙認しますから。一刻も早くこのモンスターから俺を解放してください……」

「なんだって？」先生が目を細めた。「それは確かかい？」

「駄目に決まってるでしょお!?　芦屋《あしや》くんには人の心がないの!?」

隣からの大声が耳を貫通した。

「お、おいおい、マジになるなよ。こんなの小粋なジョークだろ？」

「笑えないジョークはただの失言よ！　大体ねぇ、芦屋くんは私という才気溢れる可憐な女子が使い魔になって、何がそんなに不満なわけ!?　身に余る光栄でしょおが！」

「君のそういう自信過剰なところが今回の悲劇の引き金になったっておわかりか？」

「私はミスなんかしてないっ！　全ての準備と工程は完璧だったのっ！　それが、そのはずが、何らかの間違いであんなことになったの！　理不尽っ……理不尽だわ！」

理不尽なのは俺の境遇だよ。俺なんてただ巻き込まれただけじゃねぇか。

呆れて何も言えなくなっていると、先生が「そこだよね」と頷いた。

「試験監督からの聞き取りの結果、藤原《ふじわら》君にミスらしいミスはなかったという。魔導書も魔法陣も事前に学園側が精査していたし、本番でもスムーズに魔力を扱えていたという話だから、どう考えてもあんな大事になるわけがないんだよ」

「ですよね!?」藤原が身を乗り出した。「そうなの、あれはおかしかったの！」

「うん。だからこそ試験を失敗したにもかかわらず、特例で進級を認められたわけで。もっともそれは、使役者である芦屋君が進級するというのも大きいとは思うけどね」

「進級……あぁ……西の連中になんて言われるか……」

藤原が嘆いた。

俺も、明日から新学期が始まり学校に行かなければならないことを思い、憂鬱《ゆううつ》に。

今回の一件はすでに周知されているらしい。

悪夢だ。

魔術師協会、その日本支部は現在大きく二つの派閥に分けられている。

藤原家が支配する東日本支部と、三条《さんじょう》家が支配する西日本支部だ。

藤原千影《ちかげ》はその名が示す通り、藤原家本家のご息女であらせられるため、学内における東の頂点に君臨していらっしゃる。そうは見えないが、最上級に高貴な血筋に連なる者なのだ。

当然ながらそんな奴を無所属の俺が従えてしまったというのは、具合が悪い。

最悪の場合、東の生徒たちに殺されるかも……

なんでこんなことに。もしかして俺、前世でとびきり悪いことでもしたのだろうか？

「屋久島《やくしま》の屋久杉《やくすぎ》に生まれ変わりたい……何も考えず光合成だけして過ごしたい……」

「なに馬鹿なこと言ってるのよ」

肩を小突かれた。

侃々諤々《かんかんがくがく》の言い争いを経て、俺と藤原《ふじわら》は同じ部屋において共同生活を送ることになった。

要は同棲ですな。

それにしても異性との同棲ってもっとわくわくするものだと思ってた。

気のせい？

そっか。

「千歩譲って私たちが一緒に住まなくちゃならないのは理解できるのよ。ええ、断腸の思いながらも芦屋《あしや》くんと同居することを了承したのは確かだわ。全く気は進まないけど背に腹は代えられない。それはわかります。でもね、住む場所が芦屋くんの部屋だっていうのはやっぱり納得ができないわけ。別に私のとこでもいいじゃない。この貧相な部屋はなに？　犬小屋？」

新学期前夜。検査入院から解放された後、帰宅した俺らが荷解きをしていると、藤原が恨みがましくそんなことを言いだした。

あらかじめ部屋に運び込まれていた数箱の段ボール、その一つから藤原の私物を取りだしていた俺は、作業の手を止めて藤原を軽く睨《にら》んだ。

「それも散々話し合って決めただろ。俺はお前んとこの寮には死んでも入りたくねぇの」

この学園には三つの学生寮があり、在校生はいずれかの寮で生活を送ることになる。

どの寮に入れられるかは派閥次第で、たとえば藤原であれば、彼女が所属する東日本支部からの出資金で建てられた『天球宮《てんきゅうぐう》』なる寮に住んでいた。

この『天球宮』は寮というより高級高層マンションのような造りになっていて、寮内には売店やジム、ラウンジ、大食堂、大浴場等が備え付けられている。超豪華なのだ。

一方で俺のような派閥無所属の根無し草どもは、学園に最初から併設されてあった『学生寮A』なる豚舎、間違えた、寮に叩きこまれる決まりになっていた。

『学生寮A』はどこぞの廃村にありそうな寂れた木造の建物で、これといった特色はない。火をつければ他の学生寮よりはよく燃えるだろうが、それだけだ。

こういった格差を鑑みれば、藤原が文句を言いたくなる気持ちも、まあわかる。

ただ、東のトップである藤原を従えた俺が天球宮に足を踏み入れようものなら、十割の確率で殺されてしまうわけで。俺の命は一つしかないので、大切にしてあげなければならない。

「もしかして、藤原は俺が天球宮の連中になぶり殺されるところが見たいのかな？　冷酷無比にもほどがある。罪人の処刑が最上の娯楽として親しまれてた古代ローマの市民かよ」

指摘すると藤原は嫌そうに口元を歪《ゆが》めた。しかし何も言い返してはこない。

ま、そうだろうよ。これで反論されたら藤原の残虐性に怯《ひる》むところだった。

口うるさい奴が大人しくなったので、改めて彼女の私物や家具を部屋に配置していく。

しかし……どれもこれも高品質で、いかにも金持ちの持ち物って感じだ。これまでの人生で縁がなかった品々である。

それら多種多様なアイテムによって俺の部屋が浸食されていく様は、強国から一方的な侵略を受けた弱国の末路を思わせる。安っぽい調度品が片っ端から駆逐され、いっそ清々しい。

やがて模様替えが完了すれば、そこは俺の知る俺の部屋ではなくなっていた。

もうこれ、藤原《ふじわら》の別荘だ。

「ふぅ。これで少しはマシになったわね。あ、そうだ、週末に壁紙も張り替えましょう」

「容赦ねーな」

部屋を見渡した藤原は満足げに頷くと、五段階くらいパワーアップしたベッドに腰を下ろした。そんで鷹揚《おうよう》に足を組む。スタイル抜群な魔人の姿だからか、異様に様になっていた。

俺もミニテーブルを挟んで藤原の対面、これまた豪華なソファに尻を預ける。

ふっかふか。

「さーて、と。じゃあ芦屋《あしや》くん、これからの話をしましょうか」

「これからの話ねぇ。お前との契約を解除するのは当面無理そうだけど」

「そうじゃなくて。家事の分担とか色々あるでしょ」

「なんだ。意外と現実的な問題を気にしてたんだな」

学生寮と銘打っているが、ここでの生活は集団生活というより普通の一人暮らしに近い。

門限があることを除けばおおよそ制限らしい制限がなく、裏を返せば料理や洗濯なども全部自分でやらなければならない。

「洗濯は私がやるわ」藤原が人差し指を立てた。「芦屋くんには任せられないし」

「はあ。いや、いいけど、なんだ？　じゃあお前、俺のパンツ洗ったり干したりすんの？」

「……そうだけど？　何か文句ある？　それとも芦屋くんが私のパンツ洗うの？」

「うーん、嫌だ。お前のパンツ洗ってるとこ想像したけど、普通に変質者じゃねぇか」

藤原は「でしょう？」と言って、腕も組んだ。

「あ、ちなみに私は料理とか一切できないから、それは芦屋くんに任せるわ」

確かに料理ができそうなイメージは皆無だ。

そもそも雑用等はある程度派閥の奴らに任せていたのかもしれない。

「いいけど、俺も別に上手じゃないぞ。普段からパスタとか焼き飯とかカレーばっかだし」

「十分じゃない。私は卵すら割れないのよ。それでも私に作れっていうなら作るけども」

「やめてくれ。料理は俺がやる。ただ、まずくても文句言うなよ」

「よっぽどでなければ言わないわよ。で、ゴミ捨てとかお風呂掃除、部屋の掃除機がけは曜日で分けるとして、あとは、んー………あっ、寝る場所……」

藤原が呟《つぶや》き、黙り込んだ。

「……いや、まあ。ベッドはお前が使えよ。俺はこのソファで十分だ」

譲歩すると、さすがに藤原は少しだけ申し訳なさそうに「そ、そう？」と俺をうかがった。

「じ、じゃあ、お言葉に甘えて……あっ、い、言っとくけど、寝てる私にやらしいことしたり、お風呂覗いたりしたらっ……！」

「ないわ。杞憂《きゆう》にもほどがある。安心して惰眠を貪《むさぼ》れ。誰がお前なんかに手ぇ出すかい」

へっ、と笑いながら告げる。

藤原《ふじわら》が真顔になった。

「……は？　現実に起こりうる極めて重大で看過《かんか》できない懸念事項でしょ？　芦屋《あしや》くんみたいなエロ猿が、なにを紳士的に外面なんか取り繕っちゃってるわけ？　見栄でも張ってるの？」

「おいおい、エロ猿にも相手にされない自分の残念さを嘆けよ。たとえお前が目の前で、全裸でリンボーダンス踊ってたって、俺はスマホ弄《いじく》ってガン無視してやるよ？　そのおぞましいほどに綺麗《きれい》で性的な魔人の姿でも、中身が藤原って時点で論外なんだわ。アンダスタン？」

売り言葉に買い言葉であるが、こうも貶《けな》されれば苛《いら》立《だ》ちもする。

ソファの背もたれに体を預けて首を倒し、ふんぞり返って適当に手を振りあしらった。

俺の視界に藤原の表情が映ることはないが、どれほど歪《ゆが》んでいるかは容易に想像がつく。

「……へぇえ？」

しばしの沈黙の後、藤原が重低音で呟《つぶや》いた。

よっぽど俺の物言いが癇に障ったのかな？　若干溜飲《りゅういん》が下がる。

が。

「ま、いいわ。芦屋くんが何もしてこないのなら、それに越したことはないもの……ね？」

ギッ、とベッドのスプリングが軋《きし》む音に頭を起こせば、立ち上がった藤原が俺を無表情に見下ろしていた。そしてゆっくりと俺の元へ歩み寄ってくる。

やばい、マジで怒らせたかも。

「待て待て。何する気だお前。そうやって何かあれば思考停止して暴力に訴えかけてくるのは現代人として一体どうなんだと……いや、言い過ぎたなら謝るから暴力はやめてくれ！」

「別に酷《ひど》いことはしないわよ。魔力供給をしてもらおうと思っただけ。私の姿を元に戻すには大量の魔力が必要だって話だったじゃない」

話の流れを無視した行動であるように思えたが、言ってることは普通にわかった。

「そ、そうだったな……本当に痛い事しない？」

藤原が笑顔を作って頷いた。

「芦屋くんとひっつくだなんて危険なことはしたくなかったけど、そこまで言い切ってくれたんだもの。安心して魔力の供給をしてもらえるわ。だって、絶対に私には欲情しないのよね？元の姿はもちろんとして、この魔人の姿だったとしても、ね？」

言いながら、藤原が俺の真横に座った。

肩が触れ合うほどの超至近距離で、魔人の整いすぎた顔が俺に寄る。

「ん？」と小首をかしげた藤原は間違いなく笑顔なのだが、ビンビンに敵意が感じられて全く和めない。笑顔の本質が攻撃的な感情の発露なのだとよくわかる事例だ。

「お、おぉ。欲情しねぇよ？　誰がお前なんかに……ひっ」

藤原《ふじわら》が俺の言葉を遮り、笑顔のまま、そっと俺の手を取ってきた。

指と指が絡まり、その冷たさに心臓が跳ねる。

そして接触した箇所から魔力を吸い取られていく感覚。軽い倦怠感《けんたいかん》。

「ん、やっぱり手だけじゃ、あんまり効率が良くないみたいね。そう思うでしょ？」

「お、おう」

「……じゃあ、もっと」

そう言って、俺に抱きついてくる。

片手を絡めたまま、もう片方の腕を背中に回された。

柔らかな感触を胸板に押し付けられて……なんだこれ、超肉感的。嘘だろ、女体ってこんなにミラクルなのかよ。い、いや待て、騙《だま》されるな。元の藤原は鶏がらみたいなはずなのだ。

心の準備も整っていないところに訪れた未知なる感触に、俺は滑稽なほど狼狽《ろうばい》してしまう。

「お、お前これはちょっと、な？　別に欲情するとかじゃないけど、ほら、な？」

押し返せば、その倍の力で抱きつかれた。

「なによ。もっと引っ付きなさいよ。それともなに？　やっぱりいやらしい気持ちになってきちゃったの？　あれだけ偉そうに私のこと馬鹿にしたくせに？　へぇぇ？」

言葉だけなら余裕ぶって聞こえるが、発されたその声はそこはかとなく上ずっていた。

こいつ、馬鹿にされすぎて自棄《やけ》になりやがったな。

負けず嫌いにも程があるだろ！

「いやいやそんなまさか。つーかお前だって声上ずってんじゃん。なに余裕ぶってんの？」

「は、はあ!? 別に上ずってませんけど!? あ、芦屋《あしや》くんこそ心臓馬鹿みたいに拍動させてるじゃない……！ 絶対に興奮してるでしょ!?」

「こっ、興奮も拍動もしてねぇ！ たわごと言うなや！」

「往生際が悪い……！ だったら背中に腕をまわしなさいよ！ 童貞みたいに腕を宙で硬直させてないで！ それともそんなに女に触るのが怖いわけ!? へぇー!?」

「どっ、ばっ!?」

「ほら早く！ やらしい気持ちにならないなら余裕でしょ!?」

鼻と鼻の先端がくっ付きそうなほどの近さで、どこか勝ち誇ったように藤原《ふじわら》が笑う。

だが見開かれた彼女の瞳はぐるぐる回っているように見えた。

舐《な》めやがって。圧倒的な肉の感触に加えて全身から魔力を吸われていくものだから、もう頭の中はめちゃくちゃだ。挑発されるままに藤原の背中へ腕を回してしまう。

「抱いたぞ!? これで満足か!?」

「満足とかそんなんじゃないんだけど!? ……ていうか、この体勢キッツ……あぁ、もう！」

体勢が辛くなったからか、藤原が俺の太ももをまたいでその上に座り込んだ。完全に真正面から抱き合う形になってしまう。

対面で座位。隙間とか一切ない。

押し付けられる豊満な体というか胸、さらには太ももに乗っかったボリューミーな尻の感触がもう凄いのなんの。

真っ赤に染まった藤原の顔もとい口から漏れる荒い呼気もマジやばい。

不思議な香りだ。

五感全てに絶え間なく訴えかけてくる藤原だか魔人だかの存在に押しつぶされそう。

脳がパンク寸前。

つーかそのデカい尻をもぞもぞ動かすのをやめてくれませんかね!?

「や、やりすぎだ！　離れろ！　お前ちょっとこれはまずいだろ!?　いや、何がまずいのかは俺の口からは正直言えないけども、とにかくまずい、まずいから！　おい！」

「はあー!?　やらしい気分にはならないんじゃなかったんですかー!?」

「なりませんけど!?　でもねほら、これは違うから！　魔人が柔らかすぎるだけだから！」

「なにそれ!?　姿が魔人でも中身が私なら興奮しないって言ったじゃない!!」

「ノーカン、ノーカンで！　やっぱ無理だわ！　だってこれすげぇよ!?　肉だもん！　肉!!」

「なっ……やっぱりエロ猿だったじゃない！　私に興奮するんじゃないの!!　このドクズ!!

謝ってくれる!? 散々私を馬鹿にしたこと謝ってくれる!?」

「それは卑怯《ひきょう》だろぉ!? クソっ、お前の元の貧相な体だったら興奮なんか一切しねぇのに!」

「言ったわねぇ!? じゃあ試すわよ!? 魔力も溜まったし、もう戻れるから! でも、もしそれで興奮したら殺す! ぶち殺す! 覚えてなさいよ!?」

「殺せよ!!」

「吠え面かかせてやるっ!」

その叫びと同時、藤原《ふじわら》の全身が青白い光を発した。

あまりの眩《まぶ》しさに顔を逸らし、それから恐る恐る視線を戻せば、そこには黒髪が特徴的な純日本人風少女の姿があった。藤原本来の姿だ。なんか服もセーラー服に戻ってる。

涙目で、顔を真っ赤に染めて俺を睨《にら》みつけていた。

ちなみに額には依然として服従の刻印が刻まれたままだ。

藤原は「ふぅー! ふうぅー!」と息を荒くし、締め付けるように俺に抱き着いてきた。

なんだかんだいってもやはり女性ということなのだろうか。柔らかさはたしかにある。

あるのだが……魔人と比較すれば、壊滅的に胸が薄い。耳鳴りがしそうな高低差には泣けてくる。顔は間違いなく美少女の範疇《はんちゅう》に含まれるのになぁ、神様は残酷だなぁ……

押し付けられる圧迫感が八割くらい減っちゃった……

「ほら、どうなの!?」

きつく抱き着かれたままで、耳元で藤原の声がした。

「硬度が上がった。もちろん柔らかさはあるけど、芯っていうか骨の存在を強く感じる」

「どういう意味よそれぇ!!」

もっとも、魔人とは違う華奢《きゃしゃ》なその体躯《たいく》は別の意味で女性的だった。強く抱きしめれば砕けてしまいそうな小さな肩や細い腰は、彼女と俺の性差を強く感じさせてくる。

太ももにかけられたその体重も先ほどよりずっと軽くなり、俺がその気になれば簡単に押し倒せてしまえそうで……いや、もちろん押し倒さないけども。物のたとえだ。マジで。

てか、魔人の時とは違う匂いになってんなぁ。体臭か？　不快感は全くない。むしろクセになるような心地よさというか。あー、てかこいつ、髪の毛さらっさらだわ。普段から手入れしてんだろーなー、ふーん……へー……体温たっけぇなぁ……

つーか藤原ってこんなに女の子っぽかっ…………

「って違ぁう!!」

藤原の肩を摑《つか》んで押しのける。

「はい終わり終わり。俺も興奮しねぇしさ、もう下りろって。な？　んっんー、こっちもちょっとだけ言い過ぎたかもだし、謝るわ。すまんね。だからもう諦めよ？」

変な気持ちになりかけていることを自覚し、軽く焦りながら話を流そうとする。

だが、藤原は離れなかった。

それどころかより強く抱き着いてくる。まったく引きはがせない。

力、強っ……あ、あら、こいつ、この姿でも、魔人としての力、普通に残ってる？

「……ね。なんで、そんなに焦ってるの？」

あれ？　不自然なまでに落ち着いた声……

「いや、別に焦ってねぇし。お前何言ってんの？　都合よく物事を解釈しないでくれる？」

「あはっ」藤原《ふじわら》が笑った。「芦屋《あしや》くんの心臓。ほら」

「は？」

「さっきより、バクバクいってるんだけど？　胸越しに、鼓動、すっごく感じるんだけど？」

やべぇ。

藤原がわずかに体を起こし、正面から俺の顔を覗き込んできた。

座り心地が悪いのか、俺の上で体をよじってくる。尻や太ももが擦《こす》り付けられた。

「ふ、ふふっ……ほら、正直に言いなさいよ。藤原さんはとても魅力的です、ぼくは恥ずかしさから強がって、心にもないことを言ってしまいましたごめんなさい許してください、って」

挑発的な目。わずかながら、浮かぶ余裕の色。

顔は真っ赤なままだ。でもいつの間にか、それまでの激情がどこかに引っ込んでいた。

あたかも勝利を確信したような態度である。

「は？　馬鹿言ってんじゃねぇよ。それはお前の胸が薄っぺらで、俺の鼓動を感じやすくなってるだけだろ？　あーあー、この勘違いクソ女が。いいからどけって」

「やだ。この姿に戻るために魔力をたくさん消費したから、もっと魔力ちょうだいよ」

そう言って藤原が俺の頬に自分の頬をくっつけてきた。頬ずりだ。

なにしてんのこいつ！

「おおぉい!?」

「私に欲情しないなら別にいいでしょ。それともなに？　やっぱり認めるぅ？　ん？」

調子こきすぎだろこいつ！

……って、魔力の吸収が一層強く……あ、あれ？

「う、あ？」

急激にだるくなってきたぞ？

もしかして俺、魔力を吸われ過ぎた？

「ふ、藤原さーん？　ま、まだ魔力、足りない感じ？　もう、よくない？」

「全然足りてないけど？」

まずい。みるみるうちに余裕がなくなっていく。もはや感触を楽しむどころではない。

クラクラする。つーか服を隔てて魔力のやり取りしてるけど、普通に効率悪くねぇか？

直接肌を触れ合わせろって話だったのに、実際は全然触れ合えてねぇし、ロスがやばい。

苦しい。徒労感まで噴出してきた……

「藤原《ふじわら》、限界だ。魔力切れた。死ぬ。マジでどいてくれ。頼む」

「はあ？　そうやって逃げるつもり？　嫌よ。芦屋《あしや》くんが負けを認めるまで許さない。それに魔力が足りてないのは本当なの。わかったらもっと寄越しなさいよ」

こいつっ……冗談じゃねぇぞ、ほんとにやばいってのに！

藤原は完全につけあがっていた。我が物顔で俺を責め立ててくる。

だけど、俺には発された言葉を理解するだけの余力すらなかった。雑音だ。

苦しい。死ぬ。干からびる。

意識が朦朧《もうろう》と……あ、あ、これほんとヤバいやつだ……

くそっ。こうなったら藤原に効率よく魔力つぎ込んで、満足させて、どかせて……

でも、どうするんだっけ？　肌の触れ合いと、えぇと、えっと……

そうだ。ね、ね……粘膜の、交わり？

「ぁ」

目の前で、パクパク忙しなく動く唇。その奥で蠢《うごめ》く舌。

溺れた子供が救いを求めるように、無意識に頭を動かしていた。

「ちょっとおぉぉ!?」

藤原が叫びながら俺の顔を押しとどめてきた。

「なにするつもり!?　つ、ついに本性を現したわね!?　このケダモノ！」

「お、お前が、魔力、寄越せって言うからっ……マジで、やべぇんだよ俺はっ……！」

定まらない思考の中、藤原の唇を目指して顔を寄せる。もう救いはそこにしかない。

それなのに藤原は俺の顔を掴《つか》み、その怪力でもって接近を拒んできた。

「だからってキスはないでしょお!?　馬鹿じゃない!?　馬鹿じゃないの!?　や、やめっ」

「うるせぇ、服越しだとロスがあんだろが！　こんなのもう、粘膜触れ合わせるしかっ……」

「やだやだぁ!!　こんなのがファーストキスなんて絶対にいやぁ!!　私、初めてはもっと雰囲気がある感じのっ……って聞いてる!?　芦屋くん!?」

ぎゃあぎゃあ文句を言って抵抗する藤原に、火事場の馬鹿力で迫る。首の筋繊維がブチブチ嫌な音を立てている気がするが、気のせいであってくれと願ってやまない。

徐々に、距離が、狭まっていく。

意識はだいぶ混濁していた。もはや自分でも何をしているのかわからない。

「あ、あっ、……もうっ！　せっ、責任っ、責任とりなさいよ!?」

涙目で藤原が何かを求めてくるが、何を言っているのやら。

なぜだか少しずつ藤原の抵抗が弱くなりだした。

今にも唇と唇が触れそうなところまで迫る。

よし、よしっ！

でも、あれ？　藤原が逃げようとしてるなら、別にこんなことする理由も……あれ？

よくわかんねぇ。

とにかくこのまま魔力を限界まで送り込んでやる。

なんて意気込んだ瞬間、視界が揺らぎ…………あっ。

あと一歩、というところで俺の意識は闇に溶けこむように消えてしまった。


「正座」

「うす」

フローリングの床の上、命じられるままに正座をする。

目の前では藤原《ふじわら》が仁王立ちをしていた。

完全に元の姿に戻った彼女の顔は、爆発しそうなくらいに紅潮している。

「なにか言い訳はある?」

まるで、悪逆非道な被告人に判決を下す裁判長のような面持ちだ。

俺はどうすればこの場を穏便に乗り切れるだろうかと思案を巡らせた。でも、どんなに聞こえのいい言葉を重ねたところで、藤原を笑顔にさせられるとは思えずに断念する。無理です。

「とりあえず一つ言わせてくれ」

「なによ」

「決して俺は性欲に負けたわけではない。あれはカルネアデスの板だったんだ。つまりは緊急回避であり、人命救助の観点からいって避けられない……あっ」

藤原が俺の頭を鷲掴《わしづか》みにしてきた。尋常でない握力に頭蓋骨《ずがいこつ》が軋《きし》む。やっぱりな。姿こそ彼女元来のものに戻っているが、魔人の性質はしっかり残っているようだ。きっと見た目だけ藤原で、力とかその辺は魔人と変わらないのだろう。でもそれ、卑怯《ひきょう》じゃない？

「なに？　なんて言った？」

「藤原さんこれまずいって。潰れるって。プロレスラーがリンゴ潰すあのデモンストレーションみたいな感じでグシャっといくやつだって。あ、ミシって今ミシって！　頭がッ!!」

「芦屋《あしや》くん？　私、危うく、あんな馬鹿みたいな流れで、初めてのキスが奪われるところだったのよ？　もう、本当に駄目だと思ったの。ね、そのことに関してはどう思う？」

「奇遇だね俺も初めてで嘘です嘘ですごめんなさい痛いです!!　許してください!!」

ひとしきり俺を痛めつけることである程度は気分が落ち着いたのか、藤原は俺の頭から手を離した。そして俺を正座させたままソファに腰かける。

「まったく。魔力が枯渇しかけて本当に死にもの狂いだったのはわかったし、挑発した私にも遠因があったのは確かだから、今回は許してあげる。でも次はないから」

「寛大な処置、痛み入ります。あんな真似は二度と致しません」

「今回のことはお互いに忘れましょう。私たちの間には何もなかった。いいわね？」

「かしこまりました。でもさ、なんか藤原《ふじわら》も最後らへんは雰囲気に流されてたような……」

「あ？」

「調子こきました！　嘘です、お許しを、お情けを！」

慌てて正座から土下座に移行すると、藤原が憂鬱《ゆううつ》そうにため息を吐き出した。

「はあぁ。こんなんで明日からの学校は大丈夫なのかしら」

「……大丈夫なわけねぇだろ」

正直な感想を述べたら、藤原が心底嫌そうに俺を一瞥《いちべつ》し、頬杖をついた。

「学校に巨大な隕石でも落ちてこないかしら……」

「夏休みの宿題が終わってない小学生かよ」

◆◆◆

寮から校舎へ続く道のりは、満開に咲き誇る桜の木々で彩られていた。新学期の始まりを祝うようなその華やかさは、きっと多くの生徒たちに期待を抱かせたことだろう。

この一年が素晴らしいものになるはずだと。

もっとも今の俺と藤原にとってその華やかさは、嫌味としか思えないわけだが。

展望？　希望？　持てるわけがない。

案の定、春休みを挟んで久方ぶりに登校した学校は、これまでになく居心地が悪かった。

なぜか。そこかしこから好奇の視線が放たれていたからだ。

人間の視線に質量が伴っていれば、俺は今頃穴だらけに違いない。

特に問題だったのは、予想通り東日本支部の生徒たちで、連中ときたらまるで俺が諸悪の根源にして全ての責任の所在であるかのような扱いをしてきやがった。奴らは、俺が藤原の試験を妨害したから事故が起きたのだと俺をなじった。

甚だしい責任転嫁だ。さしもの藤原も俺を擁護してくれたのだが、それがまた連中の不興を買って、負のスパイラルに陥るという泥沼状態に。笑える。

一方でもう一つの派閥、西日本支部の一同からはやたら親しげに接せられた。西からすれば、俺は憎き東のクソどもにドデカイ一撃をかました英雄に見えるらしい。そんなつもりは露《つゆ》ほどもねぇのに。派閥無所属の俺を派閥争いに巻き込むなと言ってやりたい。

面倒くせぇなぁ。

「お、お疲れさま、想太《そうた》くん。色々、大変だったみたいだね」

放課後。精も根も尽き果て机に突っ伏していると、声をかけられた。

顔を上げると、長い前髪で両目を隠した大人しそうな女生徒の姿があった。

クラスメイトの平野旭《ひらのあさひ》だ。

同じ学部、派閥も無所属という共通点から、日頃より仲良くしている奴だった。

「……マジで疲れた。癒やしてくれ」

「えっ!?　あ、え、えーっと…………が、頑張ったねー……？」

旭《あさひ》がおずおずといった調子で俺の頭を撫《な》でてきた。その手つきはぎこちなく、頬は羞恥《しゅうち》から赤く染まっている。隠しきれない初々しさにグッときた。

「たまんねぇなこれ。何かに目覚めそうだわ」

「馬鹿じゃないの」

唐突な罵倒に振り向くと、不機嫌そうなオーラをかもしている藤原《ふじわら》と目が合った。

藤原は舌打ちを一つ挟み、続ける。

「女の子によしよしされて鼻の下を伸ばして、みっともない。平野《ひらの》さんも断ればいいのに」

藤原に話を振られた旭が「あ、その、別にいやじゃ、ないから」と控えめに返した。

クラスの女王にはあまり強く出られないようだ。俺が日頃から藤原にいちゃもんをつけられていた関係で、旭も藤原とはそれなりに絡みがあるのだが、気安い仲にまではなれていないらしい。もっとも、旭は人見知りの気があるから仕方ない部分もあるが。

「そう？　嫌ならしっかりそう言った方がいいわ。芦屋《あしや》くん、すぐ調子に乗るから。もし不快なことをされたら、遠慮せずに相談してね」

藤原が目つきを鋭くして俺を見た。

「で、なんなのあなたは。情けない」

旭に対する優しさを、かけらでもいいから俺にも分けてくれませんかね。

「情けなくて何が悪い。むしろ弱ってる俺をもっと労《いたわ》れよ。お前の取り巻き連中のせいで俺がどんだけ神経すり減らしたと思ってんだ？　しまいには殺されるかと思ったぞ」

「それは……確かに、悪かったわね。あの子たちが迷惑かけてごめんなさい」

予想外に素直に謝られて拍子抜けする。

もしかすると、こいつはこいつで参っているのかもしれないな。

「まあ、いいけど。それよりお前、これからどうすんの？」

身の振り方といった大仰《おおぎょう》な話ではなく、言葉のまま、放課後に何をするかという話だ。

基本的にこの学園には部活動がなく、放課後は自由な行動が許されている。とはいえ一年生であれば自己研鑽のために図書室で勉強したり、教師の監視の下で魔術の訓練や生徒間の模擬戦を行うのが常だった。

しかして、俺らはピカピカの二年生。

二年次からは、そういった自主学習の他に、クエスト受注ができるようになる。

クエストは、学園を運営する国際魔術師協会が斡旋《あっせん》するバイトのようなものだ。プロに任せるほどではない依頼を、実習として学生に回してくるのである（一部例外あり）。

二年生への進級試験は仮免試験と同義だ。これをパスすれば魔術師として最低限の実力を備えていると判断されて、協会本部が魔術師の仮免を発行してくれるため、クエストを受けられるようになるわけである。

クエストの受注は任意だが、クリアすれば報酬が得られる。少額な金銭とポイントだ。

このポイントは学内で使える電子通貨だが、同時に内申点でもあるため、卒業に際して一定数を求められる。つまり、三年の三学期までにある程度クエストをクリアしておかなければ留年の憂き目に遭うのだ。卒業生を即戦力とするための措置であるらしい。

藤原《ふじわら》が辟易《へきえき》したように嘆息した。

「どうするって、帰って寝たいわよ。今日はもう疲れた……」

勤勉な藤原にしては珍しい泣き言だ。この意識高い女といえども限界はあるらしい。

旭《あさひ》が意外そうに眼をしばたたいた。

「藤原さんでも、そういうこと、あるんだ」

「私をなんだと思ってるの？　下世話なゴシップで騒がれるのって精神にくるんだから。東の子たちから、貞操《ていそう》は大丈夫ですかと余計な心配をされて、西の連中からは芦屋《あしや》くんの性奴隷みたいな扱いをされて……もううんざり。人って想像以上に馬鹿なのね」

「せ、性奴隷……」

「わかってはいるんだけどね。そんな想像をされても仕方がない立場なのは。だって私はもう彼に逆らえない。どうしたって好奇の目で見られちゃうなって思う。でも、今のところは一応事実無根なわけで。もっとも、この私と絶えず寝食を共にするんだから、すぐに芦屋くんが耐え切れなくなって、襲われちゃうんだろうけど。ほんと最悪だわ。今から気が滅入る……」

「自意識過剰か？　何度も言ってるけど、お前に手なんか出さねぇよ」

思わず突っ込みを入れていた。

俺の言葉が気に食わなかったのか、藤原が顔をしかめる。

「どの口でそんなことを言ってるのだか。自分が執行猶予の身だって忘れたの？」

「昨日のことならあれは事故だろうが。俺が自発的にお前を襲うとかありえねぇんだって」

旭が「え」と声を上げて、「な、なにかあったの？」と俺らを見た。

「あー、いや、何もない。な、藤原？」

「ええ。何もなかったわ」

あからさまな誤魔化《ごまか》しだ。しかし、こうもキッパリ突っぱねられたら、大人しい旭では追及できないようで、納得がいってなさそうにしながらも「そっか」と引き下がった。すまんな。

それにしても、当たり前ではあるが俺って藤原に全く信頼されてねーな。

だったら俺が絶対に手を出さないと証明しておくべきだろう。互いのために。

「つーか冷静に考えろよ。今のお前は魔人と混じってるんだぞ？　言ってしまえば異世界生物なわけだ。そんなのと交尾って、未知の病原菌うつされそうで嫌じゃない？　どうすんだよ。人を殺すような凶悪な性病に感染したら。それでパンデミックが起きてみろ。人類滅亡しちゃうんだぞ。今のお前に手を出すほど、俺は無鉄砲で愚かじゃない。おわかりか？」

「……ねぇ、いかなる場合でも素直であることが美徳だとでも思ってるの？」

思ってねぇよ。

「ま、けど、よかったわな。もしこれが藤原《ふじわら》じゃなくて旭《あさひ》とかだったら、きっと俺我慢できなくて頭いかれてたわ。よかったー旭じゃなくて藤原が使い魔で！」

「そ、想太《そうた》くん!?　いきなりなに言うの……!?」

旭が顔を真っ赤にして小さく叫ぶ。

その姿に思わず俺が笑ってしまうと、旭が手をぶんぶん振った。

「あっ……もおぉ！　また私をからかった！　想太くんはいつもそうやって！」

「悪い悪い。旭って反応いいだろ？　だから口が勝手に、な？」

「全然反省してないでしょ!?　今日という今日は、ゆ、許さないからっ！」

「そうね。平野《ひらの》さんはこの際だからこんな男との縁なんて切ってしまうべきだわ」

藤原の辛辣《しんらつ》な言葉に、旭が「えっ」と素の声を漏らした。

おいおい。

「余計なこと言うなよ。旭は俺の数少ない親友なのに、絶交されたらどうしてくれる」

「気弱な女子にセクハラ発言を繰り返すような男なんて、縁切りされて当然じゃない」

「その表現だと俺が救いようのないクズみたいになるからやめてくれない？」

「事実でしょ。ほら平野さん、このクズに引導を渡してやるのよ」

「だ、大丈夫だよ。お互い本気じゃないって、わかってるし……だよね、想太くん？」

「ん？　あー、うん。本気じゃ……ない、よ？」

「なんで棒読みなの!?　フォローが台無しだよっ！」

「ウソウソ！　ごめんってば！　許して旭様！」

俺らのやり取りに藤原が胡乱《うろん》な目を向けてきたが、いわゆるお約束のようなものだ。本当に旭が嫌がればもちろんこんな絡みは金輪際《こんりんざい》やめるし、必死に謝罪もする。多分。

「本当に想太くんはっ……もう！」ぷいっとそっぽを向いた旭は、しかしすぐちらっと俺を横目に見た。「でも……クエスト、手伝ってくれたら……許してあげるよ？」

「ああ、今回はそんなんで許してくれるんだ。じゃあ掲示板見に行くか」

「……私、帰って寝たいんだけど」

不機嫌な藤原を「まあまあ」となだめ、教室を出る。

三人並んで廊下を歩いていると、行き交う生徒たちからジロジロと見られた。

東の派閥らしき連中からは恨みがましい視線。

西の連中からは好奇の視線。

うーん、せっかく忘れてたのになぁ。たちまち気分が滅入る。

「旭は使い魔、何にしたんだっけ？」

居心地の悪さを誤魔化《ごまか》すように隣を歩く旭に尋ねた。

境界干渉学部において二年に進級できている以上、旭《あさひ》も使い魔の召喚に成功しているはずだ。しかし旭の傍に使い魔の姿はない。きっと寮か元の世界に待機させ、必要に応じて喚《よ》び寄せる運用法なのだろう。

むしろ普通はそうだ。俺と藤原《ふじわら》のように離れられないのが例外ってだけで。

「わ、私の使い魔？　えっと、そのー…………スなんだけど……」

もじもじとうつむき、ぼそぼそ呟《つぶや》かれても、聞き取れるわけがない。

「なんて？」

「う、うぅー……さっ、さ、サキュバス、です……」

消え入りそうな声に、思わず藤原と顔を見合わせた。

聞き間違いかと思ったが、同じような反応をした藤原からして、そうではないようだ。

「意外ね。平野《ひらの》さんはどちらかと言えばユニコーンとかその辺の魔物を召喚しそうなのに……」

あ、ごめんなさい、もしかしてユニコーンにはもう近寄れないとか？」

「それはどういう意味かな!?　私まだ全然ユニコーンに近寄れるよ!?」

「そうなの。仲間ね」

藤原がしれっとそんなことを言った。

お前が処女かどうかはどうでもいいが。

「淫魔か。なんか、あれだな」

「う。べ、別にいやらしい意味とかはないんだよ……？」

「サキュバス召喚しといてやらしい意味がないのかよ。アクロバティックすぎるわ」

「違っ、つ、つまり、私、その、根暗でしょ？」

「そうか？」

「うん。だからね、サキュバスを召喚したら、積極性とか、学べると思って…………それに、想太《そうた》くんともっと仲良くなりたかったし……」

「え？　今でも俺ら十分に仲良しじゃん。違うの？　ちょ、うわー、へこむわー」

「そういう意味じゃないよ!?　そうじゃなくてっ！」

「というか、努力の方向性を間違えてない？」

　藤原が情け容赦のない一言を放った。

「淫魔を使い魔にするくらいなら、色んな人と話してみたり、コミュニケーションの機会を増やす方が、よっぽどためになると思うけど。そもそも淫魔を参考にしたところで、得意になるのは男の誘惑の仕方や扱い方だけのような」

「……そ、そうかな？　そんなことは、ないんじゃないかなぁ、なんて……えへへ」

　藤原は半目でしばらく旭を見つめ、それから鼻を鳴らした。

「平野さんってば、案外ムッツリなのね」

「あう」

「もちろんそれが悪いってわけじゃないけれど…………あら、人が多い」

たどり着いた掲示板の前は、多くの生徒で賑わっていた。

皆、掲示板に貼られたクエスト概要に目を通している。集まっているのは二年生ばかりで、解禁されたクエスト受注の雰囲気を味わってみようという野次馬的な空気を感じた。

そんな活気に交ざろうと近づけば、俺らに気付いた一人が「あっ」と声を上げた。

驚きはたちまち伝播《でんぱ》し、ざわめきが起こる。

あぁ、もう。

湧き上がる苛立《いらだ》ちを呑み込み、雑音を無視して、貼り出されたクエストに目を通す……と。

「おぉっと！　誰かと思えば境界干渉学部の新たなスター芦屋想太《あしやそうた》くんじゃあないか！」

唐突に、女の声が響く。

振り返ると、数人の取り巻きを連れた背の高い女子生徒がいて、笑顔で俺らを見ていた。

三条涼華《さんじょうりょうか》だ。ゆるくパーマのかかった長い茶髪に鍛え抜かれてすらっとした体躯《たいく》は、時代錯誤なスケバンとでもいった出で立ちである。取り巻き連中からも似た空気を感じた。

空間操作学部の生徒である彼女らは、己の身一つで戦う魔導戦士見習いだ。体を資本とし、魔術の訓練と並行して肉体の鍛錬も重ねているため、腕っぷしが強い。そういったところが自然と恰好に表れているのだろう。おっかない。

ちなみに空間操作学部は、空間上に物理的に、あるいは魔導的にを問わず、何かしらの現象を起こすための魔術を専攻するための学部だ。攻性魔術などが当てはまる。その性質上、この学部の出身者は魔導戦士のように、直接戦闘に特化した魔術師となることが多かった。

で、俺たちが所属する境界干渉学部というのは、世界と世界の間に存在する境界に干渉し、異世界の魔物を使い魔として喚《よ》び込むこと、つまり召喚術を専攻するための学部だ。もちろん召喚術以外にも基本的な魔術はひと通り教えてもらえるので、攻性魔術なんかも扱えはする。

「面倒な連中が」

藤原《ふじわら》が小声で吐き捨てた。二年生におけるそれぞれの学部のトップ同士ということで、この二人はなにかと対立することが多い。加えて東西の幹部同士であるため小競《こぜ》り合《あ》いも多く、性格の折り合いまでもが悪いため、まさに犬猿の仲といえるほどに険悪な間柄だった。

「いやぁ、災難だったねぇ！　まさかあの藤原千影《ちかげ》が使い魔の召喚に失敗して、さらには同級生の使い魔になってしまうだなんて！　とんでもない失態じゃあないか！」

わざとらしく大仰《おおぎょう》に、そして心底楽しげに述べる三条さんに、藤原が舌打ちした。

そんな藤原の様子がお気に召したのか、三条さんがニヤッと笑う。

「それに引き替え芦屋くんときたら！　まさか咄嗟《とっさ》の機転で藤原家の次期当主と目されるこの才媛を使い魔にしちまうとはねぇ！　このあたしも尊敬の念を禁じ得ないよ！　すごい、本当にすごい！　……藤原なんかよりよほど優秀なんじゃあないのかい？」

そんなわけあるかーい。藤原下げるためだけに俺を無理矢理上げるなよ。

怖いから文句は言えないけど。殴られたら骨とか折れるし。

「芦屋《あしや》くん！　あたしはあんたに惚れたよ！　どうだい、西日本支部に入らないかい？」

藤原《ふじわら》を貶《おとし》めたいがためだけに、良く回る舌だ。

お前らの争いに無関係の俺を巻き込まないでほしい。

「あのさ、三条《さんじょう》さんは……」

「おいおい、なんだいなんだい、そんな他人行儀な呼び方！　涼華《りょうか》でいいよ！」

やたら友好的だけど、お前、実際他人じゃん。そりゃ他人行儀になるよ。

藤原が使い魔になる前は、俺のこと眼中になかったくせして。

とはいえここで苗字呼びを貫いても心象が悪いだけだ。長いものには巻かれとこう。

「じゃあ涼華で。とにかく、悪いけど、俺はどの派閥にも入る気はないから」

「あー、そうかい、それは残念だ。けど、もし気が変わったらいつでも言ってくれよ？　歓迎するからさ。あたしが上に掛け合えば、幹部の椅子だって用意してあげられる。それにマリ姉も……じゃなくて、生徒会長も、あんたのことはえらく気にして……」

「くだらない話はよして」

いよいよ腹に据えかねたように藤原が吐き捨てた。

「これ見よがしに芦屋くんを誑《たぶら》かして、本当に性格の悪い女。虫唾《むしず》が走る。そこまでして私に嫌がらせをしたいわけ？　なんて浅ましいの。畜生にも劣る人間性とはまさにこのことだわ」

藤原の反撃に涼華の頬が一瞬痙攣《けいれん》した。

けどすぐに笑顔を作り直す。

「芦屋くーん？　ちょっとあんたの使い魔、口が悪すぎやしないかい？　駄目だよ、しっかり躾《しつ》けておかなくちゃあさ。さもなくば使役者の品格が疑われちまうからね。それともあれかな？　東の連中は総じて礼儀もなっちゃあいないのかな？　……蛮族じゃないか」

最後の一言に、掲示板の前に集まっていた生徒の内、東に属する奴らが殺気立った。

それを見て、西の連中がせせら笑いだし……なんだこいつら、性格クソ悪いな！

そんな中、少数派である無所属の連中は一触即発な空気に耐えかねてこの場から逃げ出していく。旭《あさひ》も心配そうに二人の様子を窺っていた。

まずいな。このままじゃ乱闘になりかねない。怪我人がでるぞ。

涼華、殴り合いに滅法《めっぽう》強いからなぁ。今の藤原もオーガより強いからなぁ。

と。

「そこ、何をしている！」

今にも魔術が飛び交いそうな張りつめた空気の中、凛《りん》とした声が響いた。

現れたのは、ポニーテールの女生徒。

生徒会長、三条茉莉花《まりか》だった。

「たまたま通りかかってみれば、涼華、なんだこれは？」

会長は名字からわかるように、涼華《りょうか》の親戚だ。

三条《さんじょう》本家嫡女の茉莉花《まりか》と、分家筋の涼華。二人は従姉妹《いとこ》の関係だったと記憶している。

涼華は会長に愛想笑いを向けた。

「いやぁ、今話題の芦屋《あしや》くんと軽く話をしていたんだよ。そしたら些細な行き違いで藤原《ふじわら》と口喧嘩になっちまってさ。でも大したことじゃあないよ。マリ姉が出張るほどの……」

「涼華。どうせお前が至らんことを口にしたのだろう？　いつもお前はそうだ。あれほどむやみに事を煽《あお》るなと言い聞かせてきたが、いつになればそれが分かるんだ？」

「別にあたしはそんなんじゃ」

バツが悪そうに視線を逸らす涼華に、会長がため息を一つ。

それから申し訳なさそうに俺らを見てくる。

「想太《そうた》くん、藤原さん、うちの涼華がすまなかった。しっかり言って聞かせるから、どうか今回は私に免じて許してもらえないだろうか。この通りだ」

「会長がそこまで言うのなら、私は別に……」

藤原が渋々といった調子を隠そうともせずに返す。相当腹に据えかねているのだろう。

俺はこの場を収めてくれた会長に、心の中でただただ感謝してたけど。

しかしどうでもいいことだが、この人はなんで俺のことを名前呼びするんだろう。何かと気にかけてくれることも多く、けれどそうされる理由には心当たりがない。不思議だ。

「本当にすまない……涼華、行くぞ！　説教だ！」

「ちょ、待っ、あたしはクエストをっ……あぁもうっ！　芦屋くん、さっきの言葉は本気だよ！　もし西に来てくれればあたしだけじゃなくてマリ姉もきっと喜んで……」

「いい加減にしないか!!」

「ひぇっ」

涼華が会長に引きずられ、どこかへ連れて行かれる。

残った東の連中はそれが面白かったのかクスクスと笑い、西の連中は居心地悪そうにその場から離れて行く。

うーん、陰湿。

「ふん」

そんな中、藤原が後味悪そうに鼻を鳴らした。

気を取り直して三人で掲示板を眺めていると、旭《あさひ》が一枚のプリントを指差した。

「こ、これとか、ちょっと気になるかも」

画鋲《がびょう》でとめられたA４サイズのそれには、あるクエストの概要が記されている。

思念体討伐
思念体にストーキングされている女性からの依頼です。思念体を退治してあげてください

難易度　F
人数　一〜二名
報酬　一万円　＋　三千ポイント（経費別）
備考　パーティーに女生徒を一名以上含むこと
詳細は学生課まで

なるほど。これといって特徴のない、まさに小遣い稼ぎに相応《ふさわ》しいクエストだ。初挑戦にはうってつけだろう。というか難しいクエストには手を出したくないし。

「簡単すぎる気もするけど、初めてだしね。小手調べにはいいんじゃない？」

藤原《ふじわら》のことだから少しは難癖付けてくるかと思ったが、あっさり了承された。

そんなわけで初めてのクエストが決定した。

◆◆◆

翌日。クエストを受注した俺らは依頼者から話を聞くため、放課後に待ち合わせ場所の喫茶店へと向かった。そこで俺らを待っていたのは、二十歳前後の女子大生だった。

丁寧なメイクに清潔感のある服装は、高校生とは違って垢抜《あかぬ》けて見える。

ザ・女子大生。いかにもキャンパスライフを満喫していますと言いたげだ。

その一方で、表情にはどこか影が差していた。

「こんにちは。大野《おおの》さんですか？」

「え？」

女が顔をあげた。

驚いたように俺らを見てくる。

「そうですけどぉ、もしかして魔術師の人たちですかぁ？」

甘ったるい、どこか間延びした声だ。

「仮免ですけどね」

頷いて大野さんの正面のソファに腰を下ろすと、藤原と旭《あさひ》が無理やり両隣に座ってきた。二人掛けの席なのでぎちぎちに。どっちか大野さんの隣に行ってほしい。シャイなのか？

「思念体の被害に遭われているそうで。このたび対応させていただきます、国際魔術師協会付属学園二年生の芦屋想太《あしやそうた》です。よろしくお願いします」

「同、藤原千影《ちかげ》です」

「あ、えっと、平野《ひらの》旭です」

流れでひと通り自己紹介をすると、大野さんが目を丸くした。

「随分若そうだなぁって思ったけどぉ、学生さんなんですねー」

「あ、はい。なんかすみません。けど、魔術に関する最低限の知識はあるので、学生ですけど、依頼に差し障りはないかと」

「文句を言ったんじゃないのよぅ?」

大野《おおの》さんが愛想笑いを浮かべた。本心ではどう思っているかはわからないが、とりあえず難癖をつけられるふうでもなかったのでひと安心である。

「それでさっそく依頼についてですけど」俺は話を戻した。「毎晩ポルターガイスト現象に悩まされているんですすよね? 男の幽霊の……」

「うん、そーなの。あのねぇ、夜になるとどこからか視線を感じたり、部屋の物がひとりでに動きだしたり、声が聞こえたり、体を触られるような感じがしてぇ、寝てると胸の上にのしかかられるような感じもあって、苦しくてー……」

学生課で見せてもらった詳細と、大体同じ口述だな。

「伺ってます。念のための確認なんですけど、気のせいではありませんよね?」

「そんなわけないよぉ! ホントだもん! だもん、って……」

「すみませんでした。心中お察しします」

正直全然共感できなかったが、神妙に頷き返しておいた。

言っちゃなんだが魔術に携わる者にとって幽霊は——思念体は、ごくありふれたものであって、恐れるような存在ではない。

よほど強力な思念体ならば脅威という意味で怖いが、依頼書を読み、直接話を聞いた上で判断する限りだと、今回のモノはそう大した思念体ではないだろう。

ま、学生課が難易度Fって判断したんだもんな。そりゃ雑魚《ざこ》しか出てこんわ。

「一つお尋ねしたいんですけど、原因に心当たりはありますか？」

思念体は空気中に漂う魔力に、人から発露される強い感情が結びつくことで生じる。その名が示す通り、思念が姿形を得たものなのだ。元となる感情の強弱がそのまま思念体の強弱に直結するため、発生原因がわかれば思念体の強さの指標にもなりうる。

大野さんは俺の質問に軽く視線を泳がせた。そして言いにくそうに口をまごつかせる。

「んー、私、大学でサークルに入ってるんだけどぉ。オカルト研究会にー」

「オカルトに興味があるんですか？」

「全然ないよぉ？　彼氏がそういうの好きだからぁ、付き合いで入ったのー」

「なるほど。それで？」

「それでぇ、えっとぉ、そのサークルの中で浮気しちゃってー」

「はい？」

「そのせいで人間関係が滅茶苦茶になってぇ、サークルがバラッバラに壊れたの」

俺が疑問符を浮かべる横で、旭《あさひ》が「サークルクラッシャーだ……」とおののく。

腕組みをして話を聞いていた藤原《ふじわら》が納得したように「つまり」と口を開いた。

「あなたは彼氏だか浮気相手だかに恨まれて生霊を飛ばされてる、って言いたいわけね？」

その推測に、大野《おおの》さんが頷いた。

「私はぁ、そうなんじゃないかなーって思ってるんだけどぉ。どうかなぁ？」

「十分あり得ることだわ。オカルトサークルの部員なら、少しは思念体に関する知識もあるだろうし」

「魔力が無い人間でも思念体は作れるもんな」

魔術師協会に所属していない人間は、基本的に魔力を持っていないものと考えていい。協会の加盟国であればどこであれそうなのだが、出生時の魔力検査は義務である。魔力の有無は戸籍にも記されていた。魔力を持って生まれた子供は、ある程度の年齢になれば、魔術師に弟子入りするか、完全に魔力を封印されるかの選択を迫られるのだ。

魔力は個人が持つには大きすぎる力だ。悪用すれば現代社会に大きな被害をもたらすことすら可能なわけで、資格がない人間や、魔術師に師事していない人間が魔術を行使するのは固く禁じられている。

とはいえ今回の件、思念体は、空気中の魔力と人間の思念が結びつくことで生まれるので、個人の魔力の有無はあまり関係がない。その気になれば一般人でも生み出すことができる。そのため、一般人による魔術的な犯罪に最も多く関与する存在でもあった。

「何より思念体は結構簡単に生まれるものね。でも、これなら簡単に倒せそうだわ」

思念体の退治方法は実に単純だ。魔力を伴う攻撃を当てればいい。それだけで彼らを形作る魔力は霧散し、簡単に消滅してしまう。もちろん核の思念が強烈であれば耐久力も比例して上がるが、学生の浮気が原因で生まれた思念体なんてきっと大したことはないはずだ。

「思念体が出現する時間や場所は毎回同じですか？」

「んー、毎日、夜中に私の部屋に出てくるかなぁ？　今のところ、それ以外は特にー」

「わかりました。それじゃあ、改めてその頃にお部屋へ伺ってもよろしいですか？」

「もちろん……その、お願いしますー……」

◆◆◆

「どう思う？」

大野さんと別れて三人で寮へと戻ると、部屋に着くなり藤原がそう問いかけてきた。

旭《あさひ》をもてなすため、お湯でも沸かそうかと流しへ向かっていた俺は、ベッドにどすっと腰かけた藤原の方を振り返って「なにが？」と尋ねた。

「あの大野とかいう女」

「オカサーの姫だな。時代に即していて大変によろしい。人生楽しそうで何よりだ」

「そうじゃなくて。何か隠し事してるような感じがなかった？」

「そうか？」

いまいちピンとこず、ソファにちょこんと座る旭《あさひ》へ視線を向けた。

なにやら緊張した面持ちの旭は「え？　あ、えっと」と口をもにょもにょさせた。

「あんまり、わかんなかったかも。色んな意味で、すごい人だなぁとは、思ったけど」

「だよな、すごいよな。もしかして旭もあんな感じでサークル崩壊させたい系の人？」

「な、なんでそうなるの⁉　私は浮気とか絶対無理だよっ！」

「ふーん。あ、そういやそろそろお前の使い魔見せてくれよ。サキュバスだっけ？」

「このタイミングで見せるの、なんかすごく嫌なんだけど……」

「他意はねーよ。ところでコーヒーと紅茶と緑茶があるんだけど、どれがいい？」

「あ、こ、コーヒーで。ありがと……」

「インスタントだから気にすんな」

すると藤原《ふじわら》が「芦屋《あしや》くん？」と俺の気を引いてきた。

「私は紅茶。ミルクティーが飲みたいからミルクをマシマシで」

「お前は自分で淹れられるだろ。横着すんなや」

「はあ？　器の小さいこと言わないでよ。大した手間でもないでしょーが。大体ね……」

「あーあーわかったわかった！　淹れりゃいいんだろ、淹れりゃ！」

小言を言われる前に妥協すれば、藤原が「わかればいいのよ」と足を組んだ。

まったく。

「話を戻すけど、二人とも何も思わなかったなら、私の気のせいだったのかしらね？」

「どうだろうな。単に俺と旭が気付けなかっただけかもだし」

「う、うん」旭が頷いた。「私も、しっかり観察してたわけじゃ、ないから」

「つーかさ、仮に大野《おおの》さんが何か嘘を吐《つ》いてたとしてもやることは変わんねぇだろ。だったら別にほっといてもいいんでね？　人間誰だって言いたくないことの一つや二つあるもんだ」

早速お湯が沸いたので、並べたカップに注いでいく。

「まあ、それもそっか。思念体を倒せばそれで終わりなわけだしね」

「あ……でも、大元の感情をどうにかしなくちゃ、また思念体が湧いちゃわないかな？」

おずおずと旭が言う。

確かにその通りだった。なぜ大野さんが思念体にちょっかいをかけられているのかといえば、それは彼女を強く恨む人間がいるからだ。対処療法的に思念体を散らしたところで、根本の問題が解決しなければ思念体が再び生まれる、あるいは生み出される可能性は低くなかった。

とはいえ。

「そこまで面倒見られるか。俺らは思念体を倒してくれって依頼しか受けてないんだぞ。だったら思念体を退治してアドバイスの一つでもくれてやれば、それ以上負うべき責任はない。あとは大野《おおの》さんの問題だ。それに、俺らにそれ以上何ができる？」

「それは……」

「人間関係を清算しなくちゃまた同じようなの出ますよ、って説明しときゃ問題ねーよ」

旭《あさひ》の前にカップを置きながら言う。

スプーンでコーヒーをかき混ぜ始めた旭が「……そうだね」と呟《つぶや》いた。心の底からではないようだが、納得したらしい。難儀な奴だ。

「お前、ちょっと優しすぎ。もう少し適当になれ。ほら、俺を見習ったらどうだ？」

と、提案すると、藤原《ふじわら》が「なに馬鹿なこと言ってるの」と冷笑した。

「だめよ平野《ひらの》さん。こんなろくでもない男を見習ってしまえば、それは人間性の終焉《しゅうえん》だわ」

「紅茶ひっかけるぞ」

突っ込みながらもベッドサイドに紅茶を置いてやると、藤原が礼も述べずに一口すすり「ミルクが足りない」と呆れたように呟いた。こいつマジで一回引っぱたいてやるか……？

どうにか苛立《いらだ》ちを抑えていると、旭が「あの」と控えめに声をかけてくる。

「二人って、今は一緒にこの部屋で暮らしてるんだよね？」

その質問に、藤原が「え、まあ、そうだけど」と頷きを返す。

「だって私、芦屋《あしや》くんと離れたら魔力が切れて死んじゃうもの。だから、もちろん不本意なんだけど、一緒に暮らさざるをえないというか、へ、変なアレじゃないのよ？」

「……そっかぁ。へぇー……」

くるくる。くるくる。

コーヒーを見つめた旭が、スプーンをまわしながらポツリと呟く。

「いいなぁ……」

「なにが?」

小さな囁きに俺が問い返せば、旭がバッと顔を上げた。

「えっ!?　あ、いや、そのっ……だっ、誰かと一緒に生活するのって、羨《うらや》ましい……?」

「なんで疑問形なんだよ。だったらお前もサキュバスと一緒に生活したらいいだろ。てか、そろそろ見せてくれよ、サキュバス。ずっと気になってたんだよ」

「う……本当に、み、見たいの?」

「見たい。超見たい。やっぱエロいんだろ?　際どい格好してんだろ?　見せてくれ」

わくわくしながら言うと、藤原が「最低」と吐き捨てた。

はい最低でーす。

旭が赤面して「うぅ」と唸《うな》り、鞄から分厚い魔導書を取り出した。

「じ、じゃあ、ちょっとだけ、ね」

旭が魔導書に魔力を送り込む。

すると旭の頭上に魔法陣が発生し、そこから悪魔の翼と山羊の角を生やした女が現れた。

「おっ、おおぉぉぉぉぉ!?」

思わず拳《こぶし》を握りしめながら叫ぶ。

肌色！

ぷかぷか浮遊するその女は、紐みたいなクソ細ボンテージに身を包み（包めてないが）、肌の九割五分程を露出していた。

エロすぎる……！

むちっとした煽情的《せんじようてき》な体つきに、若干幼さの残る可愛い顔という取り合わせは奇妙なギャップがあって背徳感が半端ない。

まさに淫魔の名に違わぬ魔性とでもいうべ、き…………ん？

ん!?

俺は空中に浮かぶサキュバスから旭《あさひ》へと視線を移した。

ジッと旭を見つめ、それからサキュバスに視線を戻す。

あれっ!?

「か、顔が一緒なんですけど。え、双子？　旭さん、サキュバスだったの？」

「違うよ!?」

旭が声を荒らげた。

サキュバスが滑るように旭の背後へ移動し、白い両手を旭の肩に置いた。

「違うわよぉ？　私がこの子の姿を真似してるだけ。うふふ。こんにちは、坊や」

艶《つや》っぽい笑顔を向けられて心臓が跳ねた。

あ、やばい。

惚れる。これ恋に落ちるやつだ。

めっちゃ顔が熱くなってるのが自分でわかる……

「こ、こんにちは」

ぎこちなく返すと、サキュバスがクスクスと笑い、俺の元まで飛んできた。

「やぁだ、緊張してるのぉ？　固くなっちゃって、可愛い」

指先が触れるか触れないか、絶妙な力加減で太ももを撫《な》でられる。

全身がビクッと震えた。

真横、吐息が感じられるほど近い距離にサキュバスの顔が近づく。

普段は前髪に隠された、旭と同じ瞳に見つめられ、そのまま吸い込まれるようだ。

瑞々しい唇から、ちろちろと赤い舌がのぞいた。

太ももを撫でられたまま、くいっと顎《あご》を持ち上げられる。

「あ……」

妖艶《ようえん》なその表情から目を離せない。

何も考えられなくなる。

近づく彼女の唇が、俺の……

「芦屋《あしや》くん！」

聞こえてきた藤原《ふじわら》の叫びにハッとする。

俺は、今にも触れそうになっていたサキュバスを突き飛ばして後ろに飛びのいた。

「お、おっ……え!? なに、なになに!?」

……意識が飛びかけてた！

なに!?

今のなに!?

怖い！

サキュバス怖い！

「な、なっ」呆けていた旭《あさひ》が前髪の奥で目を剝《む》いた。「なにっ、なに、してるの!?」

「やん。怒らないでよぉ。美味しそうな子だからちょっと味見したくてぇ」

サキュバスがすーっと旭の隣へと戻る。

その際、尾てい骨から伸びた彼女の尻尾《しっぽ》が、俺の顎《あご》を撫《な》でていった。

心臓跳ねる跳ねる。

やばい死ぬ。

「こらぁ!! 駄目でしょ!? な、なんで、なんでそういうことするの!?」

「本能……そう、呼吸と一緒よぉ？」

「そういうこと言ってるんじゃないっ！　もぉー！　もおぉぉー!!」

ここまで荒ぶる旭《あさひ》は初めて見た。

バクバク猛る心臓を抑えながら、顔を引きつらせる。

やっべぇ。精気吸い取られるところだったわ。こっわ。サキュバスこっわ。

「でもぉ、良かったじゃなあい？　今の私の姿でメロメロにできるってことは、ご主人様も同じようにあの坊やを魅了できるってことよ？　うふふ、良かったわねぇ？」

「そんっ、…………そうかな？　いけるかな？」

叫び散らしていた旭がストンと腰を下ろし、サキュバスと視線を合わせた。

「ええ、いけるわぁ。だって今の私は、ぜぇんぶ、ご主人様と同じなんだもの」

マジ？

俺はサキュバスの全身を舐《な》めまわすように凝視し、それから旭を見る。

一緒なの？

そこも、あれも、全部一緒なの……？

へぇー……！　へぇぇー!!

勉強になるなぁ！

「芦屋《あしや》くん？」

体が痙攣《けいれん》した。

視線をやれば、無表情の藤原《ふじわら》がいて、洞穴のような両目で俺を凝視していた。

「藤原、怖い。そのおめめ、超怖い。いつもの素敵な藤原千影《ちかげ》さんに戻ろう？」

「情けないと思わないの？」藤原が平坦な声で言った。「淫魔ごときに心を奪われて……私、自分がこんな情けない男の使い魔なんだと思ったら、泣けてきたんだけど？」

「じゃあ泣けば？」

「は？」

「……でも無理だぞ？　だってアレ色気半端ねぇし、抵抗とか無理だって。マジで」

「…………」

「……ま、なんだ。サキュバスに迫られてわかったけど、お前って顔はいいくせ全然色気がないな。いや、ありがとう。なんか逆にお前が使い魔でほんと助かる。間違いが起きそうにないって意味で。マジ感謝だわ」

顎《あご》を蹴り上げられた。

◆◆◆

夕食後、寮長に外泊届を提出して、三人で大野《おおの》さんの家へ向かった。

彼女の部屋は、学生向けの1Kで防犯設備がしっかりした単身者用マンションだった。

「ごめんねぇ、ちょっと汚くてぇ」

通された部屋は女子女子した空間で、まさしく男子が想像する女子の部屋！　といった趣だった。全体的に暖色でまとめられ、なんとなくふわふわしている。サークルをクラッシャーした彼女の実績を鑑みるに、十中八九男受けを計算した上での構成なのだと思われる。すなわち綺麗《きれい》なクモの巣。狩場だ。

一体どれほど多くの餌《えさ》、もとい男が、この部屋で仕留められたのだろうか。

「適当に座っててねぇ。お茶、用意するからー」

お言葉に甘え、動物の顔面を模したクッションに腰を下ろす。

旭《あさひ》が興味深そうに部屋の中を見渡し、藤原《ふじわら》はつまらなそうに小さな本棚を眺める。本棚に並んでいるのはファッション誌や女性情報誌、それとほんの少しの教科書だ。

「いつもだったらあと三十分くらいで現象が起きるはずなんだけどぉ」

麦茶を配りながら大野《おおの》さんが言う。グラスもトレーもあらゆる小物が可愛かった。

というか、部屋着からして可愛いな。結い上げた髪も雑に見えて実は可愛い。

すっぴんに見えてナチュラルメイクなのも可愛い。芸が細かい。

平均の域を出ない容姿を、圧倒的な技術で、遥かな高みへと昇華している。

なんなのだこの隙のなさは。

そこかしこから『女！　私は女！　女なんです！』という力強い圧力を感じた。女子力の低い雑魚《ざこ》女がこの場に足を踏み入れたら、点滅しながら消えてしまいそうだが……

「藤原、大丈夫か？」

「は？　何が？」

心配になって尋ねると、藤原が怪訝《けげん》な顔を向けてきた。

どうやら女子力が低すぎて、逆にこの空間の凄さがわからないようだ。命拾いしたな。

俺はまだ痛みが残る顎《あご》をさすりながら「なんでもない」と返した。

「んじゃ、最後の確認でもしとこうか」

作戦といえるほどのものではないが、思念体が現れた際に各々どう動くのかはすでに決めていた。

本当に単純なんだけど、旭が結界を張って思念体の逃げ道を塞《ふさ》ぎ、俺は大野さんを護衛して、藤原がその間に思念体を殴り殺す。もし思念体を倒す前に俺がガス欠を起こして藤原が動けなくなったら、旭がサキュバスを使役するか攻性魔術を放って撃破。それすらも失敗したら……まあ、失敗しないか。以上。

「てか、藤原を戦闘で使役するのって初めてだから、俺も魔力の配分がわかんねぇんだよな。そこそこの攻性魔術を一発使われたら、俺、その時点でぶっ倒れるかも。供給回路も貧弱だしさ。だから藤原は思念体が出てきても極力拳《こぶし》で殴るだけにしといてくれよ？　……つーかお前が攻性魔術なんか放ったら、この部屋ぶっ飛ぶかもしれんし」

藤原《ふじわら》は見た目こそ普通の女子高生だが、内には魔人を秘めているのだ。放たれる魔術は相当強力なものになるだろう。こんな小さな部屋などひとたまりもない。

「わかった。で、もし私が仕留めそこなったら、その時は平野《ひらの》さん、後詰めお願いね」

「うん、頑張る。でも、まずは、結界だね」

と、そんなやり取りをしていると、大野《おおの》さんが俺を見た。

「想太《そうた》くんは戦わないのー？」

「え？　あぁ、俺は大野さんを守るのに専念するので」

「そっかぁ。ありがとー。いざというときは頼りにしちゃうねぇ？」

そう言ってギュッと俺の手を取り笑顔を向けてくる。この人ナチュラルにこんなスキンシップしてきちゃうんだな。プロだわ。そりゃあインドア系サークルも爆砕しますわ。俺もサキュバスの件で女体への耐性ができてなけりゃやばかった。

「任せてください。まあ、まず危険な状況にならないとは思いますけど」

相手はたかだが低級の思念体だし、俺らはそういうのを授業で何度も倒してきた。

今更気張るような障害でもない。

というわけで、待機。四人で雑談を交わして時間を潰す。

で。日付がそろそろ変わろうかという時刻に差し掛かった頃。

藤原が何かに気付いたように天井を見上げた。

「どうした？」

「なんだろう。空気中の魔力が、ざわざわしてる」

「へぇ？　お前、そんなことがわかるんだ。すげぇな」

「多分だけど、私と融合してる魔人が魔力に敏感な生き物なんだと思う。前はこんな感覚なかったし。それより二人とも、来るわよ」

まるでその言葉が引き金となったように、ガゴッ！　と、玄関の扉を殴るような音が聞こえた。次いで、何度も何度も激しくドアノブが引かれる音。

「ひっ」

大野さんが身を竦《すく》める。

部屋中の家具がガタガタ揺れ始めた。重量のある冷蔵庫やベッドまで動き、まるで地震さながらだが、床は一切揺れていない。どこからか……俺でさえ感知できるような、はっきりとした魔力の波動が感じられた。

妙だな。弱い思念体が引き起こしているにしては、現象が強力すぎるような気がする。

授業で取り扱ったいずれの思念体と比べても、空間への干渉具合が大きい。大きすぎる。

「藤原。これ、予想より強そうじゃね？」

「そうね。平野さん、結界、お願い」

頼まれた旭《あさひ》が魔導書に魔力を送り込むと、部屋全体が薄い魔力の膜で覆われた。

これで思念体はここから逃げられなくなったはずだが……

空のグラスが浮き上がり、大野《おおの》さん目がけて飛んでくる。間一髪で俺がそれを腕ではじいた。

グラスは壁にぶつかって割れ、大野さんが小さな声を漏らした。

「あれね」

藤原《ふじわら》が部屋の隅を指差した。

そこには白いもやの塊があった。うずくまった人の様な形をしている。

思念体だ。

だが想像していたものより、ずっと濃い。とてもじゃないが、浮気をされただけの人間から発された感情によって生み出されたものとは思えない。

そう思った瞬間、天井の照明が切れた。

家電の発するわずかな明かりを残し、部屋が暗闇に包まれる。

「きゃあ!?」

大野さんが縋《すが》りついてきた。

それに反応するように、思念体が起き上がり、声にならない叫びをあげた。

無数の小物が一気に浮かび上がり、俺ら目がけて飛来する。

まさか、大野さんに抱きつかれた俺に嫉妬したのか?

俺めがけて飛んでくる小物のうち、当たると危険な物だけを魔導書や腕で叩き落としながら叫ぶ。

「藤原！」

大野さんへ向けて飛んでくるものは直接体で防ぐしかなくて、かなり痛い。

「わかってる！」

藤原の目の色が変わる。黒から深紅《しんく》へ。魔人のものと思《おぼ》しきその色へ。まるで攻撃色だ。

同時に彼女の腕が青く輝き、供給回路を経て魔力を吸い取られた俺はふらついた。

ゆらゆら揺れる思念体に藤原が殴りかかる。

拳《こぶし》が届く直前、思念体の周囲の空気が歪《ゆが》み、透明な壁が生まれる。防御反応だ。

「こんなもの！」

だが藤原の拳は止まらない。

障壁を貫き、破り、青い軌跡が思念体の上半身を煙のように吹き飛ばした。

残された下半身が膝をつき、宙に浮いていた様々な物が力を失って落下していく。

「ふっ。所詮《しょせん》は低級思念体ってとこね」

「っ、まだだよ！」

旭の慌てたような叫び。

え、と思った時には――

散らしたはずの白いもやが寄り集まり、思念体の姿を再形成していた。

馬鹿な。

「ちっ。なら、これっ！」

藤原《ふじわら》が再度拳《こぶし》に魔力を纏《まと》い、巻き上げるようにアッパー気味の一撃を見舞う。

思念体が下半身から根こそぎ霧散した。

粒子は空気に溶け込むように散り散りとなって……

「なんでよ!?」

また、集結して塊を作る。

いくらなんでもおかしい。普通であればとっくに消え失せているはずなのに。

なにより戦闘が長引くことで、ぐいぐい魔力を吸い取られるのがまずい……！

回路からの供給だと、直接魔力をやり取りするのに比べて、あまりに効率が悪すぎる！

もう限界が……！

「う、ぅ、藤原、早くしてくれ……！　そろそろ、魔力が枯渇する……！」

「わかってるってば！　でも、倒したはずなのっ……あ、やばっ!?」

藤原に殴り飛ばされて散らばった白い粒子が、俺らから離れた場所で寄り集まっていた。

距離が開いたことで藤原の拳が届かず、その隙を縫うように部屋中に散乱した小物が一斉に
浮き上がった。これまでの比じゃない量。こんなのをまとめてぶつけられたら到底大野《おおの》さんを

庇《かば》えない。中には包丁やハサミのような刃物まで紛れている。

いや、これ、死っ……

「舐《な》めるな！」

藤原が手をかざし、眩《まばゆ》い光弾を放った。

それは一瞬で思念体をかき消し、窓を突き破ると、夜空の彼方へ飲み込まれる。

「藤原さん!?　私の結界まで壊してる！　あっ、あぁ、逃げられちゃった……」

旭《あさひ》が何かを言っていたが、

「ふぁ」

根こそぎ魔力を吸い取られた俺は、その場に崩れ落ちた。

意識が、遠のく…………う……

◆◆◆

「反省会よ」

荒れに荒れた部屋の中央で、藤原が不機嫌さを隠しもせずにそう言った。

「おう」

頭を押さえながら頷く。限界まで魔力を吸い取られ、思考が定まらない。

短時間とはいえ失神までしてしまったようで情けない限りだ。

思念体にも逃げられたみたいだし、踏んだり蹴ったりだわ。

「あ、待って、藤原《ふじわら》さん、想太《そうた》くん」

「め、めちゃくちゃあ……お部屋がー……窓も家具もぉ……ふ、うふふ、あはは……」

部屋の片づけをしていた旭《あさひ》と大野《おおの》さんが俺らの元まで来る。

大野さんの目は虚ろだ。生気というものが一切感じ取れず、足取りも覚束《おぼつか》ない。

それもそうか。部屋の中はあらゆる物が散乱し、ベランダにつながる窓も粉々になっていた。家具も大部分が壊れてるし、ちょっとした廃墟のようである。原因の一端を担う身としては罪悪感が半端ない。

協会の保険、たしか物損も適用されるはずだし、後で学生課に聞いてみるか。

一方で藤原は罪悪感など覚えていないのか、特に表情も変えずに俺を見てきた。

「さっそくだけど、あの思念体はなんなの？　普通じゃなかったわよ」

「だなぁ。あー、くらくらする。体も痛ぇ」

天井を仰ぐ。照明が破壊され、室内は外から差し込む月明かりだけが頼りとなっていた。

思ったよりは明るいが……いやほんと、廃墟みたいな様相だな。

「えっと、あれって、普通じゃないっていうか、単純に強かった、よね？」

恐る恐る言う旭に対して首肯《しゅこう》する。そう。あれは普通じゃないというより、ただ強かった。

到底、浮気されただけの人間から生じる思念体ではない。と、思う。

「あれ、本当に、浮気された人の思念体なのかな?」旭も同じことを思ったようだ。「普通は、それだけじゃ、あそこまで凶悪なのは、発生しないはずなんだけど」

その指摘に、大野さんが脱力したまま頷いた。

「本当だよぉ、それ以外に心当たりなんかないもん。うぅ、お部屋がー……」

「何か隠してることとかないの? 本当に全ての情報を包み隠さずにくれたわけ?」

藤原の疑念に、大野さんが一瞬だけ硬直した。

けれどすぐにそれを隠すように力なく笑う。

「信じてくれないの? ……ねえ、想太くんは信じてくれるよね?」

そっと俺の傍に座り、軽くしなだれかかってくる。おぉう、色仕掛け。

藤原が舌打ちし、旭がおろおろ俺を引っ張った。

「あ、いや、もちろん隠し事がないならそれに越したことはないですよ? ただ、もし隠し事があって、それが思念体の強さに影響していたら、解決が難しくなるかもしれませんね」

大野さんが「う」と呻《うめ》いた。

その反応に三人の視線が集中する。

しかしそれでもなお大野さんは「あー」とか「うー」と口ごもった。

「嘘はついてないいんだよぉ? 本当にぃ、あの幽霊が浮気相手の生霊だっていうのも間違ってないと思うんだけどなー?」

粘られ、藤原《ふじわら》が口をひん曲げて猜疑心《さいぎしん》むき出しの顔になった。

旭《あさひ》も困ったように俺を見てくる。

うーん。この反応からして、隠し事があるのは間違いなさそうだ。思念体が浮気相手だか恋人由来のものであることは確実だとして、それ以外に何か不都合でも……あっ。

もしかしてこいつ……

「大野《おおの》さんはサークルを壊したんですよね?」

尋ねると、大野さんが苦笑いを浮かべた。

「あ、あははー……うん、そーだねー」

「でも、一人と浮気したくらいじゃサークルって壊れなくないですか? や、もちろん人間関係はぐちゃぐちゃになるだろうし、部員もある程度は減るだろうけど……」

大野さんの顔が引きつっていく。

「もしかしてあんた、サークルで複数の人と関係を持ったんじゃないですか?」

そう告げた瞬間の大野さんの顔といったら、まるで親に叱られた幼子のようだった。

はあ。

藤原が呆れ顔で「なるほどね」と呟《つぶや》く。

「同じ指向性を持った複数の思念体が絡まって、一つの強い個体が生まれたってことか。凄惨な戦場なんかだと、数えきれないほどの死者の残留思念が凝り固まって、超強力な思念体が発生することがあるらしいけど、それと同じタイプね。強いはずだわ」

そこまでの規模ではないにしても、普通の思念体よりずっと手強《てごわ》いのは確かだ。

果たして何人と浮気をしたのかはわからないものの、浮気相手が二人いれば、単純計算で普通の低級思念体より二倍は強くなるわけで、そりゃあ手こずることになる。

でも、それくらいならあらかじめ準備をしておけば、どうとでも対処できるだろう。

低級思念体が相手だからと油断していたことは否めないが、まあ凡ミスだな。

「浮気相手は何人？　二人なの？　それとも三人？」

「えっとぉ、何人だったかなぁー？」

言い渋る大野さんに、藤原が苛立《いらだ》ちも露わに「解決してほしいなら、言え」と凄む。

さしもの大野さんも怯えたように俯いた。

「十二人……サークルの男子全員と寝ましたぁ。全員から恨まれてるかもー……」

「わろっ」

鼻水と一緒に変な声出た。

マジで？

なにこの……これ。

じゃあ、そこらの低級思念体より十二倍強いかもしれないってこと？

「え、え？　じゅ、……何人？」

旭《あさひ》が目を回す。

藤原《ふじわら》も言葉を失ったように表情筋を強張らせていた。

「タイム」

俺は両手でＴの字を作り、藤原と旭の腕を摑《つか》んで部屋の隅へ向かう。

「おい、無理だぞこれ。手に負えない。大野《おおの》さんには悪いけど、帰ろうぜ」

小声で二人に告げる。

すると、藤原が「はあ!?」と盛大に顔を歪《ゆが》めた。

「馬鹿言わないで！　この私が難易度Ｆのクエストをリタイアするなんて許されるわけがないでしょ!?　西の連中にもなんて言われるか！　ただでさえ言いたい放題言われてるのに！　駄目、絶対に駄目！　た、確かに十……十二、いえ、その、こんなに浮気してる女を助けるのって馬鹿らしいけど！　でも難易度Ｆから逃げるってどうなの!?」

「絶対これ難易度Ｆじゃねぇよ！　つーか相性が悪すぎるんだよ！　いいか、藤原は強い、それは認める！　魔人の力を手に入れたおかげで攻撃力はプロと比較してもトップだろうさ！」

「だったら!!」

「でもな、スタミナがなさすぎる！　何度倒してもその都度復活するようなのが相手じゃ、分が悪すぎるんだよ！　普通の思念体や魔物が相手だったら十分だろうけど、これは無理だぞ!?

お前はグー！　この思念体はパー！」

「やだ！　やだやだ！　絶対クリアするっ!!　クリアするの!!」

地団太《じだんだ》踏み出したぞこの女。馬鹿力で床が軋《きし》む軋む。

幼児かお前は。

「俺はお前に魔力を供給するのに精いっぱいで、他の魔術なんか使えないだろ。旭も戦闘に長《た》けた使い魔を使役してるわけじゃない。それをふまえて、俺と旭がどうにか攻撃に加わったとしてだ、そんなのがあれに通用するわけねぇだろ。ほーら詰んだ」

丁寧に説明すると、藤原が悔しげに黙り込んだ。プライドが高すぎてこの結果を認められないに違いないが、優秀だからこそ無理だというのもしっかりわかっているのだろう。

藤原はもっと適当に生きる術《すべ》を身に着けるべきだな。自分の才能に気負いすぎなのだ。

「よし、ファミレス寄って帰ろうぜ！」

「待ってぇ！」

大野さんが叫んだ。

「お願いだから見捨てないでぇ！」

話を聞かれていたらしい。まあ叫んでたしな。

「いやあの、物事には限度があってですね。それに見捨てませんよ。協会のプロに救援要請を出します。依頼料は跳ね上がりますけど、俺ら学生にこの件は重すぎるので」

「え、あ、そ、そうなのー？　ちなみにそれはぁ、いくらくらい？」

「んー、多分ですけど数百万は確実かと。プロも複数必要になりそうだし」

「待ってぇ!!」大野《おおの》さんが縋《すが》りついてきた。「無理だよそんなに払えないよぉ！　か、家具もバラバラになったんだよぉ!?　また買い揃えないといけないんだよぉ!?　あっあっ……なんでもするよ!?　助けてくれたらなんでもするからぁ！　ね!?　お願い！」

なんでもするとか言い出したぞこの人。

いや、気持ちはわかるけど。

「大丈夫ですよ。物損に関しては協会の保険が利くかもしれないし。多分ですけど」

「え、そうなのぉ？　……じゃなくてぇ！　そ、それでなくても何百万もっ……！」

「そんなこと言われても、アレって相当強いんですよ。さっきは直接攻撃されなかったからこんなんで済みましたけど、もし好戦的になられたら、次は普通に人死にが出ますし。もちろんその死者になりうるのは俺らだけじゃない。大野さんだって危ないんです」

「そ、そんなぁ。ううぅ、どうしてこんなことにー……お金が足りないよぅ」

「浮気したからだと思いますけど」

指摘すると、大野さんがガクッとうなだれた。

可哀想だがどうしようもない。

「じゃ、俺らはこれで。あ、部屋の片づけ手伝いましょうか？」

「今日はもうホテルに泊まるからいいよぉ……」

「そうですか」

頭を下げ、玄関へ向かう。

が、部屋を出ようとしたところで旭《あさひ》に袖を引かれた。

「ちょ、ちょっと待って」

立ち止まれば、旭がどこか寂しげな顔で俺を見上げていた。

「どうした？」

「本当に、帰っちゃうの？」

「そりゃ帰るだろ。やれることないし。今晩はもう思念体も来ないだろうし」

「で、でもっ…………可哀想、だよ」

言われ、振り返ると、懇願するようにこちらを見る大野さんと目が合う。

これから数百万の借金を背負うであろう女の姿は、さすがにこちらの精神を抉《えぐ》ってくる何かがあった。

でも、そんな目をされたって無理なものは無理だ。

「そう言われてもなあ。あの思念体は俺らじゃどうやっても倒せないぞ」

「別に、倒さなくても、いいんじゃないかな……？」

旭がおずおずと上目遣いに言った。

「それ、どういうこと？」

むっつりご機嫌ナナメな藤原《ふじわら》が尋ねる。

旭《あさひ》は「その、えっと」と言い淀み。

「存在理由がなくなれば、思念体は、消滅するよね？　それで、どうにかできないかなって」

「ごもっともだけど、具体的には？」

藤原の鋭い口調に、旭が尻込みしたように「そ、それは、えっと、サークルの人たちの、大《お》野《お》さんへの、恨みを、晴らせれば」と歯切れ悪く言う。

「こんな滅茶苦茶なことをする人間への恨みを、そう簡単に晴らせるとは思えないけど」

まさにその通りである。はっきり言うがこれは生半なクズではない。

サークルメンバーの、彼女へ対する恨みは相当なものだろう。

旭は言い返す言葉を何も見つけられなかったのか、「うう」と唸《うな》って涙目で黙り込んでしまった。ガチへこみだ。哀れなほど意気消沈している。

なんだろ。大野さんはもうどーでもいいんだけど、旭がひたすら可哀想になってきた。

なんとかしてやれないだろうか。

いやでも、そうはいってもこれはさすがになぁ。戦闘じゃ百パー勝てないし、だからと存在理由を無くすにしても、思念体を生み出した連中が、簡単に大野さんへの恨みを忘れるとも思えねぇし。痴情のもつれ、しかも十二重に絡まった情念だぞ。やばすぎる。

大野さん、来世はサルモネラ属菌とかに生まれ変わりそうな業である。

「ご、ごめんね、無茶言って、困らせちゃって……」

旭が弱々しく笑みを浮かべた。

おぉ、もう。庇護欲《ひごよく》をそそることそそること。

旭の落ち込みぶりを見ていると、大野さんへの苛々《いらいら》がみるみる募っていくほどだ。

そもそも、なんでこんなクズのために旭が悲しまなくちゃならねぇんだ？

大野さんも大野さんだ。ちょっと考えれば、狭いコミュニティで浮気を繰り返したらやべぇことになるなんてすぐわかるだろうに。下半身に脳みそが付いているとしか思えない。

それに、大野さんが現れるまでは楽しく和気あいあいとオカルトの研究してたオタク達もいい迷惑だったろう。いやまあ性欲に負けたサークルメンバーももちろん相応に悪いのだが、それにしたって生態系食い荒らすブラックバスじゃねぇんだから。無双してんじゃねぇよ。

もはやこの女、人間じゃなくて性欲の権化《ごんげ》みたいなもんじゃ……あ……れ？

あっ。

これ、どうにかできるんじゃないか？

「おい、旭」

声をかけると、俯いていた旭が顔を上げた。

「……うん。帰ろっか」

「いや、どうにかできるかも」

そう言った瞬間、三人が一斉に俺を向いた。

「どうやって？」

藤原《ふじわら》からの疑わしそうな声に、頭の中で考えをまとめる。うん……よしよし。

別に恨みを晴らさなくても、思念体の存在意義を無くすことはできそうだ。

「寝取ればいい」

「はあ？」

怪訝《けげん》な顔をする藤原をスルーし、ポカンと俺を見上げてくる旭《あさひ》と視線を合わせた。

「旭。お前のサキュバスで、オカルトサークルの連中を骨抜きにしてやれ」

◆◆◆

結果から言えば、思念体はわずか三日後に完全消滅してしまった。

あまりにあっけない。

それはとりもなおさず、サキュバスが十二人の男全てを、大野《おおの》さんから寝取ってしまったということにほかならない。向けるべき情念が消えれば、思念体だって存在意義を失う。

流石《さすが》は淫魔だ。人間の淫乱ごとき目じゃないらしい。

それにしても、男たちは一体どんな誘惑をされたのだか。

ちょっと見てみたかったなぁ。

思念体が完全に消滅するまでの三日間、大野さんを守るために毎晩マンションを訪れていた俺らだが、いよいよ思念体が姿を現さなくなったので、お役御免と相成った。

これにて一件落着、クエストクリアである。いえーい。

ま、俺はなんにもしてねーけどな！　物ぶつけられて痛かっただけだわ。

なお大金星を挙げた旭は大野さんから大いに感謝され、電話番号を渡されていた。何かあれば相談に乗るからということで、旭は困惑しながらも礼を述べていた。恋愛の悩みに関しては（攻める点においてだけなら）非常に頼りになりそうではあるが……

あまり変な影響は受けないでほしいものである。

「悔しい」

マンションからの帰り道、藤原がぽろっと零《こぼ》した。

自分が大して役に立てなかったことが引っかかっているようだ。

「仕方ないだろ。人には向き不向きがあるんだ。ここは旭様のファインプレーに救われたんだとありがたく思うしかない。俺らじゃどうしようもなかったんだし」

へらへら笑いながら言うと、藤原は一瞬物言いたげに俺を見て、しかしすぐ息を吐いた。

「……言い返せないわね」

「で、でも、思念体が消滅するまで、毎回追い払ってたのは、藤原《ふじわら》さんだよ？」

「いいの平野《ひらの》さん、無理にフォローしてくれなくても。うふふ、私は所詮《しょせん》難易度Fのクエストすら満足にクリアできない落ちこぼれなのよ。あぁ、召喚試験にも失敗したし……」

初めてのクエストで予想外に活躍できなくて、ダウナーになってんな。

こんなナーバスな藤原は初めて見たわ。なんだろう、普通に気持ち悪い。

「難易度はどう考えても学生課の設定ミスだし、気にするだけ無駄だろ。あんなん最低難易度のクエストに出てくるような思念体じゃねーよ。報告書上げりゃ修正されるわ」

「そうだよっ！」旭《あさひ》がグッと両こぶしを握りながら言った。「今回は、たまたま私の使い魔が、クエストに合ってただけだし！　ほかのクエストだったら藤原さんの方が活躍できるよ！」

とりなされた藤原が苦笑した。

「そうね。次はきっとうまくやる。落ち込むくらいなら次に繋《つな》げればいいだけだわ」

「そーだそーだ。今回はクリアできただけでも喜んどこうぜ。ほんと旭様様だわ」

パシパシ旭の背中を叩くと、旭が恥ずかしそうに「えへへ」とはにかんだ。

「わ、私も、使い魔のおかげだから、そんな」

「卑下すんなって！　偉いことしたんだから胸を張れ、胸を。ほら！」

「こ、こうかな？」

言われた旭がえへんと胸を張る。

デカい。

なにがとは言わないが、想像以上にでかいふくらみが強調されて、つい……眼福眼福。

つーか、こいつって長い前髪とか野暮ったい服装さえどうにかすれば普通に美人になりそうなんだよな。旭の姿をコピーしたサキュバスがアレなんだし。もったいねぇな。

「そういやあのサキュバスってお前の姿でオカサーの野郎どもを誘惑したのか?」

「えっ!? あっうっ……そ、それは、あの……」

旭が急に挙動不審になった。

藤原がドン引きしたように「芦屋《あしや》くん……」と見下げ果てた目を向けてくる。

い、いやでも気になるじゃん!?

「ち、違う、よ?」旭が少しだけ気落ちしたように言った。「ほら、私みたいなちんちくりんの姿じゃ、いくらサキュバスでも、誘惑に、失敗するかもだし」

間違いなくそれはないと思ったが、旭が自分に一切の自信を持っていないのは今更だ。

俺は下手なフォローをせず「そうか?」とだけ言って先を続ける。

「んじゃ、あのサキュバスの元の姿で誘惑したんだな。いや、元の姿知らんけど」

「あ、あ、いや、そういう、わけでもなくて、その」

そこで旭はチラッと藤原を見やり、けどすぐ気まずそうに視線を逸らした。

ん?

藤原《ふじわら》は一瞬呆けて「えっ⁉」と声を上げた。

「ちょっと、平野《ひらの》さん？　あなた、もしかして……！」

「え、えーっとぉ…………えへっ？」

「平野さん⁉　嘘でしょう⁉　まさかあなた私の姿をっ……！」

藤原が旭《あさひ》に詰め寄り、旭の襟《えり》を摑《つか》んでがくがく揺さぶった。

「ごめんなさいごめんなさいごめんなさいぃ！　で、でもでもだって私より藤原さんの方がずっと美人なんだもんっ！」

「だったら芸能人でもコピーしときなさいよ！」

「ひ、ひえぇぇぇ！　ごめんなさいぃぃぃぃぃぃ！」

旭が首をもがれそうな勢いで揺さぶられた。

俺は、二人のやり取りを眺めながら、藤原の姿をしたサキュバスが男を誘惑しているところを想像してみて……なんだか笑えてきた。あまりに似合わない。

「まあまあ。落ち着けよ。あくまでサキュバスのやったことだし、そう怒んなって」

「それとこれとは話が別でしょ⁉」

「いやいや。ほら、実はすげぇ役に立ってて、逆に良かったんじゃねーの？　お前が真のＭＶＰだ。いやあ、まさか藤原がこんな大活躍をしていたとはなぁ……ふはっ」

笑った瞬間、藤原に顔面を殴られた。

閑話　『神様』の話 1

夢を見た。

中学生になるかならないかくらいの俺と、長い黒髪の少女の夢だ。

その少女は藤原《ふじわら》によく似ていた。今の藤原をそのまま小さくしたような姿だ。

俺らはどこか薄暗闇の中にいて、そこでとても大きな魔法陣を描いている最中だった。

魔法陣は驚くほど複雑な作りで、到底その構成は理解できない。

なんとなく、その魔法陣が召喚陣かもっていうのはわかったけど、それだけだ。

そんな高度なものを、どういうわけだか俺が必死に描いている。藤原に似た少女は、何もせずに傍らで俺の作業を眺めていた。時折短い言葉を交わしているようだったが、夢は無音で何を言っているのかまではわからなかった。

やがて俺は魔法陣を完成させ、少女へ笑顔を向ける。

対する少女はぶっきらぼうで、でもどこか少し高揚しているような雰囲気もあって。

魔法陣を起動すると、眩《まばゆ》い光の中から……

女の姿をした、『神様』が現れて……

「うわぁっ!?」

目が覚めた。

慌てて視線を巡らせればそこは自分の部屋で、俺はいつものようにソファで寝ていた。

辺りは真っ暗闇。すぐそばのベッドでは藤原が静かに寝息を立てている。

「……？　あ、あぁ？　なんだってんだよ……」

夢？

変な感覚だ。

とても重要な夢を見た気がするのに、それをおぼろげにしか思い出せない。

何か大切なことを忘れてしまっているような……

「んぅ……どーしたのぉ……？」

忘れたことを思いだそうと唸《うな》っていると、藤原がもぞもぞ体を動かした。

そして、ぐしゃぐしゃに顔を歪《ゆが》めながら目を開く。

どうやら起こしてしまったらしい。

藤原は寝ぼけ眼をこすりながら枕元のスマホへ手を伸ばすと、光る画面に目を細める。

「ふあぁ……なーに、まだ夜中じゃない……」

「悪い。起こしたか」

「ほんとに……どうかしたの？」

上体を起こして背伸びした藤原《ふじわら》が極悪な目つきを向けてきた。可愛さのかけらもない。

一緒に生活をし始めてわかったことだが、この女は寝起きがあまり良くないようだ。

「いや、変な夢を見て目が覚めた」

「はあ？　悪夢にでもうなされたわけ？」

「悪夢っていうか、なんだろ、自分が変なこと言ってるのはわかってんだけど、ちびっ子の俺と藤原が一緒に何かしてる夢で……」

「――え？」

「わかってるから。入学前は俺らまだ面識なかったし、たかだか夢だってのは。けど、なんか、それがとても重要な気がして。何かを、忘れているような……？」

「ね、ねぇ。その夢で、私たちは何をしてたの？」

それまでの不機嫌な顔から一転、藤原が真剣な眼差しで訊いてくる。

まるで一気に目が覚めたかのようだ。

「なんだよ。そんなマジなトーンで」

「いいから教えて」

思いがけない強い口調に軽く怯《ひる》む。

「あ、あー、詳しくは覚えてないけど、何かを召喚しようとしてた、ような？　どっか暗くて広いとこで大きな魔法陣を描いてて、藤原っぽい女の子がいて…………藤原?」

　藤原は両目を見開き、信じられないとでもいうように俺を見つめていた。

　なに、その反応。

　馬鹿に大げさな。

「そっ」藤原が言葉を詰まらせる。「そんな、まさか」

「俺、変なこと言ってるか?　これ、所詮《しょせん》夢の話だぞ?」

「違う、そうじゃ……そ、想太《そうた》は、それで何かを思い出したとかは……?」

　急に名前を呼ばれてギョッとした。

「いや別に。つーかなに、急に名前呼びって。キモいな。寝ぼけてんの?」

　藤原があからさまに落胆したように視線を落とした。

「……寝ぼけてるけど?　こんな時間に無駄に起こされて、変な話を聞かされて……」

「だから悪かったって」

「ふん」

　藤原がもそもそと布団をかぶって横になり、そしてそっぽをむいたまま呟《つぶや》く。

「芦屋《あしや》くん」

「なんだ?」

　数秒、逡巡《しゅんじゅん》するように間があき——

「もし……もし、明日の朝、まだその夢のことを覚えていたら……改めて話がしたいの」

藤原《ふじわら》の言葉に首を傾《かし》げざるをえなかった。

なにをそんなに気にしているんだ？

「別にいいけど」

「そ……じゃ、おやすみ」

「ん。おやすみ」

布団をかぶると、まるで魔法でもかけられたかのように、スッと意識が深いところへ沈んでいった。

◆◆◆

「ねえ芦屋《あしや》くん」

朝、寮を出て校舎へ向かっていると、隣を歩いていた藤原が口を開いた。

「昨日の夢のことなんだけど、いい？」

問われ、ぼんやりと藤原を見やる。

夢？

「はあ？　夢って、お前、なにか見たのか？」

問い返すと、藤原が「やっぱりね」と小さく呟《つぶや》いた。

ほんの少しだけ悲しそうな表情で。

なぜかわからないが、その表情に胸がチクチクする。

「な、なんだよ」

「別に。なんでもない。気にしないで」

それきり藤原は黙り込んでしまった。

2 野心のご利用は計画的に

「私って一生このままなのかしら」

藤原《ふじわら》が使い魔になって一か月以上が過ぎたある日のこと。

夕刻。クエストを達成したその帰りだ。

町はずれの廃墟に出現した魔獣を倒した俺と藤原は、小腹が空いたということで低価格帯のファミレスに立ち寄り、少し早めの夕飯をとっていた。

「私……いつの間にか現状に何の疑問も抱かなくなってた。ふとそのことに気付いて、今すごいショックを受けてるんだけど。どうして私は芦屋《あしや》くんに命令されるがままクエストをクリアして、一緒に夕飯を食べてるのかしら？　何かがおかしいと思わない？」

黙々とチキンを切り分けていた藤原が、急にそんなことを言い出した。

「……いや、今更そんなこと言われても、知らんわとしか言いようがないぞ」

パスタを巻いていた手を止めて答える。

藤原がジッと俺を見つめてきた。

「ねぇ芦屋くん。私、このままだと、とても困るんだけど」

「俺も困るわ」

「は？　あなたは全然困らないでしょ。この私を好きに使えて何が困るって言うの？」

「いや、お前んとこの実家から定期的にクソほど文句言われてるし、学校じゃ東の連中になじられるし。俺は気楽に生きたいんだ。だから早く元に戻ってくれよ」

「戻れるなら戻ってる。どうやったら戻れるわけ？」

「俺が知るか。つーかな、お前が元に戻らなけりゃ彼女すら作れねーんだぞ、俺は」

「そういうのに関係なく芦屋くんに彼女ができるとは思えないけど」

「なんでそんなひどいことを真顔で言えるの？　お前は鬼か」

藤原は切り分けたチキンを一切れ嚥下《えんげ》。

「というか……このままじゃ、私たちが、なし崩し的にそういう関係になりそう……」

「正気か？」

藤原の危惧《きぐ》が杞憂《きゆう》としか思えず問い返す。

藤原はゆるゆるとかぶりを振った。

「周りからはすでにそんな目で見られてる。実際問題として現状をどうにかできなければ物理的にも離れられないわけで、そうなると私たちは男女なのだからいずれは不可抗力的に……」

「やめろ、やめてくれ！　恐ろしいことを言うんじゃない！　俺、絶対にヤだぞ!?」

「その意見には同意だけど、どうしてあなたはそこまで私を拒否するの？　容姿も、知性も、家柄さえも、全てを兼ね備えたこの私の一体何が不満なわけ？」

「性格」

「ぶち殺すわよ」

藤原《ふじわら》が真顔でナイフを俺に突き付けてくる。そういうとこだよ。

「落ち着け。ファミレスのナイフは同級生を刺すためのものじゃない。それに俺は、別にお前が畜生みたいな性格だと言いたいわけじゃなくて、単に性格的なそりが合わないってことを言ってるんだ。ずっと一緒にいたら、近い将来ノイローゼになっちゃうかも」

「あなたみたいな厚顔極まりない人間が、ノイローゼになんてなるもんですか」

「ほらそれ。そうやって息をするように俺を貶《けな》すのも問題だよね。絶対無理」

指摘すると藤原は黙り込んでしまった。

忌々《いまいま》しげに俺を睨《にら》みながら、上目づかいでチキンをパクパク食べていく。

「しかしこれ、どうにかしなけりゃマジで俺らの人生おしゃかだな」

「今の私はいっそ芦屋《あしや》くんを道連れにしてやろうかって気分なんだけど。私と結ばれたらノイローゼになるんでしょ？　いいわよ、向精神薬なしじゃ生きられない体にしてやる」

そう言った藤原の目には冗談の色がない。

「待て待て、自暴自棄《じぼうじき》になるな。俺とお前がくっついたって誰も得しねぇだろ？」

「そうね。でもあなたは婿養子《むこようし》になるのよ。藤原家の一員になるの。東日本支部を支配する日本最大の魔術師の家系に一度組み込まれれば最後、毎日毎日血反吐《ちへど》を吐くほど働くことになるでしょうね。当然東の旗頭として西日本支部との抗争の矢面に立たなければだし　東日本支部内部で下剋上を狙う身の程知らずも抑えなければならないし、なんなら私の旦那ということで次期藤原家当主として家中でも絶えることなく権力争いをしてもらうわ。日々の重圧は相当なものよ。きっと学内での派閥争いがおままごとに思えるくらいにね。でも逃がさない。絶対に逃がさない。芦屋くんの……もとい、藤原想太《そうた》くんの胃袋に穴が開いていく様を、日記に事細かに書き残していく。それだけを私の人生唯一の楽しみにするのよ……ふふ、一緒に奈落へ転がり落ちましょうね、旦那様？　うふふ、あははは……！」

藤原が口元を弛《ゆる》ませたが、その両目は一切笑っていなかった。

怖……淡々とした語り口ながら、言葉の端々から強い負のオーラを感じる。

揺るぎない邪悪な熱意にあてられ、たちまち気分が悪くなった。

「……ごめん、本当に勘弁して。死ぬから。マジで俺死んじゃうから」

「だったら私を死にもの狂いで解放しなさい。無理なら婿養子になるだけよ。たとえ芦屋くんが泣きわめきながら岩にかじり付いたとしても、必ずや実家に連れていく。必ずよ」

「……善処します」

俺が藤原家の婿養子になるならないは置いといても、この現状をどうにかしなければならないのは確かなのだ。四六時中藤原と一緒にいるのは、かなりキツイ。

今の俺が最も欲しているものは一人の時間だ。

もちろん俺らなりに元に戻れないかは色々と調べているのだが……いくら藤原《ふじわら》が優秀とはいえ所詮《しょせん》は学生だ。プロですら匙《さじ》を投げた問題を解決できるはずもなく。

……困った。

◆◆◆

藤原家に取り込まれ、血尿《けつにょう》を垂れ流しながら悔恨の中で悲惨な人生を終えるという悪夢にうなされる羽目になった、その翌日。

二年生になった俺らは、週の半分ほどの授業が午前中に終わるようになり、自習やクエストに存分に時間を割けるようになっていた。

そんなわけで、この頃は放課後になると藤原に引きずられながら実学をしたり、友人らとクエストに繰り出したりしていたのだが、今日はそれ以外にやることがあった。

「藤原。俺、ちょっと工学部に用事があるんだけど、いいか?」

工学部とは——魔導工学部とは、魔導工学士を養成するための学部だ。

魔導工学士は言うなれば魔術に関する学者のようなもので、その活動は多岐に渡る。メインは魔導器具の作成だが、異世界の研究や魔物の生態調査などにも精力的に取り組んでいるらしい。彼らなくして魔術の発展はなく、全魔術師の中で一番数が多いのもこの魔導工学士だった。

実際、校内の学部で一番生徒数が多いのも魔導工学部である。

「なにかマジックアイテムでも買いにいくの？」

「そんな感じ」

で、藤原と連れ立って工学部棟までやってきた。

学園は四つの校舎から成り立っているのだが、その内の一つが魔導工学部生の根城となっている。俺らはその工学部棟の二階、とある研究室へと向かう。

工学部棟は放課後であるにもかかわらず、活気に満ちていた。まるで金曜夜の歓楽街みたいな有様で、工学部生たちがひっきりなしに他学部の生徒を客引きしている。

「おっ、そこのお兄ちゃん便利な魔導器具買ってかない!?」「新発売だよ！　なんと驚き魔導回路のメンテナンスがこの器具一本でできちまう！」「いざという時に使える魔導ボム！　一発で鋼鉄の板さえ粉々に！　そっちの召喚士さんたちどう!?　絶対に損させないからさあ！」

「安い、安い、本当に安い！　だから何か買ってってってぇ！　ねっ!?」

質屋に嫁でも預けたかのような必死さだな。

客引きを断りながらも、どうにか目的の研究室に到着する。

ノックをして扉を開けると、室内の数人から視線を向けられたが、彼らはすぐ興味を失ったように作業へ戻っていく。そんな中で一人、俺と目を合わせたままニヤッと笑う女がいた。

「誰かと思えば想太《そうた》じゃないっすか」

ぼさぼさの長い髪によれよれの白衣、使い古された便所スリッパ、眼鏡という、完全に女を捨てたとしか思えない恰好のこいつは、幼馴染《おさななじ》みの近衛美砂《このえみさ》だ。

「なんすかー？　ウチに会いに来たんすかー？　やーん、嬉しぃ」

美砂がにやにや笑いながら、ペタペタと俺らの元まで来る。

「馬鹿言え。頼んでたアイテムを買いに来たんだよ。ほら売れ、守銭奴《しゅせんど》」

「あっ、ノリ悪いっすねー。そんなんだから彼女できないんすよ？」

なんて言いつつ、美砂が白衣のポケットから黒い眼鏡を取り出す。

「じゃじゃーん！　これぞウチの渾身《こんしん》の一作、万能メガネ『ゼウス一号』っす！」

「眼鏡の分際で神の名を冠するとは恐れ多いことね。なんなのそれ」

藤原《ふじわら》が突っ込むと、美砂が強引にその眼鏡を俺の顔に装着してくる。

「まあまあ藤原さん。気になる機能は今から実際に使用する想太に聞いてください」

眼鏡には度が入っていなかった。伊達《だて》か？

「おい。俺は魔力タンクを頼んだんだぞ。それをなんだこの眼鏡は。ガラクタか？」

「そんな生意気な口を利けるのも今のうちっす。もちろんそれには魔力タンクの機能もありますけど、プラスαで取り付けられたお得なスーパー便利機能もあり！　きっと想太は度肝を抜かれて平服するっす！　じゃ、弦《つる》をつまんで魔力を注入してください」

美砂の指示に従い指先から魔力を注入する。

レンズの表面に刻まれた幾何学的な魔導回路に淡い光が走った。

「ぐんぐん魔力を吸われてく。本当に魔力タンクだったのか。容量はどれくらいだ？」

「タンク容量はおおよそ５００dpなんで、平均的な魔術師二人分くらいっすね。ちなみに想太で換算すれば、五人分くらいにはなるかと。うーん、相変わらず悲惨な魔力容量っすねぇ」

「やかましいわ。てか、小さいくせにすげぇなこれ。で、お得な便利機能ってのはなんだ？」

「はーい。ある程度眼鏡に魔力が溜まったら、右目に魔力を集中してくださーい」

従うと、右側のレンズが仄《ほの》かに発光しだす。少しすると左側も同じように光りだした。

そしてレンズの向こうで美砂のまとう白衣が消失していく。

さらにはその下の制服まで徐々に透けていき……下着姿に。

「……なにこれ」

美砂がニヤッと笑った。

「ウチの服、どこまで透けたっすかぁ？　んー？」

そう言って両手を広げた美砂は、上下の下着以外に何もつけていないように見えた。

「あー、なんだろ、パンツとブラが見えてる。クソ派手だけど、勝負下着？」

「そっすね。このお披露目のためにわざわざ新調したんすよ。ふむふむ。まだ制服までしか透けてないのかぁ。もうちょい魔力が貯まるとパンツとかも透けるんすけどねー」

「マジかよ」

「マジっす。それ、予想はついてると思うんすけど、視界の焦点にある物質が透過して見える機能っす。タンクの魔力を消費して発動します。たくさん消費すればそれだけ深く透けますからね。つまりゼウス一号は魔導工学の叡智によって、レントゲンやＣＴ、ＭＲＩなんかを過去にする、まさに神の発明ってことっす！　どやあ！」

「……すごすぎない？　これ……」

「でしょお⁉」

美砂《みさ》がかぶせ気味に乗ってきた。

「いやー、まさか自分でもこんなもんが発明できるなんて思ってもみなかったっす！　マジヤバいっすよ！　あぁ、ウチは自分の才能が怖いっ……想太《そうた》イェーイ！　ウェーイ！」

きゃっきゃとはしゃぐ美砂とハイタッチ。ちなみに視界の美砂は下着姿のままだ。

つーか機能オフにする方法がさっぱりわかんない。まあ、別にいいか。

「すげぇなぁ、どういう原理？　予想もつかねぇ」

「ウチもよくわからないっす！　それより想太、ほらほら、セクシーポーーズ‼」

「ぱねぇ！　全ッ然似合わねぇー‼」

「マジすか⁉　じゃあじゃあこれは⁉　……うっふぅ～ん！」

「ひぇぇー！　全くエロくねぇー!!」

「……芦屋《あしや》くん？」

二人してゲラゲラ笑っていたら、隣から空恐ろしい声が聞こえた。

げっ。素で藤原《ふじわら》のこと忘れてた。

「それ、服が透けて見えるの……？」

「…………いえ。特にそういうことは」

振り向こうとしたら、眼鏡を奪い取られた。

止める間もなく藤原が眼鏡を装着し、顔をみるみる強張らせていく。

「なっ、なんなのこれっ!?」

「ゼウス一号っす！」

「名前を聞いてるんじゃない！　スケスケっ……こ、こんな破廉恥《はれんち》で危険なものっ！」

顔を真っ赤にした藤原がゼウス一号を地面にたたきつけた。

衝撃で大きくバウンドするゼウス一号。

「あ――!?　なんてことするんすか!?　待つっす、やめるっす！　……やめてぇ！」

美砂《みさ》がまるで赤子を守るかのように眼鏡に覆いかぶさった。

追撃とばかりに踏みつけようとしていた藤原だが、さすがに踏みとどまる。

「ウチの最高傑作になんてことを！」

眼鏡を確保した美砂が藤原から距離を取る。

「藤原さんはやっていいことと悪いことの区別もつかないんすか!?　鬼っす！　あんたには良識がないっす！　そんなんだから和製冥王とか歩く魔導性地雷とか言われるんすよ!?」

「初耳なんだけど!?」藤原が驚愕《きょうがく》に目を見開きながら叫んだ。「誰よ！　そんなことを言ってるのは！　どのクラス!?　学年は!?　学部だけでもいいから教えなさい！」

「工学部の生徒はみーんなそう言ってるから特定しようとしたってきりがないっすよ！」

予想外の返答だったのか、藤原が「んぎっ」っと顔をしかめた。

「ま、まあいいわ……というか、そもそもなんで近衛《このえ》さんは、芦屋くんに下着姿を見られて平然としてるわけ!?　痴女なの!?」

「違いますぅー！　別に見られて減るもんじゃないし、それに今更っす！　想太《そうた》とは昔、散々一緒にお風呂とか入ってたんすから、ぶっちゃけ下着くらいなんとも思わないっす！」

「はあぁ!?　な、なんてことをっ……じゃなくて！　自分の歳《とし》を考えなさい！　もう子供じゃないでしょ!?　さ、その危険なものをこちらに渡しなさい！　処分するから！　ほらっ!!」

「やだぁ――!!」

美砂が俺の背中に隠れ、おかげで俺が赤ら顔で怒り顔の藤原と正面から向き合うはめに。

いや、勘弁してくれよ。これマジで怒り狂ってるぞ。下手に刺激したら鼻とか潰されそう。

「芦屋くん？　賢いあなたなら、自分がどうするべきかはわかるでしょ？」

「ま、まあ待て。このメガネは別にスケベ目的だけで使用されるわけじゃないんだ。メインの機能はあくまで魔力タンクで、お前だって俺の頼りない魔力量に不安はあるんだろ？　なのにそれを壊すっていうのはちょっとだな、ほら、わかるだろ？　……な？」

「普通の魔力タンクを買えばいいでしょ!?　普通のを！　そんなゲテモノじゃなくて！」

「そうなんだけどね」

「――待つっす！」

どうしたものかと思っていたら、美砂《みさ》が叫んだ。

「これは服を透かすことが目的じゃなくて、あくまで物体を透視するためのものっす！　遮蔽《しゃへい》物《ぶつ》が多い場所での戦闘や、隠密行動をする時はめっちゃ有用なんすよ!?」

思ったよりまともな反論が飛び出し、藤原《ふじわら》が「う」とたじろいだ。

「それに付加機能は透視機能だけじゃないっす！　このゼウス一号には、いざという時のための最強魔導武装『神の雷《いかずち》』が組み込まれてるんですから！」

「なによそれ」

よくぞ聞いてくれたと言いたげに、美砂が俺の背後から飛び出した。

「タンクの残存魔力全てを消費して放たれる電気系の攻性魔術っす！　魔力量に応じた威力の電撃がレンズから発射され一本の雷となり、視界の焦点をビリリと攻撃！　藤原さんが倒れて戦闘が苦手な想太《そうた》が一人残された時のための保険、最後の切り札っす！」

「お、思ったよりしっかり考えて作ってるのね」

意外そうに呟《つぶや》いた藤原に、美砂が「当たり前っすよ！」と頷き。

「道具が善となるか悪となるかは結局使う人間次第っす。銃だって、これまでの歴史で数えきれないほどの人を殺してきました。けれど同時に、その銃で守られた命だってあるはずなんです。ゼウス一号も一緒ですよ！　使い方さえ間違えなければ、必ずやお二人の冒険の一助になるんだって、ウチはそう思ってますから！　想太が善人かどうかはこの際おいといて！」

おいとくな。一番重要なとこだろそれ。

だが、藤原は美砂の熱弁に圧《お》されたように半歩後ずさる。

さすがに一方的に責めるだけの論拠がなくなったようだ。

しばらく眉間にしわを寄せて悔しそうにしていた藤原が、観念するように息を吐いた。

「……わかった。ただ、もしもその眼鏡で私の裸を見たら、絶対に許さないから」

「安心しろ。たとえこの両目が破裂して脳漿《のうしょう》が飛び出たってお前の裸は見ねぇ。神に誓う」

力強く言うと、藤原に睨《にら》まれた。なぜだ。

ま、まあ、なんにせよこれで安心して購入できるというわけだ。

「んじゃあ、お許しも頂いたことだし、それ買うわ。おいくらポイント？」

工学部生から魔導器具を買う際は、基本的に現金ではなくポイント払いとなる。これは工学部生向けのクエストが少なく、彼らがポイントを稼ぐ手段に乏しいからだ。そのため工学部生は必死になって召喚士や魔導戦士に魔導器具を売りつけようとしてくるわけである。

工学部生も俺ら同様、卒業には一定のポイントを必要とするからな。

「毎度ありがとうございまぁす。へへっ、六万ポイントになるっすよ」

目玉が飛び出しそうになった。

「高っ！」

「なに言ってんすか!?」

美砂《みさ》が血相を変えて叫ぶ。

「他ならぬ想太《そうた》だから相当値引いてるんすよ!? そこらの奴ならもっとふっかけるっす！ こちとら物を売らなきゃ卒業できないんすからね!? 超！ 良心価格！ なんですよ!?」

「い、いやでもお前さ、六万って、現金換算で、百万円以上だぞ……」

「このメガネにその価値はないと!? 想太のために睡眠時間を削って作ったのに!? ウチの想太への愛情がたんまり込められたこのメガネにはまるで価値がないと!? こっちは下着姿も見せたのにっ！ い、いっそ全裸も見るっすか!? ……さあこい!!」

最後の提案はともかく、眼鏡自体にとんでもない価値があるのは確かだ。なにせスケベ眼鏡なのだ。要らないわけがない。腎臓一個なら差し出しても構わないとさえ思える。

だが、ない袖は振れないのだ。

「俺の手持ちのポイント、三万くらいなんだよ……足りねぇよ」

クエストの報酬ポイントは基本藤原《ふじわら》と折半だ。それなりにクエストをこなした俺らだが、個人としてみればあまり貯まってはいない。それなのに六万はちょっと、ほら、ね？

「む。それは確かに無理っすね。でも、この世紀の大発明を三万は……うーん」

しばらく唸《うな》っていた美砂がぽんと手を叩き。

「よし、じゃあこうするっす。とりあえず頭金で三万もらって、残りはローン返済と」

「ローンって借金か？　あー、いやぁ、借金はなぁ……ちなみに金利は？」

「要《い》りません。ウチらの仲じゃないすか。毎月十五日〆の五千ポイント返済っす」

「マジで？　悪いなぁ。でも、それなら――」

「ただし担保は必要っす」

「……なに？」

美砂はわざとらしく咳払いをした。

「もし、一度でも返済が滞ったら……将来、ウチが三十歳の誕生日を迎えた日にまだ独身だった場合、想太にウチをお嫁さんとして貰ってもらうっす」

は？

「おっ、おい、おいおい、冗談きついぜ近衛《このえ》さーん…………え、マジなの？」

「マジっすよ？　だってぶっちゃけウチは自分が結婚できると思ってないんで。けど、最後の防波堤があると思えば気が楽になるっす。想太もそうじゃないですか？」

それは、そうかもしれないが。

つーか返済さえきっちりしとけば、別に損があるわけでもないのか？　それに、仮に何かあっても、美砂《みさ》なら別に、すでに家族みたいなもんだしな。性格はアレだけど……

「ん、うーん……じゃあそれで」

「正気なの？」

藤原《ふじわら》が思わずといった調子で俺を見てきた。

「い、いや、返せばいいんだって！　毎月五千ポイントならいける！　Dランククエスト二本クリアすればオッケーなんだから、よ、余裕だって！　余裕！　……マジで！」

藤原がなにか哀れなものを見るような目を向けてくるが、やめろ。

そんな目で俺を見るんじゃない。

「芦屋《あしや》くんがいいのなら、私からは別に言うことなんてないけど……」

「じゃあ契約成立っすね。念書は取っときますんで、後日に契約の魔術を執り行うっす」

うわぁ、これマジなやつじゃん。契約の魔術って、破ったら死ぬやつじゃん。

まあいいけど。

眼鏡を手渡され、さっそく装着。

弦《つる》を摘《つ》まんで魔力を注入すると、藤原が警戒するように体をかき抱いて俺から距離を取った。

いやいや。お前の裸なんか見ねーよ。単純に魔力を貯めてるんだよ。

「っと、そういや美砂に聞いときたいことがあるんだった」

「なんすか？」

「魔人と人間を分離する魔導器具って作れない？　藤原を元に戻したいんだけど」

美砂が腕を組んで唸《うな》った。

「それは……難しいかも。プロの先生方が色々試して無理だと言われたものを、学生のウチがどうこうできるとは……」

「だよなぁ」

「すみません…………あ。それと、これは直接関係があるわけじゃないんすけど、藤原さんの件について少し疑問に思ったことがあって。なんで魔導書は燃えたんすかね？」

藤原が魔人を服従させようとしていた時の事だろう。あの時、魔導書が突然燃えた。

これは俺も不思議に思っていたことなのだが、原因は結局わからなかったはずだ。

振り返れば、藤原も首を振る。

そんな俺らに美砂が「これは別に根拠とかはないんすけどね」と前置きをしてから続けた。

「もしかすれば藤原さんの魔導書、誰かに細工されてたのかなあ、と思いまして」

「細工って、発火するように？」藤原が首を傾《かし》げる。「でも、誰が何のために？」

尋ねられた美砂が「それはわかりませんけど」と返す。

「魔導書が綺麗《きれい》に燃え尽きたっていうのがどうにも引っかかって。ほら、召喚試験の前に精査してもらうため、学校へ魔導書を提出してたそうじゃないすか。だったら、その気になれば第三者が細工することだってできたんじゃないかなあと、ね？」

その推測に、藤原《ふじわら》が考え込むように黙ると、美砂《みさ》が慌てたように手を振った。

「あ、証拠もなにもないただの推測なんで、そこまで真剣に考えられてもアレというか」

「いえ、ありがたい意見だわ。参考にさせてもらいます」

◆◆◆

美砂と別れた俺らは、とりあえずクエスト掲示板を見に行くことにした。

ローン返済のため、小まめにいいクエストがないか確認しておく必要が生じたからだ。

ちなみに今は眼鏡をかけていない。

藤原から、日常的に装着することまでは許さないと、釘を刺されてしまった。

多分これ、戦闘時や非常事態以外で装着したら、ぶん殴ってくるやつだな。くそっ。

掲示板への道すがら、隣を歩く藤原はずっと眉間にしわを寄せて考え込んでいた。

「美砂の言葉が気になるのか？　細工がどうとかいう」

藤原がちらりと俺を見た。

「そうね……何回も言ったけど、やっぱり私は自分がミスをしたと思えないの。魔人が手ごわくて、苦戦してたことは認める。でもそれは、どうにかできたはずだし。というか、そもそもあそこまで強い個体を召喚するつもりがなかったのよ。だから、色々と不自然なわけ」

「ふーん。でもさぁ、仮に原因突き止めたって元に戻れるわけじゃねーよな?」

「そうね。もう二度と元には戻れないかも。だからこそ、この原因を作った奴がいるのなら、せめてそいつは八つ裂きにしてやらなくちゃ気が済まない」

「おい、諦めんなよ。お前が元に戻れなかったら俺も連鎖して終わりなんだぞ」

藤原は反応しなかった。

再び眉間にしわを寄せ、思考の海に沈んでいく。

二人で無言のままに少し歩き、クエスト掲示板にたどり着いた。

珍しく生徒の姿が少なく、というか一人しかいない。

「おや? 想太《そうた》くんに藤原さんではないか。クエストを探しに来たのか?」

生徒会長だ。いつもの凛《りん》とした表情を綻《ほころ》ばせ、たおやかな笑顔を向けてくる。同じ西の派閥の一員であるはずの涼華《りょうか》と比べて、俺ら(主に藤原)への対応に雲泥《うんでい》の差があるな。

「あ、はい。会長もですか? 噂で、卒業に必要なポイントは貯めたって聞いてましたけど」

「耳聡《みみざと》いな。しかし、経験はいくら積んでも困るものではないだろう?」

はー、意識高い。同じ立場だったら、俺なんかもう遊びまくってるだろうな。

「それに君だって、高頻度でクエストをクリアしているようではないか。今日もこうして掲示板を確認しに来ているのだから、偉いぞ」

「芦屋《あしや》くんはさっきローンを組んだから、ポイントが必要なだけです」

あ、馬鹿。

藤原《ふじわら》のその言葉に、会長が少し太めの眉をピクッと持ち上げた。

「それは感心しないな。何ポイント分のローンを組んだんだ？」

ほーら怒った。この人、俺からすると潔癖すぎて面倒くさいんだよな。

藤原を睨《にら》みつけるも、我関せずと素知らぬ顔で掲示板を眺めている。クソが。

「あー、そのぉ、三万ほど……」

「なんだと？　それはちょっと多すぎるぞ。返済の当てはあるのか？」

「だ、だからクエストを見に来たんですって」

「ふむ。なら、私がついていってあげるから、一気に稼いで返済すればいい。報酬も全部二人にあげよう。さて、三万ポイントを一度に稼げるクエストは……Aランク以上だな。どれ」

高ランクのプリントに手を伸ばそうとした会長の手首を、慌てて摑《つか》んだ。

「む、無理です無理無理死んじゃいますって！　Aって！　調子こいた学生がたまにリアルで死ぬやつじゃないですか！　つーか、会長にも迷惑がかかりますし結構ですから！」

「私に遠慮しているのか？　気にする必要はない。むしろ私は想太《そうた》くんと一緒に……」

「違いますよ！　俺らは今のとこDランクまでしかクリアしてないんです！　それすら結構苦

戦するんですよ!?　なのにAランクだなんてっ……会長は俺を殺したいんですか!?」

一応、初めてのクエストは最終的にBランクへと上方修正されたが、あれは正攻法では絶対に攻略できなかったので、除外してかまわないだろう。

「想太くん……藤原さんと融合しているとはいえ、仮にも魔人を使役する一流の召喚士がそんなことあるものか。単純にやる気がないだけだろう？　そういうのはあまり感心しないぞ？」

実力に見合わない高評価だなぁ！

「会長は俺のことを買いかぶりすぎですって！　俺は雑魚《ざこ》なんです！　マジでぇ！」

「自分を低く見積もるんじゃない。そういうのはセルフハンディキャップというんだ」

んもおおぉぉぉ！

全く話が通じねぇー！

自分の才能基準でものを考えるから、底辺の気持ちがわからないんだ！

「いやほんと、月々五千ポイント稼げば問題ないんですから、のんびりやっていきます！」

「む。そこまで言うのであれば、無理強いはしないが……しかし残念だな……」

どこか寂しそうに眉尻を下げる会長。よかれと思っての厚意なだけに多少は胸が痛む。

痛むが、それ以上に諦めてくれて一安心。

と、思ったら――

「だったらあたしとCランクのクエストに行こうじゃあないか！」

いつの間にか現れていた涼華《りょうか》が、俺の背中を叩きながら言った。

思わぬ衝撃に、心底びっくりした。

「うおっ。い、いつの間に」

「少し前からあんたの後ろにいたよ。なんだい、水臭いね。ポイントに困っているのなら、あたしに声をかけてくれたら良かったのに。いつでも一緒にクエストに行ってあげるよ。芦屋《あしや》くんだって、マリ姉みたいなお堅い女と一緒よりかはあたしとの方が気も楽だろう？」

「涼華？　私がお堅い女とはどういう意味だ？」

「冗談だよ！」

会長に睨《にら》まれた涼華が慌てて愛想笑いで返した。

「でもさ、先輩をローン返済のためのクエストに付き合わせるっていうのは、やっぱり気後れするもんじゃあないかい？　その点あたしは同級生でライバルだからね。マリ姉よりもずっとやりやすいはずだ。なにより受注するランクだってちょうどいいくらいだろう？　な？」

お前のライバルは藤原《ふじわら》だろうが。お前らの鞘当《さやあ》てに俺を巻き込むんじゃない。

と、思ったものの、会長は納得してしまったのか、悔しそうに頷いた。

だが、今度はこれまで傍観していた藤原が口を開く。

「私が嫌だけど。会長ならまだしも、あなたとクエストに行くだなんて冗談じゃない」

拒否された涼華が俺を見た。

「なぁ芦屋くん、あんたの使い魔はやたら及び腰だね？　なんだい、もしかしてあたしと一緒にクエストに行って、あたしより劣るところをご主人様に見られるのがそんなに嫌なのかな？」

「……は？　寝ぼけてるの？　誰が誰に劣るって？」

ドスを利かせる藤原を、涼華が満面の笑みで指差し、次に己を指し示す。

その仕草が藤原の逆鱗《げきりん》に触れたのだろう。顔面からスッと表情が抜け落ちた。

恐ろしすぎる。

「ま、Dランクまでしかクリアできないへなちょこ使い魔じゃあ仕方がないか！」

「涼華。そうやって藤原さんを煽《あお》るなとあれほど」

呆れたようにたしなめる会長に、涼華が手のひらを向け待ったをかける。

「別にこいつを馬鹿にしたわけじゃあないよ。ただね、分不相応な自尊心を持っていたら、この先苦労するだろうなって、親切心から注意してあげたのさ。あたしが上でこいつが下。畜生でもわかる摂理すらわからないなんて、あんまりにも、その……哀れだろう？」

ブチッ、という音が聞こえたようだった。

あからさまな挑発に藤原の目の色が変わった。黒から深紅《しんく》へ。臨戦態勢だ。

供給回路を通じてごそっと魔力を吸い取られた俺は、腰が砕けそうになる。

どす黒い魔力を放ちつつ、目の据わった笑顔で、藤原が「くふふ」と笑った。

「芦屋くん。この勘違い女に現実を知らしめてあげない？」

「いやだ」

俺は半ば自動的に答えていた。

「まだ無理、Cランクは無理」

すると、涼華《りょうか》へ向けられていた殺人ビームのような視線が俺を捉える。

それは仮にも味方である俺へ向けてもいいような視線ではない。

途端に全身がぶるぶるっと震えた。いやいや恐れすぎだろ俺。でも怖いし……

見れば、涼華も笑顔を浮かべつつ、額や頬の辺りに冷や汗を浮かばせていた。

「は、ははっ、野生の本能がはみ出ちゃったのかい？　まるで原始人じゃあないか」

なぜさらに煽《あお》っていくのか。お前、ブレーキとかついてないの？

頼むから事故るなら一人で事故ってくれ。

助けを求めるよう会長を見やれば、仕方ないものを見るような目で傍観していた。

諦められている……

「ねえ芦屋《あしや》くん、どうして無理なの？　本来私はCランクなんかに苦戦するような魔術師じゃないでしょう？　それとも、私じゃCランクすら手に余ると思ってるの？」

「いっ、いやいや……お前がさ、その魔人の力を完全に使いこなせれば、Cランクなんて余裕だと思うよ？　も、元の体でも、余裕だったと思う、思います。たださ、今は状況が……使役する俺の実力も伴っていないといいますかね。だから、今回は大人しく……」

「あっそ。なら直接芦屋くんの身に私の力を教え込めば考え直してくれるってことね」

「俺が悪かった。よし涼華、どのクエストに行く?」

ひよった。今はクエストより藤原《ふじわら》が怖い。

「えっ!?　あ、あーっと、そうだねぇ……」

水を向けられた涼華は驚いたような声を出したが、すぐに一枚のプリントをはぎ取った。

「これとか、いいと思うんだけどね」

クロスポイント修復
禁区の第一層に発生した小規模な異界接触点を破壊してください
難易度　C
人数　無制限
報酬　十万円　＋　二万ポイント（経費別）
備考　禁区の第一層には低級の魔物が数多く潜伏しています
詳細は学生課まで

涼華の持つプリントを覗き込み、普通に嫌だと思った。さすがにCランクとなれば、チンケな思念体や魔獣の退治といった内容ではなくなるようだ。その分報酬も跳ね上がるが、これは普通に身の危険があるしなあ。しんどいなあ。

だが。

「いいんじゃない？　そろそろ私も禁区に行ってみたいと思ってたのよ」

藤原《ふじわら》が乗り気で……嫌だとは、言えない雰囲気……！

◆◆◆

「ねぇ芦屋《あしや》くん。明日のことなんだけど」

流し台で夕飯の後片づけをしていると、藤原が出し抜けにそう切り出してきた。

蛇口を閉めて振り返ると、ターバンみたいに頭にバスタオルを巻きつけた藤原と目が合う。

風呂上がりだからか、頰が上気していた。

「どうした？」

「クエストについて簡単に確認しておこうと思って。いい？」

ちょうど洗い物が片付いたところだったので「ん」と頷きを返すと、美容液だかなんだかよくわからないものをぺちゃぺちゃ顔に塗りたくっていた藤原が、その手を止める。

洗った食器を乾燥機の中に突っ込み、電源を入れて、藤原のもとへ向かう。

俺はミニテーブルを挟んで藤原の対面、ソファに腰かけた。

ちなみに藤原はぺたんと床に座っている。

「芦屋くんは授業以外で禁区へ行くのは初めてなのよね？」

「あぁ。正直恐ろしくてたまらん。やっぱり今からでもキャンセルしない？」

「ばか。禁区と言っても第一層なんだから、怯えることなんてなにもないわよ」

禁区は、クロスポイントと呼ばれる異世界と繋《つな》がった次元トンネルを取り囲む、その特別区の総称だ。第一層から第五層に分けられていて、示す数字が大きいほどクロスポイントに近いことを意味している。イメージとしては年輪や等高線が近いだろう。

外縁部の第一層、最深部の第五層といった感じだ。

「何層だろうが思念体や魔物がうようよ練り歩いてることに変わりはねぇだろ。お前みたいな常軌を逸した頑丈さがあれば、そりゃあ余裕だろうが、俺はか弱い普通の人間なんだよ」

「第一層なんて雑魚《ざこ》しかいないんだから、あなたの貧弱な魔術でも十分渡り合える」

基本的に、禁区内には多くの魔物が徘徊している。出現する魔物は深層に行くほど強くなる傾向にあり、藤原が言ったように、第一層には低級の魔物しかいないとされていた。

「それに仮免があれば第二層までは問題ないって明文化もされてるんだし、グダグダ文句を言わないの。魔術師を生業《なりわい》にして生きていく以上、どうせ禁区からは逃げられないんだから」

「それはそうだけど、早すぎるだろ。俺ら、仮免ゲットしてまだ一か月かそこらだぞ。普通はFランクとかEランクのクエストか、背伸びしてもDランクが相場ってとこなのに」

「私をそんな十把一絡《じっぱひとから》げの学生と一緒にしないでくれる？　もうBでもAでも十分いける」

召喚試験失敗したくせに偉そうな奴だな。

指摘したら絶対に怒るから、言わないけど。

「それに三条涼華《さんじょうりょうか》はすでにCランクをクリアしたそうじゃない。つまりそれは、私も余裕って意味よ。だって彼女にできて、私にできないことなんて何一つないんだから」

「嘘を言え。涼華にできてお前にできないことなぞ山ほどあるわ」

「はあ？　例えば？」

「豊満なおっぱいで視覚的にメンズを喜ばせるとか、そういう先天的な……」

「あ？」

俺は両手を挙げて「嘘だよ」と言った。

「それは冗談として、藤原《ふじわら》には俺というビッグハンデがあるんだから、なんでもかんでも早計するべきじゃない。言っとくけど、俺は藤原の足を引っ張りまくるぞ」

「あぁ、そういえばそうだった。確かに今の私は芦屋《あしや》くんとかいう二酸化炭素排出装置を背負ってるんだったわ」

「はっは。口の悪さは圧勝だな」

「うるさい」

言葉とは裏腹に、藤原は己の失言を自覚したように、額に手を当てた。

「芦屋くんと一緒に生活してるせいで、嫌な影響を受けてるみたい。気を付けないと」

「人のせいにすんなよ。お前の口の悪さは、お前の生来の性格の悪さの現れなんだよ」

「……とにかく、今更文句を言ったところで何も変わらないんだから、観念なさい」

有無を言わせない。こうなった藤原を説得することは不可能だ。一か月ほどの共同生活でそれは痛いほどに理解させられている。くだをまいたって意味なんかないのだ。

なんだかんだ、最終的には俺が折れることばかりで腹立たしい。

「はいはい。ま、そこまで言うんだ。その鋼鉄の体でしっかり俺を守ってくれよ？」

「使い魔が使役者を守るのは当然だけど、芦屋くんが言うとクズさが際立つわね」

軽蔑の眼差しを向けられてもなんらダメージはない。もうね、慣れちゃった。

藤原は小さなため息を吐《つ》いた。

「で、あなた、異界接触点の破壊くらいはできるのよね？」

「規模によるけど、今回は小規模らしいし、多分いけんじゃねーの」

異界接触点とは、クロスポイントという二つの世界が繋《つな》がった場所に、他の異世界がさらに繋がろうとしている場のことである。三つの世界が一点で重なるのはとてもマズイらしい。その名が示す通りに『異界』という特異な空間が発生し、最悪の場合は世界が崩壊するのだとか。

そのくせクロスポイントは他の世界を引き寄せやすいというのだから、手に負えない。

ちなみに魔術師の主な業務の一つが、この異界接触点の破壊だ。

「なら、今回の異界接触点の破壊は、芦屋《あしや》くんに任せる」

「おう。道中の護衛はお前がやるわけだし、さすがにそんくらいはやっとかねーとな」

「ん。きっとクエスト中はあの女がちょっかいをかけてくるはずだから、その対処もしなくちゃならないかもだし、そうしてくれたら助かる」

「あー……」

「もっとも、あの女が何かしてきたところで、どうってことはないけど」

そう言って藤原《ふじわら》はふっと笑う。

お互いさまではあるが、完全に涼華《りようか》のことを舐《な》めくさってんな。

「さて、と。明日についてはこれくらいでいいかしら。じゃ、髪の毛乾かしてくるから」

藤原は立ち上がると、洗面台へ向かって行った。ほどなくドライヤーの大げさな音と、それに紛れて小さな鼻歌が聞こえてくる。何を歌っているかはわからない。軍歌かな?

一息ついた俺は、ソファの背もたれに体を預けた。

不安で不安でしょうがなく、ついついため息を吐《つ》いてしまう。

初のCランククエストに、藤原と相性が最悪な涼華まで加わるときたか。

混ぜるな危険。絶対に問題が起きるだろう。未来予知と同じレベルで予想が付くね。

あぁ、やだわぁ……どっちか病欠してくんねぇかな……

「そろそろ、いい?」

一人で悶《もだ》えていると、髪を乾かし終えた藤原が戻ってきた。

俺の返事を待たずに、四《よ》つん這《ば》いでＤＶＤデッキに円盤を飲ませる。

パジャマ越しに向けられた尻に、脊髄反射でゼウス一号を取り出しそうになった。

だが、下唇を噛みしめて必死に理性を呼び起こし、持ちこたえる。

落ち着け芦屋想太《そうた》。あれは、あの尻は、藤原千影《ちかげ》のなんだぞ。あんなものに欲情するなんて、俺のプライドに賭けてあってはならないことだ。心を落ち着かせろ……よぉし、煩悩《ぼんのう》退散だ！

とか馬鹿なこと考えてたら、すぐ隣に藤原が詰めてきた。

腹立たしいことに風呂上がりの良い匂いがする。卑怯《ひきょう》だぞ。

藤原がポチポチとリモコンを操作すると、大きなテレビ画面に洋画が映し出された。ちょっと前に話題になったコメディ調の恋愛映画で、レンタルショップで借りてきたものだった。

「ん」

藤原が視線をテレビに固定したままこちらに手を差し出してきたので、それを握る。

風呂上がりの温かな感覚。少しでも接触面を増やすために指と指を絡めあった。ほっそりとした藤原の指が俺の手の甲をしめつけてくる。

そのままお互い何も言わず、静かに映画を鑑賞する。

画面の中では海外の俳優たちが愉快に物語を紡いでいた。

映画が中盤に差し掛かったころ、藤原が「素敵」と呟《つぶや》いた。

「こーいう恋愛、憧れちゃうなぁ」

普段からは考えられない、うっとりした声。

一緒に住み始めて知ったことだが、藤原《ふじわら》は恋愛映画やら少女コミックを愛好していた。恋愛に人並み以上の興味があるらしい。似合わないとまでは言わないが、意外ではある。

「そっか。使い魔の契約を解除出来たら、好きなだけこの映画みたいな恋愛を満喫しなよ」

「やめて、現実に引き戻さないで。芦屋《あしや》くんのそういうとこ、心底ダメだと思う。こんな時に気の利いたことを言えないから、あなたには彼女ができないのよ」

「やかましいわ」

肩を寄せ合い、手を繫《つな》ぎ、同居している部屋で映画鑑賞する男女の姿がそこにはあった。もう語弊しかない。

いやね、もちろんこの状況がバカップルのそれだとは、遺憾ながらも承知しているのだ。でもこれだけは言わせてほしい。神に誓って、いちゃついてはいない。

これはただ、魔力の供給をしているだけだ。

何が悪いってこの供給回路が悪い。あまりに貧弱すぎる。こんな穴だらけのホースみたいな欠陥回路では、藤原の体を維持するためだけでも膨大な魔力をつぎ込まなきゃならない。

だからこうして負担を減らしているわけである。手を握ることで、回路に頼らず、少ないながらも魔力を確実にロスなく流し込むのだ。

でも何もせずに長時間手を握るだけって、しんどいじゃないですか。

そんなわけで魔力供給の時には、自然とこうして映画を一本見る決まりになったのだ。

ほらね、まったくいちゃついていない。そうですよね？

自己洗脳って大切。

——なにはともあれ二時間後。

軽い疲労感の中、映画が終わってエンドロールが流れ出した。

「はぁ、すっごい良かった。私も恋愛したくなっちゃったなー」

「そうだね」

ご満悦な藤原《ふじわら》に同意を返すと、藤原が嬉しそうに映画の感想を語り始めた。

俺はそれをうんうんと頷いて聞き流す。たまには具体的な意見を返さないと機嫌が悪くなるのが最高にめんどくさい。慣れたけど。

「なぁ藤原。そろそろ恋愛系以外の映画も見てみたくね？」

話が一段落付いたところで、提案してみる。

途端に藤原が微妙な顔つきになった。

「別にいいけど、私、アクションとかホラーは全然好きじゃないのよね。面白くないし」

ここで「実は俺も恋愛映画っていうほど好きじゃないんだよね！」と返したら普通に喧嘩になるので、グッと堪《こら》える。なんでもかんでも言い返せばいいってもんじゃない。

「まあまあ。たまにはゲテモノを食べる感じで、興味ない映画を見てみるのもいいんじゃないか？　それにアクションとかでも恋愛要素が絡むようなもんもあるしさ。ものは試しだ」

「ん、ん……ま、いいわよ。じゃあ、来週はそういうのも選んでみましょう」

やったぜ。

基本的に俺らは相性が悪く、何かあれば息をするように罵《のの》り合うわけだが、どうしても通したい要求がある時は、こうして下手《したて》に出ることも考えなければならない。

藤原のご機嫌を取らなければ満足に生きることもできない現状を思えば、夜中寝る前とかにふと死にたくなったりもするのだが、こればかりは仕方がなかった。

それに藤原だって必要に応じて下手に出てくることもあったりする。

ちなみに、そういう時の藤原はすさまじくキモい。

つまるところ、一緒に生活するというのはそういうことなのだろう……てか、なんで恋人と同棲してるわけでもねぇのに、こんなに悟ってんだろ、俺。人生の段階どっかで飛ばしてない？

泣けるわ。

◆◆◆

望まぬ予定ほど、あっという間に訪れるものだ。

明けて翌日。半日授業を終えて、禁区へ直行した。

メンバーは俺と藤原《ふじわら》と涼華《りようか》の三人だ。

「国際魔術師協会付属学園の学生です。異界接触点の破壊に来ました。これ、許可証です」

禁区はその全域を強力な結界で覆われていて、内部に入るには管理者に許可証を見せなければならない。学園で発行された許可証を管理者の男に見せた。

「あぁ、はい、うかがっておりますよ。こちらをどうぞ」

男から端末を渡される。

それは大きな液晶が付いたタブレット端末で、魔導器具の一種である。画面には、目的地である異界接触点の位置がマークされた、第一層の地図が表示されていた。

中心部に近づけば第二層に突入するのだが、その辺りは黒塗りにされているため、地図はドーナツ状に見える。

「第一層はそう強い魔物なんかは出ませんが、くれぐれも油断しないでくださいね。数だけは多いので。もし何かあれば、その端末から救援信号を出すようにお願いします。端末から発される魔力波を頼りにすぐ助けが向かいますから」

男が詰所のコンソールを操作し、門を開きながら言った。

厚さが数十センチはあろうかという、魔導処理された巨大な鉄扉が音を立てて開いていく。

禁区は巨大な壁と魔術的な結界で二重に囲われ、外界から隔絶されている。

「それと、今日は多くの学生さんがクエストで第一層に来られていますから、もしも広範囲魔術を使われることがあれば、必ず周辺の安全確認をお願いします。端末を操作すれば画面に緑色のマーカーが出現しますが、それは禁区内の他の端末、要はあなた方以外の魔術師の位置を示していますので、参考にしてください」

端末を操作すると、画面の地図上に四十近い緑のマーカーが出現した。確かに多い。だが第一層が広いため密集率はそこまででもなく、目的地周辺にはあまりマーカーがない。

「ではいってらっしゃい」

促されて三人並んで門をくぐると、少しして重厚な扉が閉まっていく。

眼前に広がったのは、雨風に曝《さら》され風化した、寂寥《せきりょう》感漂う街並みだった。

実はこの禁区、今では見る影もないが、クロスポイントが出現する以前は多くの人々で賑わう繁華街だったらしい。建ち並ぶ高層ビルや、何車線もある広い道路がそんな過去を雄弁に物語っている。

しかし、クロスポイントが出現してからまだ二十年も経っていないはずなのに、こうも朽ちてしまうのが不思議だ。境界交差の影響で時間の流れが外とは異なるのかもしれない。授業でそんな話を聞いた気がする、ような？　真面目に聞いていなかったせいでうろ覚えだな。

「あれ、その眼鏡はなんだい？」

持ってきたゼウス一号を装着すると、涼華《りょうか》が面白そうに尋ねてきた。

「これ？　魔力タンクだよ。工学部の友達に作ってもらったんだ」

「へえ、眼鏡型ってのは珍しいね。似合っているよ。男前だねぇ」

そんなお世辞を言ってくれる涼華だが、これに卑猥な透視機能が付いていることを知られれば、どういう反応に変わるだろうかと思った。少なくとも男前は撤回されるだろう。

言わないし使わないが。

こんな危険地帯で魔力の無駄遣いなんかできるか。涼華の裸を見すぎたせいで、いざという時に魔力切れを起こしたとなれば、もはや体を張ったギャグである。

「で、異界接触点はどこ？」

藤原《ふじわら》が俺の持つ端末を覗き込みながら尋ねてきた。

「んー、地図だと三キロ以上先だな。徒歩だと結構時間かかりそうだぞ」

俺らの位置を示す青いマーカーと、赤く光る目的地のマーカーは結構離れている。

「そうなの？　まあ、のんびり行けばいっか。魔物が少ないとこをゆっくり進んで、異界接触点を破壊して、帰る。散歩にうってつけだわ。それに私、ここの雰囲気、嫌いじゃないし」

「おいおい、それじゃああんまりにもつまらないよ」涼華が言った。「せっかく勝負って名目でここまできたんだ。異界接触点の破壊は境界干渉学部の芦屋《あしや》くんに任せるとして、あたしらは魔物をどれだけ狩れるか、その数でも競おうじゃあないか」

「……別にいいけど、それって芦屋くんから離れられない私は不利じゃない？」

藤原が指摘すると、涼華が肩を竦《すく》めた。

「本気で言っているのかい？　むしろあんたは魔人の力って反則級の利点があるんだから、そんなデメリットは些細なものだと思うけどね。こちとらただの人間だってのにさぁ？」

「む」

「まあね、東の大幹部さんが臆病風を吹かすっていうんならこっちも無理にとまでは言わないよ。なんたってあたしは、西じゃあ格下に寛容な涼華姉さんで通ってるからね！」

そう言ってけらけら笑う涼華に、藤原が舌打ちをした。

「そこまで言うなら相手したげるわ。ええ、こっちもあなたとはいい加減白黒付けたいと思ってたの。事実誤認で自分が上だと変な勘違いされたままじゃ鬱陶《うっとう》しいのよ」

売り言葉に買い言葉を返した藤原に、涼華が嬉しそうに手を叩いた。

「そうこなくっちゃ！　それじゃあせっかくだし、賭けでもどうだい？」

「なに？　勝った方が報酬を全取りするとか？」

「それはそれで面白そうだけども」

そこで涼華が俺をちらりと見た。

「あたしが勝てば芦屋くんをもらう。なあ芦屋くん、西に入ってあたしの右腕になりなよ」

え、俺？

なんか流れ弾飛んできた？

完全に他人事として無我で眺めていた俺は面食らう。

「いやぁ、それはちょっと……勘弁してくんない？」

苦笑しながら拒否すると、涼華《りょうか》が俺の肩に腕を回して密着してきた。

「あんた、マリ姉にやたら気に入られてるだろう？　そんなあんたがあたしの下につけば、あの女は一体どんな顔をすると思う？　とても面白いことになるとは思わないかい？」

「なんだよ。会長とあんまし仲良くねぇのか？」

俺の質問に、涼華が陰のある笑顔を浮かべた。

「別に悪くはないよ。ただ、将来は三条《さんじょう》家の当主になるだろうって周りから持《も》て囃《はや》され、それを当然だと頭から信じ込んでいるあの女が鼻持ちならないのは確かさ」

「あー……」

「なにせ奴のおかげであたしは常に添え物扱いだ。両親すらも、このあたしに将来はマリ姉をしっかり支えるようにとか言ってくる始末なんだよ。それはおかしいだろうって話」

「妥当でしょ」藤原《ふじわら》が突っ込んだ。「あなたと会長じゃ、魔術師としての素養も、生まれ持った才能も、天と地ほどの差があるんだから」

珍しく涼華は何も言い返さず、それどころか自虐的な笑みまで浮かべた。

「もちろんマリ姉の優秀さは認めてるさ。魔術の才能って面じゃあさっぱり敵わない。けど、だからって無条件にあたしが奴の下に付く道理はないはずだ。あたしはね、才能以外であの女を刺すんだ。そしていずれは三条家を、ひいては西日本支部を支配するつもりなのさ」

涼華が俺の耳元に口を寄せてくる。

「そしてそのためにはあんたが必要だ」

俺？　なんで？　……ああ、藤原のせいか。

結局の所、こいつは魔人の力を秘めた藤原が欲しいのだ。

「んー、俺みたいな奴は、涼華の覇道には何の役にも立たないと思うけどなぁ」

「謙遜《けんそん》かい？　ねえ芦屋《あしや》くん、あたしのものになってくれるのなら絶対に悪いようにはしないよ。場合によっちゃあ生涯の伴侶《はんりょ》になってあげたっていい。西での地位だけじゃなくて、三条家当主の夫になれるんだよ。それに、自分で言うのもなんだが、あたしも中々のものだろう？」

背中に押し付けられる胸の感触。なんてわかりやすい色仕掛けだろうか。こんなのに絆《ほだ》されるのは馬鹿だけである。だが、だがしかし、これは予想以上に豊満な……！

もう俺、馬鹿でいいかも。

「馬鹿馬鹿しい」

クラクラしていたら藤原に首根っこを摑《つか》まれて涼華から引きはがされた。

「これは私とあなたの勝負であって、芦屋くんは何も関係ないでしょ？」

「おっと。躾《しつ》けのなってない使い魔の飼い主に責任を求めているだけだろう？　それともあたしに勝つ見込みがないからブルってるってわけ？　はっ。藤原千影《ふじわらちかげ》は大した腰抜けだね！」

「……いいわ。その安い挑発に乗ってあげる。でも、私が勝った時は覚えてなさいよ。これまでの失言と合わせて、生まれたことを後悔するような目に遭わせてあげるから」

俺のことなのに、俺の意思が介在しないままに話が進んでいる。

「ちょっと待てって、俺はどの派閥にも入るつもりなんかなくて……」

おかしな流れを断ち切ろうとしたら、あろうことか藤原に睨《にら》まれた。

「負けなければなにも問題ないのに、何をそんなにぐちぐち言うわけ？」

「いや、お前ね」

「なに？　じゃあ芦屋《あしや》くんはこの私が負けるとでも思ってるの？」

「お前らの優劣なんて見当つかねえよ。俺は雑魚《ざこ》だからな。ただ、仮に藤原の方が優秀だったとしても、さすがに十回やって十回勝てるほどの開きがあるわけじゃねーだろ？」

「ある。十回やれば私が十回勝つし、百回やればその時は百回勝つ。それくらいには私の方が格上なの。さらに今は魔人の力まで持っているんだから、負ける要素が一切ないわけ」

子供かお前は。俺としては藤原の断言には呆れるばかりだったが、さすがに直接こき下ろされた涼華《りょうか》はカチンときたようで、これまでと毛色の違う笑い声をあげた。

「言ってくれるじゃあないか！　せいぜい今のうちに大口を叩いてな！　芦屋くんさえ手に入れちまえば、その使い魔のあんたも自動的にあたしのものになるんだからね！　あんたのこと、芦屋くんに代わってしっかり躾《しつ》けてやるよ！」

「は？ 取らぬ狸《たぬき》のなんとやらね。逆に現実の厳しさを骨の髄まで教え込んであげる」

と、メンチを切り合う二人の才女たち。

青筋立てながら睨み合う女のド迫力ときたら。もうこれ、俺が何か言って聞き入れられるような雰囲気じゃねぇや。つーか下手に割り込んだら殴り飛ばされそう。

「あぁくそっ！ 藤原、マジで頼むぞ!? 絶対に負けんなよ!?」

「愚問ね。今回は魔力タンクだってあるし余裕よ」

藤原はひらひらと手を振ると涼華を睨みつけた。

「で、ルールはどうするの？」

「複雑なルールにしたってしょうがない。単純に芦屋くんが目的地に到着するまでの間により多く魔物や魔獣を狩った方が勝ちでいいんじゃあないかい？」

「それはそうだけど、それだけじゃ大雑把《おおざっぱ》すぎるでしょ。レギュレーションとか……」

「シンプルでいいんだよ、こんなものは。いわば、芦屋くんは砂時計のようなものさ」

「……わかった」

藤原の了承に、涼華が「あ、そうだ」と続けた。

「一定のペースで歩くなら、芦屋くんは藤原にどんな手助けをしたって構わないよ。なにせ召喚士と使い魔は二つで一つなんだから。その代わりに、あたしは進路から逸れての狩りもさせてもらう。ずっと魔人の隣にいるなんて、さすがに不利だからね。いいだろう？」

「構わないわ。思念体の扱いはどうするの？」

「思念体は目撃者がいない時に倒したとして、証拠が提示できないから駄目だ。だから、もし単独行動中に魔物を狩った場合は、倒したと分かる証拠を……例えば死体とか、それが面倒ならはぎ取った素材でもいいけど、そういうのを回収しておくこと」

やがて話がまとまり、二人が気合を入れるように準備運動を始めた。

藤原《ふじわら》が入念なストレッチをする横で、涼華《りようか》がメリケンサックのような魔導器具を装備しながら、体に魔力を走らせる。

すると、涼華の全身に赤い幾何学模様が浮かび上がった。生体型の魔導回路のようだ。

「体に直接回路を刻み込んでんのか？」

聞くと、涼華がニッと笑う。

「そうだよ。あたしは魔導戦士の中でも近距離戦闘に特化したタイプだからね。立ちふさがる敵は、鍛え抜いた拳《こぶし》と身体能力向上の魔術で真っ向から殺すわけだ。かっこいいだろう？」

そう言ってシャドーボクシングをする。繰り出される拳は残像が見えるほどに速い。

おっかねぇ女だ。

「それじゃ、始めましょうか」

藤原の一言で、俺らは目的地に向かって歩き出した。

自然に侵された街並みと、端末に表示された地図を見比べながら進む。

「多分、遠くに見えるあのビル群が目的地だろうな」

「本当に遠いのね……ん？」

藤原が何かに気付いたように、雑草が生い茂る道路脇へ目を向けた。

そこには二足歩行をする黒い犬みたいな生物がいて、歯を剝《む》き俺らを威嚇《いかく》していた。

コボルトだ。さっそく魔物が現れたらしい。

「もらった！」

視認するや否や涼華が駆けた。風のように獲物へ迫る。

あまりに素早く、目で追うのが難しい。人の限界に迫るほどの速さだ。

けれど、藤原はその上をいった。

文字通り目にもとまらぬ速さで涼華を抜き去り、コボルトへ肉薄して蹴り上げる。

つま先に纏《まと》った魔力が青い軌跡を描き、コボルトの上半身を血煙へと変えた。

ただの蹴りだ。けれどその威力は並みの魔術師が放つ攻性魔術を遥かに上回る。

目標を失った涼華がつんのめり転げそうになった。

だが、どうにか踏みとどまり、啞然と藤原を見つめる。

「な、はぁ？」

どうやら現在の、召喚士ではない藤原の戦闘を直接見たのは、これが初めてだったらしい。

瞳を朱色に染めた藤原《ふじわら》が、得意げな笑顔で涼華《りょうか》を見返した。

「これが覆せない絶対的な差というやつね。それで、えーと、三条《さんじょう》涼華さん？　まだやるの？　今ここで負けを認めて土下座をすれば、許してあげなくもないけど？」

「誰がそんなことっ」

叫んだ涼華だが、すぐに気分を落ち着けるよう深呼吸し、ぎこちない笑みを浮かべた。

「ははっ、棚ぼたで手に入れた魔人の力で王様気分かい？　みっともないねぇ」

「その負け惜しみがただただ気持ちいいわ。ま、続けるのなら、先へ進みましょっか」

涼華は勝ち誇る藤原を無視し、俺を振り返った。

「芦屋《あしや》くん。悪いけど先に行っててくれないかい？　腹が立つけど、今のあたしじゃこの化け物と正面から競ったって勝てそうにない。早々にだけど余所《よそ》で魔物を狩ってくるよ」

俺が返事をするより早く、涼華が軽やかに近くのビルの外壁を駆け上っていく。

高所から獲物を探す腹積もりなのだろう。それにしてもすごい機動力だな。

藤原がどうかしているだけで、涼華も十分な手練《てだ》れではあるのだ。

「尻尾《しっぽ》を巻いて逃げたわね。なんだか久しぶりにスカッとしちゃった」

藤原が爽やかな笑顔と共にそんなことを言った。

「さあさあ先へ進みましょう！　バシバシ魔物を狩って格の違いを知らしめてやるのよ！」

「おう。しっかしお前、魔物からすればまるで死神みたいだな」

「ん？　そうね、結構なことだわ。だってあいつら人間食べるんだし」

それもそうか。

魔獣と呼ばれる低知能タイプの魔物はなぜか人間を執拗に攻撃してくる。そのため、対抗手段を持たない一般人が襲われた場合、大抵なす術《すべ》もなく殺されてしまう。

禁区の外に魔獣が出現することはそう多くはないが、それでも毎年少なくない人が殺されている。この際だからもっと始末しとくか。わずかばかりでも犠牲者が減れば儲けものだ。

「これであの鬱陶《うっとう》しい女が身の程を弁《わきま》えて、大人しくなれば言うことないんだけど！」

進行方向に現れた小鬼を間髪容《い》れずに殴り殺しながら藤原が言った。

倒した証拠として、頭部の一本角をへし折り回収。

「そういや一年の頃からずっとやり合ってたよな、お前ら」

藤原と涼華の関係は校内でも有名だ。おそらく知らない生徒はいないだろう。

「一方的に絡まれてただけよ。だって私は私の方が優れてるってわかってるから、無闇に突っかからないもの。つまり、あの女がぎゃあぎゃあ喚きながら一人相撲とってるだけなの」

散々な言い草に同意することがはばかられ、曖昧に頷いておくにとどめた。

それに正直、この言い分に関しては、あまり藤原が信用できない。一年の時分にほかならぬ俺が、藤原から一方的に難癖を付けられ絡まれていたからである。

召喚試験時の俺のように、涼華が藤原からいちゃもんをつけられていたとしてもおかしくはないだろう。まあ、逆もしかりなのだが。

「何か言いたそうな顔ね」

考えが表情に出ていたのだろうか。ジト目を向けられた。

「あ、いや。ちょっと思い出したんだけど、なんで藤原《ふじわら》は一年の時、しつこいくらい俺に絡んできてたのかなと思って。教育ママの如く俺に努力しろっつってたよな？」

藤原が少し嫌そうに眉根を寄せた。

まるで言葉を探すように口元に手を当て、難しそうに俺を見てくる。

やがて、大げさにため息をついた。

「……才能があるくせにそれを活かそうとしない駄目人間って、見てたら苛々《いらいら》するでしょ？」

「おいおい、お前まで会長みたいなこと言うのかよ。その目は節穴なのか？」

嫌味を交えて返すと、藤原が一瞬だけ、形容しがたい表情を浮かべた。まるで何かを堪《こら》えるような表情で……いや、ほんとに一瞬だったからただの見間違えかもだが。

「少なくとも、今はあなたの出来不出来が私の評価にも関わるんだから、しっかりやってもらわないと困るのよ。というか、芦屋《あしや》くんは全体的にやる気がなさすぎると思う」

「そりゃあ俺、お前らと違って上昇志向とかねーもん。そこそこの労働で、そこそこの給料をもらって、重い責任なんかは背負わずに、のんびり暮らすのが理想なわけよ」

「あのね、私のパートナーになった以上、腑抜けた意識は変えてもらわないと困るんだけど」

藤原が、遠くに現れた昆虫型の魔物の上半身を光弾で消し飛ばしながら言った。

「前向きに善処できればと思います。でもほら、三つ子の魂も百までって言うしさ」

「情けない言い訳しないでよ……あら」

藤原が倒した魔物の素材をむしり取ると同時、空から何かが降ってくる。

「よっとぉ！　中間報告にきたよっ！」

ドスッ、と音を立てて俺の前に着地したのは、両腕に魔物の素材を抱いた涼華《りょうか》だ。

「五体ほど狩ってきたんだけど、証拠だよ」

涼華が抱えていた生首や尻尾《しっぽ》、得体の知れない宝石のようなものを地面に放る。

ギョッとなって藤原と一緒に素材を確認すれば、それらは確かに五体分あった。

「この短時間で五体？　凄ぇなお前」

「うそ……」

俺らの反応に自尊心をくすぐられたのか、涼華が誇らしげに腰に手を当てた。

「ま、あたしは狩りが得意だからね。伊達《だて》に二年生のトップじゃあないってことさ。で、藤原、あんたは何体倒したんだい？　ん？」

「……全部で三体よ」

今にも唇を噛み千切りそうな顔で藤原が告げると、涼華がわざとらしく口に手を当てた。

「ややっ、これは意外だねぇ！　魔人の力を持っていて、圧倒的にあたしより有利なはずの藤原千影が、よもやあたしよりも数を狩れていないなんて！　不思議だなあ、これは度し難い！　やっぱり中身がアレだと、魔人の体も意味がないのかなぁ？　くくっ、あははっ……！」

　声を上げて笑い出した涼華《りょうか》に、藤原《ふじわら》が真顔になった。

　あらゆる感情が漂白された、目を背けたくなる表情。

「芦屋《あしや》くん。先へ進むわよ。そろそろ本腰を入れて狩るわ」

「おやぁ？　なんだい、手加減してくれてたのかい？　それは申し訳なかったねえ！　こっちがちょっとばかし不利な条件だからって、そんな大サービスまでしてくれちゃってさ！　おかげで一歩リードできたみたいだ！　いやあ、さすがだ、器が大きい！」

　けたけた笑う涼華を無視して藤原がずんずん進んでいく。

「ふふ、あははは！　あーすっきりした！　んじゃ、芦屋くん、また行ってくるからね！」

　涼華は俺の肩をポンと叩き、近場の建物の外壁を軽やかに駆け上がっていった。

　あっという間にその姿が見えなくなる。

　慌てて藤原を追いかけた。

「おい、これヤバいんじゃねーか!?　あいつ狩りがクソ上手いぞ!?　狩猟民族だ！」

「わかってる。さすがにちょっと舐《な》めてたみたいね」

　ほんのりと焦りが滲《にじ》んだ声。

　藤原はちらっと俺を見て、何かをためらうように視線を泳がせた。

「ね、ねぇ芦屋くん。今、その眼鏡の透視機能って使える？」

「は？」

意図を測りかねて尋ね返すと、藤原がもごもごと口元を動かした。

「その、建物や植物を透視して魔物を探せないかと思って……」

あぁ、そういうことか。

俺は頷き、右目に魔力を集中させて透視機能を起動した。

タンクの魔力量が十分なため、視界にある物質が完全に透けて見える。

歩きながら視界を巡らせれば、朽ちた塀の内側に人食い兎の姿を見つけた。

「そこの奥に兎が二体いるぞ」

言い終えるや否や、藤原が塀を殴り壊し、その裏にいた二羽の人食い兎を倒した。

こちらに千切った尻尾《しっぽ》が二つ、放り投げられる。

「それ、持ってて。他は？」

「え、あ、向こうの木の陰に蛇型の魔物が……」

藤原が魔力をブレード状に加工して木へ向けて放った。

直径五十センチはありそうな木がスパッと切れて、巻き込むように蛇型の魔物も両断。

「次は？　次はどこに行けばいい？」

「待って待ってペース速いって！　今探してるから………あ、向こうにコボルトの群れ！

しかも結構いるぞ！　多分四匹くらいだ！」

「任せて」

四肢に魔力を纏《まと》い、指示した方へ突っ込む藤原《ふじわら》。

ほどなくしてコボルトたちの鳴き声が聞こえてくるが、それもすぐに止む。

返り血に塗《まみ》れた藤原がコボルトの尻尾《しっぽ》を抱えて戻ってきた。スプラッター。

「ラッキーだわ。これで一気に余裕ができたんじゃない？」

「そ、そうだな。えーっと」

魔物を探してきょろきょろあたりを見渡していると、藤原に肩をつかまれる。

「ね。その眼鏡、便利なのはいいんだけど、私の裸まで見てないでしょうね？」

「見ていませんよ」

間髪容《い》れずに返したが、実は普通に藤原の裸が視界に入り込んでいた。けどまあ、やましい気持ちはないしセーフということにしておこう。そういう気分でもないし。

藤原が「……だったらいいんだけど」とコボルトの尻尾を押し付けてくる。

そろそろ手がいっぱいだな。端末と魔導書をリュックにねじ込む。

「そういえば芦屋《あしや》くんって、その眼鏡を作った近衛《このえ》さんとずいぶん仲がいいみたいだけど、いつからの仲なの？　……幼馴染《おさななじ》みなんだっけ？」

散発的に現れる魔物を追加で狩りつつ進んでいると、そんなことを聞かれた。

「まあな。小学校に入学する前からの付き合いだ。ほら、互いの師匠が仲良くてさ」

「なる、ほど。てことは、その頃にはすでに……」

藤原が呟《つぶや》いたが、上手く聞き取れない。

彼女の横顔は、どうでもいい世間話をしているにしては、妙に真剣であるように見えた。

まるでなにか重要なことを確かめようとしているみたいだ。

「藤原、お前は？　幼馴染みとかいるのか？」

「私？　私は、そうね……幼馴染みはいないけど、許嫁《いいなずけ》がいたわ」

マジかよ。

「すげぇな。さすがは藤原家だ。あらゆる面でレベルが違う。それってどんな奴？」

藤原は、何かを言おうと口を開いたが、すぐにピタッと硬直してしまう。

「おい、どうした？」

「……いえ。許嫁は同い年の男子よ。彼は……彼は、魔術師としての才能に満ちていて、勤勉で、優秀で、優しくて……そうね、今の芦屋くんとはまるきり正反対の子だったわね」

「そりゃすごい。とんでもない優良物件じゃねーか。でも、なんで過去形なんだ？」

藤原はちらりと俺を見て「もうそんな子はいないから」と、短く答えた。

おっと。

「そりゃあ、なんだ。ご愁傷様だな」

「ほんとにね」

藤原《ふじわら》がため息とともに空を見上げた。つられて視線を上げると、ちょうど涼華《りょうか》が降ってきて、土煙を上げながら俺らの目前に着地する。

慌てて眼鏡の透視機能を切るが、一瞬だけ見えた涼華の裸体は驚くほど引き締まっていて、野生動物のようなその美しさに見蕩《みと》れてしまいそうだった。

危ねぇ。

戦果を両腕いっぱいに抱えた涼華がにんまりと笑顔を浮かべる。

「中間報告だ！」

そして抱えていた魔物の素材を放った。毛皮や生首が無造作に地面に転がる。

数えれば、追加で六体ほど討伐したことがわかった。

「どうだい芦屋《あしや》くん。あたしも結構やるだろう？」

「まあまあね」俺ではなく藤原が答えた。「じゃ、次は私たちの番」

自分のリードを露ほども疑っていない涼華の前に、藤原が魔物の肉片を放る。

俺も同じように抱えていた素材をぽいっと投げると、涼華が固まった。

「こっちは十体追加。一気に逆転ね」

眼鏡の透視機能を使ったことは伏せつつも勝ち誇る藤原。若干の後ろめたさはあるが、マジックアイテムの使用は禁じられていないので反則というわけでもない。

「う、嘘だろう……？」

「自分の目で見たことが信じられないの？　危険ね。今すぐ眼科か脳外科に行けば？」

涼華がギリッと歯を噛む。

「ま、まだまだ勝負はこれからだ……！　すぐに追い抜く……！」

そしてまた廃ビルを駆け上っていった。

忙しない奴だ。

「ふふっ……さ、行きましょうか」

満足げな藤原に促され、先へ進んだ。

◆◆◆

藤原と涼華の争いは熾烈《しれつ》を極めた。

藤原が魔物を五体狩れば涼華が五体狩り、それに触発された藤原が十五体狩ったかと思えば、さらに涼華が十五体を狩り……お互い一歩も譲らずに魔物を屠《ほふ》っていく。

それにしても恐るべきは涼華の優秀さだ。こちらは魔人の力に透視眼鏡という大きな利点をフル活用しているというのに、涼華一人を引き離せない。どこまでも食らいついてくる。狩りという点において、涼華の才能は藤原を大きく上回っているのかもしれない。

藤原《ふじわら》は決して認めはしないだろうが。

「ちっ。結局同数なんてね。勝負は引き分け、と」

目的地の廃ビルに到着し、若干息を切らせながら藤原が言った。

「ぜひっ、ぜーっ、ぜーっ……ふぅぅー……あー、勝てると思ったんだけどねぇ……」

こちらは全身に玉の汗を浮かべた涼華《りようか》の声。まさに疲労困憊《こんぱい》といった体《てい》で、腰に手をあてて天を仰ぎながら息を整えている。見た目だけで言えば圧倒的に藤原の方が余力を残しているが、狩った魔物の数が同じである以上、優劣に差はない。

「ちっくしょー、せっかく芦屋《あしや》くんを引きこめるチャンスだったのに」

そう言うわりに、涼華もあっさり引き分けを認めたよな。こいつの性分からして、もっと食い下がってもおかしくはなさそうなのに。

いや、いいけどさ。涼華の物分かりがよくて、悪いことなんかないのだ。

さっそく廃ビルに入る。端末に表示された情報によれば、異界接触点はこの廃ビルの中にあるらしい。

「こっちよ。魔力の揺らぎを感じる」

藤原が階段を指差し、俺らは階上へ向かった。

四階に差し掛かった辺りで、鈍感な俺も異界接触点が近くにあることを肌に感じる。

「この階か？」

「多分ね。あ、ほら。あれ」

藤原に先導され、がらんどうな大部屋に足を踏み入れる。

壁が崩れて外と繋《つな》がったその部屋の中央に、歪《ゆが》みがあった。空気中の魔力が渦を巻き、まるで空間に映像が投影されているような、そんな光景が広がっている。

彼方に地平が見える草原。山の様な氷塊がいくつも浮かぶ極寒の海。竜が群れを成して駆ける天空。亜人が行き交う街並み……そういった景色が激しく入れ替わり立ち替わり、部屋の中心に浮かんでいた。

空間に亀裂が生じ、そこから他の世界を覗き込んでいるようだな。

異界接触点。三つの世界が繋がり『異界』になろうとしている、特異な場。

「これさ、このまま放置して、三つの世界が完全に繋がったらどうなるんだ?」

「さあねぇ。ま、少なくとも周囲一帯は壊滅するだろうよ。試してみるかい?」

どこかいたずらっぽく言う涼華に首を振る。冗談じゃねぇぞ。

「試すわけねぇだろ。ったく、なんでこんな物騒なもんが存在してんだか」

「確かにね。でもさ、魔力はクロスポイントを通じてこの世界にもたらされたわけだ。そして異界接触点は、クロスポイントがあるからこそ、生じる。だからあたしは、極論かもだけど、異界接触点は必要悪だと思うよ。魔術師が生まれなかった世界なんて、考えたくもない」

涼華が笑顔で俺に手を差し出してきた。

「ま、それはそれとして、異界接触点の破壊は任せるよ。作業の邪魔だろうし、端末はあたしが預かっておくよ」

お言葉に甘えて涼華《りょうか》に端末を預ける。

リュックから魔導書を取り出し、表紙に手のひらを乗せて魔力を送り込むと、空間の捻《ね》じれ、つまり異界接触点を取り囲むように、上下左右前後で合わせて六つの魔法陣が出現した。

学園の授業で習った、異界接触点を破壊するための魔術だ。

「ちょっと時間かかりそうだから、適当に暇でも潰しててくれ」

なにぶん本番は初めてで少し手間取りそうだ。背後の二人に声をかける。

短い二つの返事を耳に入れながら、目を閉じて魔術に集中する。

少しずつ五感が消失していき、意識の焦点が完全に魔術へと向けられた。とはいえ俺のやることは魔導書に魔力を送り込むことだけなのだが、しかしその加減が難しい……

やがて脳内にピリッと電流が流れるような感覚が生じた。

目を開けると、六つの魔法陣が強い光を発し、その光が異界接触点を呑み込んでいる。

「ふうぅ。よっしゃ、成功」

魔法陣から放たれる光が収まれば、そこに空間の歪《ゆが》みはなくなっていた。完璧だな。

「さすがは芦屋《あしや》くんだ。見事な手際じゃあないか。あたしだったらこうはいかなかったね」

振り返ると、ニヤニヤ笑う涼華の姿。

藤原《ふじわら》はいつの間にか俺の隣に立っていて、腕を組みながら暇そうに俺を見ていた。

「お世辞がうまい奴だな。んじゃ、帰ろうか」

涼華から端末を受け取ろうと手を伸ばすと、ひょいっと避けられる。

なんだ？　そのまま持っててくれるのか？

なんて、そんな呑気な俺の考えを嘲笑《あざわら》うように——

「まあ待ちなよ」

涼華が端末を宙に放り投げ、殴り壊した。

端末は真っ二つに割れて床に落下する。

「……お前、何してんだ？」

突然の暴挙に唖然としていると、涼華の全身に幾何学模様が、真っ赤な魔導回路が浮かび上がる。魔術の起動だ。でも、なんで？　まるで今から戦闘でも始まるような……

「だってさぁ、いいところで救援信号を出されちゃあかなわないだろう？」

不穏な空気を感じ、思わず身構える。

藤原が俺を守るように一歩前に出た。

「あなた、何のつもり？」

涼華は答えず、笑顔を浮かべたまま「来い」と言った。

すると、涼華の背後、部屋の入り口からぞろぞろと制服姿の集団が現れる。

それは学園の生徒だ。よく見れば、西の派閥に属する、涼華《りょうか》の取り巻き連中だった。

十数名ほどの、魔導戦士や使い魔を連れた召喚士が……どいつもこいつも臨戦態勢だ。

「おい。まさかお前、俺らをはめたのか？」

口から出た声は自分でも驚くほどに落ち着いていた。

「いやいや芦屋《あしや》くん、人聞きの悪いことを言わないでくれないかい？　あんたにそういうことを言われちゃ、あたしはとても悲しくなっちまう。これはね、ただ勝負の続きってだけだよ。あたしと藤原《ふじわら》は引き分けただろう？　けれど、ここにはまだ魔物が一匹残っていた。つまりだ。そいつをあたしが倒せば、僅差であたしの勝ちってことになる」

涼華のにやついた視線は藤原を捉えている。

残っている魔物とは、魔人と融合した藤原のことか。

こいつ。

「おかしいと思ってたのよ」

藤原が声を低くして言った。

「いくらあなたが狩りに秀でていたとしても、私たちのペースについてこられるわけがないって。今わかった。手下に手伝わせていたのね。だからあんなハイペースで狩れた」

「んんー？　おいおーい、言いがかりはよしてくれよ。そんな証拠がどこにあるんだい？　あたしは正々堂々と戦ったよ？　あんたら二人を相手に、たった一人でね！」

　空々しい弁明に、藤原が舌打ちをした。

「で、予想に反して勝負に勝てなかったから、駄々をこねようってわけ？　幼稚な」

　涼華は藤原を無視して俺を見た。

「なあ芦屋くん。あたしのものになりなよ。今頷いてくれれば、手荒な真似をしなくて済むんだ。あんたも多勢に無勢ってのはわかるだろう？　魔力もほとんど残っちゃいないはずだよ。だってそうなるように、わざわざ消耗の激しい勝負に付き合わせたんだからね。もう諦めな」

「頭おかしいのか？　お前さ、この流れではいわかりました、ってなると思う？」

「大人しく勝負に負けなかったあんたらが悪いんだ。大人しく負けていればこっちだって乱暴な真似をせずに済んだのに。あたしは力が必要なんだ。あの女《マリ姉》に勝つための力が。そのためだったらどんな卑劣なことだってする。なりふりなんて構っていられない」

　会話にならないな。

「あなたの身勝手な理屈なんて知らないわよ。この件は学園に報告させてもらうから」

「それは困る。困るよ。だったら、残念だけど口封じをしなくちゃあならないね」

　おどけた調子で涼華がスッと手を上げる。

　それを合図に、彼女の背後に控えた連中が身構えた。向けられるいくつもの敵意。

　まずい。いくら藤原でもこの数を相手にするのは無謀だ。

　タンクの魔力残量だってもう僅かである。でも、どうすれば……？

「藤原《ふじわら》。俺を担いで詰所まで逃げられるか？」

「この場さえ切り抜けられたら、可能でしょうね。ただ……」

「逃がすと思うかい？　魔導書を捨てな。あたしらにあんたを攻撃させないでくれよ」

空気が張りつめる。一触即発の緊張感。

……この場さえ切り抜けられたら、か。

「芦屋《あしや》くん、従ったら駄目よ」

「……藤原、どいてくれ」

俺を守るよう前に立つ藤原を、軽く横に押しのける。

そして涼華《りょうか》と直線上で向き合い、ゆっくり膝を折りながら、魔導書を床に置いた。

「それでいい。あたしは賢い男が大好きなんだ。芦屋くん、あんたを心から歓迎するよ」

俺が諦めたと思ったのか、涼華が上機嫌に言った。

馬鹿が。誰が、お前らの派閥なんぞに入るか。

床に魔導書を置くために下を向いた状態で、俺は両目に魔力を集中していた。

眼鏡のレンズの表面、魔導回路に魔力が走る。

ほんのわずか、キイィィ、という音がした。

意図を察してくれた藤原が、俺の背後へ回る気配があった。

「涼華」

下を向いたまま、魔導書から指を離さずに呼びかける。

「ん？」

「何もかもが自分の思い通りになるとか思ってんじゃねぇぞ」

「はあ？　なんだい、急に喧嘩腰で。まさかあたしらとやりあう気かい？」

怪訝《けげん》そうな、それでいて茶化すような声。

俺は下を向いたまま、続けた。

「まあ待てよ。俺はさ、お前が会長に力じゃ敵わないと知りながら、それでも諦めずに足掻《あが》いていることは、素直にすげぇと思ってんだ。マジでな。俺にはそんなガッツねぇんだもん。そういうところは、藤原と似てると思うね」

「やめてくれ。素直には喜べない評価だ。いいからほら、早く魔導書から手をどけなよ」

「あぁ……ただささ。ただ、お前と藤原には決定的な違いもあるんだ。それは精神の高潔さだ」

「あ？　なんだって？」

「藤原も向上心がすさまじいが、それは自分に対してだけじゃない。周りまでも押し上げようとしてくる。それは他人を思ってのことだろう。でもお前は違うよな？　お前は自分だけがよけりゃ、あとはどうでもいいんだろ？　お前は身勝手だ。その身勝手に巻き込まれる身からすりゃ、たまったもんじゃねぇんだわ。勝手に自己完結してりゃ文句なんかなかったのに」

「……なにが言いたいんだい？」

涼華《りようか》の声には苛立《いらだ》ちが混じっていた。でもそこに、危機感はないように聞こえる。

まさかこんな状況で、俺ごときが反抗してくるとは、夢にも思っていないのだろう。

「てめぇじゃ藤原《ふじわら》や会長にゃ一生勝てねぇっつってんだよ。それに……」

大きく息を吸った。

「俺はなぁ……俺は、てめぇの身勝手で！　俺を舐《な》めくさって！　俺をどーにでもできると思ってるやつが！　世界で一番、大っ嫌いなんだ!!」

叫び、顔を上げた瞬間、回路が輝くレンズ越し、涼華と目が合った。

「涼華、いいか!?　死にたくなけりゃ、力いっぱい防御しやがれ！」

パチッ、と眼鏡が帯電する。

勘かはたまた本能か。涼華がバッと両腕を交差させて、防御態勢を取る。

次の瞬間、片方のレンズから図太い光の柱が放たれた。

『神の雷《いかずち》』の雷撃に貫かれた涼華が吹き飛び、背後の取り巻き共を巻き込みながら倒れる。

バチバチッ！　と空気中に滞留していた電気が消えていく。

「藤原！」

名前を呼んだ時にはすでに、背後の藤原に抱え上げられていた。

藤原は崩れていた壁面から外へ飛び出す。四階の高さだが一切躊躇《ちゆうちよ》を見せずに。

遠ざかる視界の中、全身から黒煙を上げた涼華がふらふら立ち上がる姿が見えた。

「なにしてんだ！　追え、追いかけろ！　絶対に逃がすな！　いっそ殺せ、ぶち殺せ!!」

超怒ってるし。まあ怒るか。

ざまあみろ。

つーか魔力残量があんまりなかったのに、すげぇ威力の雷《いかずち》が飛び出したな。美砂《みさ》やべぇ。

もしもタンクが満タンだったら、涼華《りょうか》の奴、消し炭になってたんじゃねぇの？

「舌を噛まないでよ！」

着地の衝撃に「うぐっ」と呻《うめ》く。口から内臓がはみ出しそうだった。

藤原《ふじわら》はそんな俺にはお構いなしに走り出す。

速い速い。まるで車に乗ってるみたいな速度で……つーか怖ぇ！

「芦屋《あしや》くん。やるじゃない。ちょっと、見直したわ」

疾走しながら、藤原が感心したような口ぶりで言った。なんとも珍しい。

でも今はそれどころではない。

「どっ、どど、どうもっ……ひぃっ！　お、落とすなよ!?　絶対落とすなよ!?　わあぁ!?」

「……はあ。ほんと締まらないわね。こういうところがなければ、ずっとマシになるのに」

そんなこと言われても、ホントに怖いんだってば。あぁもう、目ぇ閉じとこ。

藤原は凄まじい勢いで駆けた。目は閉じているが顔に当たる風の勢いでそれが分かる。

が。

「う、そっ、やばっ⁉」

突然そんな声が聞こえ、衝撃と共に、浮遊感に包まれた。

「っ……っ⁉　お、おぉ⁉」

目を開ければ、俺は宙を舞っていた。

ぐるぐる回る視界の中、藤原が設置型の魔法陣に足を取られているのが見えた。

「がっ、はっ⁉」

体を地面に叩きつけられ、臓腑から空気が押し出される。

激しすぎる痛みに立ち上がれない。手足には全く力が入らなかった。

つーか左腕の肘《ひじ》、変な方向に曲がって、嘘だろこれ、折れたのか？

魔導書も衝撃でどっかに吹き飛んでる……

「い、ってぇ、なんだってんだ……！　くそ、くそっ……！」

「芦屋くん、逃げて！　く、このっ……！」

見れば、藤原を取り囲むように数人の学生の姿があった。

待ち伏せだ。

学生の一人が魔導書に手を添えた瞬間、藤原の周囲に結界が生じる。

さすがの藤原も数人がかりで封印されればどうしようもない。そもそも魔力がほとんど残ってないのだ。

まずい。

「ぜっ、ひっ……は、ははっ……やっと追いついたよ、芦屋《あしや》くん……！」

歯を食いしばりながら立ち上がると、顔面を怒りの笑みに染め上げた涼華《りょうか》が現れた。

背後には取り巻きたちの姿もある。

涼華の制服は所々焼け焦げていたが、本人に怪我をした様子はない。

もしかすれば取り巻きの中に回復系の魔術を扱える奴がいるのかも……あぁ、くそっ……

「ひ、酷《ひど》いじゃあないか、あんな一撃……あたしでなけりゃどうなってたか……！　これは、相応のお返しをしなくちゃあだね……？　覚悟はいいかい……!?　芦屋想太《そうた》……！」

極まった感情のせいか、涼華の声は小刻みに震えていた。

なにをしてもおかしくない情緒の不安定さに、著しく恐怖を煽《あお》られる。

「ちょっと待って。タンマ。すでに折れてる。腕折れてるから。多分だけど俺、涼華より重傷だから。もう十分だから。なんなら痛みで失神しそうだから」

「骨折がなんだ！　こっちは、こ、殺されるところだったんだぞ!?」

「いやいや！　それは誤解だ！　俺はね、涼華ならきっと余裕で防いでくれると信じていたからこそあの一撃を放てたんだよ？　逆にもう信頼の証っていうの？　現にほら、無事じゃん？　ピンピンしてる。いや、やっぱ涼華はすげぇや、リスペクトするわ」

顔面に脂汗を浮かべながら、口を開く。

しかし涼華はつかつかと俺の元までやってきて、折れた肘《ひじ》を思い切り握り締めてきた。

「ああああああ‼」

激痛に叫ぶと、涼華が口の端を吊り上げた。

「信頼してくれて嬉しいねぇ！　あたしは逆に芦屋くんを舐《な》めてたみたいだよ！　所詮《しょせん》は棚ぼたで強い使い魔をゲットしただけの雑魚《ざこ》だってね！　とんだ思い違いだった！」

「いやあの普通に雑魚なんで、マジ俺やばいんで、やめっ」

「だったらあたしの物になるか⁉　あぁ⁉」

「それも勘弁……ぃぃぃ⁉」

「この現状でよくもそんな舐めたことが言えるもんだね！　大したタマだよ！　でもね、あんたに選択肢なんてない！　どうしてもあたしの物にならないなら、ま、魔物の餌《えさ》になってもらう……！　ほら、死にたくないだろう⁉　だったらあたしのものになれ！」

「待て、お前それは、マジで女子高生の思考回路じゃねぇぞ。頭どうなってんだよ」

「あたしは本気だ！　なんなら、手始めにあの忌々《いまいま》しい女から、こ、殺すか⁉」

まさにやけくそといった風に叫ぶ涼華の両目は血走っていた。

引くに引けなくなっている。

それだけに本当に藤原《ふじわら》を殺しかねないという空気が、凄みがあった。

「芦屋、くん……う、ぐ」

結界に遮られて魔力の供給路を断たれたからか、藤原《ふじわら》が呻《うめ》き、膝から崩れ落ちた。

そのまま息も絶え絶えに動かなくなってしまう。魔力が底をついたのだろうか。

最悪だ。このまま放置していたら藤原の身が危ない。

「ははっ。どうやら魔力の供給回路が貧弱なようだね。あいつ、ほっとけば死ぬんじゃあないか？」

引きつった笑顔を浮かべる涼華《りょうか》を睨《にら》みつけた。

「本当に俺らを殺す気か？　それはしっかり考えた上での判断か？　まさか犯行がばれないとでも思ってるのか？　断言するがお前は何かしらボロを出す。完全犯罪なんて絶対に無理だ」

「藪《やぶ》から棒に。それで命乞いのつもりかい？」

「いいから聞け！」

叫ぶと、涼華が「なにを」と言葉を詰まらせた。

俺は痛みから気を逸らしつつ、息を整える。

「……仮にお前らが完璧に証拠を隠滅できたとしても、東の奴らは妄信的にお前らを犯人だとみなすぞ。連中はそういう手合いだ。疑惑は間違いなく学外へ飛び火するし、そうなれば東西の本格的な抗争が始まりかねない。お前が引き起こすんだ。その責任が取れるのか？　覚悟があるのか？　短絡的に考えてないか!?　今ならまだ間に合う、落ち着いて考え直せ！」

「うるさい！」

涼華が声を裏返して叫んだ。

「あ、あたしは……あたしは、やるときはやるんだ！　そうしなきゃ茉莉花《まりか》に勝てないから……必要があれば殺す！　殺すさ！　なんだってやってやる!!」

「冷静になれって！　本当にそれが最善か？　本心から正しいと思ってるのか!?」

「黙れ！　大体、なんでそこまで嫌がるんだ!?　西に入れば優遇するって言ってるのに！　入らない理由がないだろう!?　なのに、どうしてあたしのものにならないんだ！」

「馬鹿、殺人鬼の仲間になんてなれるわけねぇだろ！　少しは常識でものを言え！」

怒鳴ると、涼華が一瞬呆けたような顔をした。

だがすぐに。

「まだ誰も殺しちゃあいない！　それに、でも！」

「でももクソもあるか！　いいから俺らを解放しろっつってんだ！　今なら学園にも黙っといてやる！　なんならお前が会長と戦う時はその手伝いをしてやってもいい！　でも絶対派閥には入らねぇぞ！　俺らを殺すリスクとメリットを考えて判断下せ！　ボケが！」

「あんたが派閥に入れば全部済む話じゃあないのか!?　そんなにあたしが嫌いか!?」

「大っ嫌いだね！　お前ほんと自分の行動振り返ってからもっかい言ってみろよクソが！」

涼華が「舐《な》めやがって！」と叫んだ。

そして八つ当たりをするように俺の腹を膝で蹴り、背後の取り巻き連中を振り返る。

「コボルトを捕まえてきな！　こいつらを、く、く、食わせるからさぁ！　腕を一本齧《かじ》られればば、愚かなこいつだって考えを改めるだろうよ！」

「あの、姐《ねえ》さん、マジでやるんすか……？」

取り巻きの一人が恐る恐るといった調子で口を開いた。

明らかに怖気《おじけ》づいている。

まさか俺がここまで抵抗するとは思っていなかったのだろう。

涼華《りょうか》はそんな取り巻きを一睨《ひとにら》みした。

「あぁ、そうかい。あんたもあたしの覚悟を信じられないってわけか」

「め、滅相《めっそう》もありませんっ！　今すぐ探してきます！」

まるで蜘蛛の子を散らすように取り巻き連中がコボルトを探しに行った。

結界を維持するための数人だけが残る。

涼華は「ふん」とどこか苛立《いらだ》ったような神経質さで言い、足を振り上げた。

「そらよ、おまけだ！　ありがたく喰らいな！」

腹を蹴られてうずくまる俺を、涼華がさらに踏みつけてくる。

「考えを改めるなら今のうちだよ、芦屋《あしや》くん！　これが最後のチャンスだ！」

俺は涼華を無視して、結界の中で動かなくなった藤原《ふじわら》に目を向けた。

果たして藤原は大丈夫なのだろうか？

魔力の供給が断たれた今、生命活動の維持がどうなっているのかがわからない。

それと、あいつはこの現状をどう思っているんだ？　死ぬくらいなら西に下っても構わないと思っていたりするのだろうか？　だとすれば、やっぱり今は涼華におもねって……

いいや、奴の性分からしてそれはないか。

藤原の肥大化した自尊心が不条理な圧力に屈するところなんて、想像できない。

「いくら藤原を見つめたって助けてはくれないよ。むしろ芦屋くん、あんたがあいつを救うべきじゃあないのかい？　ただ一言、あたしに従うと言えば、それだけで皆助かるんだからね」

「そんなことすれば俺が藤原に殺されるだろ……お前さぁ、なんでそこまで力に固執すんの？　そこまでして権力が欲しいのか？　偉くなりたいか？」

俺は鼻を鳴らし、笑顔に皮肉を込めて続ける。

「俗物だなあ。会長が優秀すぎてコンプレックスの塊になっちまったのかな？　いと哀れ。ほんと同情するわ。おぎゃあと生まれた瞬間から比べ続けられて可哀想。もっと気楽に生きてみたらぁ？」

「その減らず口を閉じな。さもなきゃもう一本の腕も折っちまうよ」

冷えた声音。どうやらウィークポイントに直撃したらしい。

少しだけ溜飲《りゅういん》を下げた俺は口を閉ざした。涼華の個人的な事情なんかどうでもいいが、死ぬ直前に悪態だけはクソ程吐いてやるからな。俺が大人しく殺されてやると思うなよ。

腕と腹の痛みを必死に堪えながら、再び藤原《ふじわら》を見やる。

思い返せば、あいつが使い魔試験でポカした時も殺されかけたんだったな。ほんとこの頃は殺されそうになってばっかりだ。クソが。

でも、あの時の方が今よりよほど絶望感があったように思う。だって魔人の威圧感ときたら眼力だけで人を殺すような勢いだったし……ん？

てか、藤原が死んだらあの魔人も一緒に死ぬのか？

今は当たり前のように藤原があの体を支配している。でも、魔人の意識もあの体のどこかで眠っていると、以前に聞いていた。そう。魔人も、まだ生きているのだ。

だとすれば、巻き添えになるのだろうか？　あんなに強かった魔人が涼華《りょうか》なんぞに殺されてしまうのかと思うと、世の儚《はかな》さを感じてしまう。なんかちょっと申し訳ないくらい――あれ？

余計なことを考えていたら、藤原が虚ろに空を見上げていた。

いつの間に？　あいつ、完全に力を使い果たしてたんじゃ……

藤原は小さく何かを呟《つぶや》いているようで、風に乗ってかすかな声が聞こえてくる。

「……に、……を……貸し…………」

聞き取れないほどの小声だ。しかしそれは、徐々に大きくなっていく。

「力、を……私に、今度こそ……芦屋《あしや》くんを、守れるだけの力を……お願い、貸して……！

全部、あなたの、言う通りにするから……！　全部……あなたに全部、渡すからっ……！」

朦朧《もうろう》とした意識の中で紡がれているであろう、要領を得ない不自然な言葉の羅列。

まるでそれは、自分の内に語りかけているように聞こえた。

てか、俺を守るだと？　まさかこんな状況で、自分じゃなくて俺の身を案じてるのか？

なんでだ。それより自分のことを考えるべきだろう。

でも、その声には、たとえようもない必死さが滲《にじ》んでいるようにも聞こえる。

涼華が「はっ」と小さく笑った。

「なんだいあれは。あんたの使い魔、恐怖で頭がおかしくなっちまったみたいだよ」

小馬鹿にするような涼華に、俺は何も返さなかった。

黙って藤原を見つめ続ける。

何者かに懇願し続けていた藤原が、不意にぴたっと黙り込んだ。

何かのスイッチが入ったかのようだ。

かと思えば、指先が小刻みに震えだして……それは瞬く間に体へと伝染していく。

「あっ、あぁ、ぅ、ああ、うあああああぁぁ！」

燃え上がる。

激しい苦痛から身を守るように己を掻《か》き抱《いだ》き、弓なりに背をのけ反らせた彼女の漆黒の髪が、緋炎《ひえん》を纏《まと》った。髪そのものが炎と化すように。

炎は瞬く間に広がり、全身までもが呑み込まれた。藤原を構成する全てが侵食され、全く別人の物へと変容していく。顔立ちは凛々《りり》しく。体つきはより女性的に。手足は伸びて、肌も一層透き通るような白さへと。服すらも制服から絢爛豪華《けんらんごうか》な真紅のドレスに……

涼華《りょうか》とその手下たちは突然のことに言葉を失い、呆然と立ち尽くしている。

「藤原《ふじわら》……」

俺だって何が起きているのか理解は及んでいない。

だが、少なくともこの変化が藤原にとって良くないことだというのだけは、わかる。

だけど俺は、それをただ見ていることしかできない。

やがて変化も収まり――そこにいたのは、紅蓮《ぐれん》の炎を思わせる一人の魔人だった。

彼女が浮かべた狂的な笑みは、未だかつて藤原が見せたことのない面貌だ。

「くっ……くはっ、くはははっ……はーっはははははははは!!」

哄笑《こうしょう》。それまでの脱力感が嘘だったかのような力強さで、藤原が――魔人が笑う。

もはや疑うべくもないだろう。

藤原はその体を、魂を、何もかもをあの魔人に乗っ取られてしまった。

「ようやくだ！　ようやくあの忌々《いまいま》しい小娘の人格が引っ込んだ！」

俺の考えを裏付けるように魔人が嬉々として述べた。

そして誰も彼もが動けない中、一人だけ高笑いをしながら、俺に目を留める。

「おぉ、主様よ！　ついにまみえることができたの？　人の身でありながら、この妾《わらわ》を従えし者よ……くはっ、くはははははは！」

魔人がついっと人差し指を振った。

たったそれだけの動作で、魔人を囲っていた結界が砕けて消える。

にわかに慌てふためきだす取り巻きたちだが、彼らになにができるわけでもない。結界を破った魔人の平手打ちで、次々と倒されていく。いや平手打ちって。

「あ、あぁ？」涼華が呻《うめ》いた。「あいつ、す、姿もそうだが、魔力を失って動けなくなったはずじゃあないのか？　それが、どうしてこんなことに」

「ん？　魔力を失った？　妾がか？　魔力などいくらでもあるではないか」

涼華の疑問に答えるように、魔人の周囲に数えきれないほどの青い燐光《りんこう》が現れる。

それは大気に漂う無数の魔力。異世界から流入してくる無限の力。

燐光が渦を巻きながら魔人に吸収されていく。

「素晴らしい、ここは魔力濃度が密であるな！　力がみなぎる!!」

嘘だろ。なんだよそれ。あの女、体外の魔力を自在に操れるっていうのか？

だとすれば、それはもう、俺らにとって埒外《らちがい》の存在だ。生物としての格が違う。

もし奴を使い魔にできたとして、それを完全に制御できる召喚士など存在しないだろう。

だって奴は、召喚士からの魔力供給を受けずとも、自由気ままに動き回ることができるのだ。

生殺与奪《せいさつよだつ》の権を握ることができない。体内での魔力生成を制限する枷《かせ》が、意味を為さない。

「なんてインチキなんだ」涼華《りようか》が零《こぼ》した。「ありえない、こんなことは。こんなことは、あっちゃいけないことだ……こんな……！」

涼華が魔人を睨《にら》みつける。

その全身には紅の魔導回路が浮かび上がっていた。まるで彼女の怒りに呼応したようだ。

「なにが魔人だ！　そんなもののせいであたしの計画がっ……！　ふざけるな！」

拳《こぶし》をきつく握り締め、地を割るほどの踏み込みで一気に体を加速させ、魔人に迫る。

己へ迫る存在に、魔人が煩《わずら》わしそうに手を払った。

「不敬な」

魔人の動きに連動し、目には見えない力が涼華を真横から打ち据えた。

横っ腹に砲弾を受けたように、涼華が体をくの字に折り曲げ吹き飛ぶ。

そのまま廃ビルの外壁に激突し、受け身も取れずに倒れた。

衝突した壁に放射状の亀裂が走り、ガラガラと崩れて落ちる。

「がっ、はっ……あ、あ」

涼華はどうにか立ち上がろうともがいていたが、まるで力が入っていない。

吐血しながらかりかり地面を掻《か》くだけで、その様は脚を潰された虫のようだった。

圧倒的な暴力。

もちろん魔人が強いのは知っていた。召喚士で肉弾戦が得意でなかったあの藤原《ふじわら》が、魔人と融合したことであれほど急激に強化されたのだ。加えて召喚試験時の暴れっぷりも見ているわけだから、弱いと思える要素がない。

とはいえ、主導権が変わっただけでこうも違ってくるとまでは、思わなかった。

驚きから動けずにいると、魔人が俺のもとへやってきた。

座り込む俺を見下ろすその顔は、笑顔。両腕には煌々《こうこう》と魔力が灯っている。

あぁ、殺されるのか。走馬灯のように召喚試験時のことが思い起こされる。

あの時の仕返しを、今、この場でされるのだ。

頭上にかざされた彼女の右手に、呼吸すら忘れてただ目を見開いた。

だが……覚悟した衝撃は訪れない。

それどころか、折れた肘《ひじ》が暖かな感覚に包まれ、痛みが和らいでいく。

見れば、折れてグロテスクに変化していた肘が治癒していた。

治癒魔術、か？　しかも相当に高度な。

けど、どうして俺に？

困惑していると、魔人が俺の前に片膝をつき、恭《うやうや》しく頭《こうべ》を垂れた。

「妾《わらわ》は皇国の第三皇女、ソフィア・エーデル・エイラムだ。親愛を込めてソフィア、と呼ぶがいい。主様よ。我が信じる神の名の下に、これより妾は主様の剣となり、生涯をかけてそなたの歩む覇道を切り開くことをここに誓おう」

なにそれ？

全然思考が追い付かな……あ。

今気付いたんだけど、魔人の額に服従の刻印が刻まれてるじゃねぇか。いやまあ、藤原《ふじわら》と表裏一体なんだから刻印があるのは当たり前のことなんだけども、あまりのインパクトに完全に失念してた。それにしたって大仰《おおぎょう》な対応ではあるが。

俺は、強張った顔で「ご丁寧にどうも」と返すことしかできなかった。

つーか覇道って。

そんなもの歩まないんだけど。

「立てるか？　手を貸そう」

「えっ!?　あ、えっと、すみません」

手を引かれて立ち上がる。

魔人は微笑むと、もがき続ける涼華《りょうか》の方へ歩き出した。慌てて後を追う。

「さて、主様よ。差し当たっては、身の程をわきまえておらぬあの小娘をどうするかだ。此度《こたび》の狼藉《ろうぜき》は、奴の死をもってしか償えぬものであると妾《わらわ》は考えておるが、どうか？」

「あ、あー……それは、どうなんでしょうね？」

発言が血なまぐさい。やられたことを考えればそうしたくなる気持ちもわかるが、いくらなんでも過剰防衛だ。この歳で他人の命なんか背負えば、残りの長い人生、地獄じゃないか。

どう伝えたものか悩んでいると、うずくまる涼華を前にした魔人が、拳《こぶし》に魔力を込めはじめた。腕が発火したように激しく輝きだし、そのポテンシャルの高さに我が目を疑う。

すっげぇー……

あんなもので殴られれば、肉片すらこの世に残るまい。

「ひっ。や、やめて……助けて……」

涼華が震えながら命乞いをしてきた。

完全に心が折れてやがるな。さっきまでの威勢が嘘みたいだ。

「愚者へかける慈悲などあるわけがなかろう……ん？」

魔人が何かに気付いたように振り返った。

視線を追えば、取り巻き連中が戻ってきていて、状況を理解できないと、遠巻きに俺らを見ていた。

「主様よ。あれらもまとめて殺して構わぬか？」

「絶対駄目です！　というか、お姉さんの世界じゃどうなのかは知りませんが、こっちじゃ人を殺したら大事になるんです！　法治国家なんですよ、ここは！」

「は？　……軟弱な世界だの。命など失われることが当然であるというのに。ふむ。これは主様が統治することで、世界をあるべき姿へと修正してやらねばならぬのか？」

不穏なことを言いながら、魔人がツイッと指を振り上げ、ノータイムで振り下ろす。

閃光《せんこう》を伴い、天空から目を焼くほどの雷《かみなり》が落ちてきた。

爆音が轟《とどろ》き、俺らと取り巻き連中の間の地面が消し飛ぶ。

冗談抜きで何が起きたのかわからなかったが、数拍置いて、ようやく理解が及んだ。

こいつ、指振るだけで雷を落とせるのかよ。ありえねぇだろ。

取り巻き連中が腰を抜かしてへたり込んでいく。

それも仕方がない。雷によって生み出された大穴は、戸建て住宅が余裕で入りそうなほどに広くて深い。人間が直接食らえば、髪の毛一本残らない威力だ。腰も抜けよう。

「有象無象《うぞうむぞう》どもよ。その穴を越えてこちらへ寄らば、その命はないものと思え。よいな？」

魔人は吐き捨てると、再び涼華《りょうか》と向き合った。

「次は貴様だ。首謀者たる貴様はただでは済まさぬ。己の生を恨むほどに苦しめて、殺す」

魔人が喜色満面の笑みで宣告した。心底楽しそうな、道徳心がまだ発達していない残虐な子供みたいな、ある種純粋な笑みだった。俺へ向けられたわけでもないのに、背筋が震える。

涼華が蒼白《そうはく》を通り越して土気色《つちけいろ》になった顔で俺を見上げてきた。

その瞳には過分な潤いが見て取れた。つーか泣き出した。

まあ泣くわな、こんなもん。俺でも泣くし漏らす。

「あ、ああ、あ、芦屋《あしや》くん、た、助けて……あ、あたしが、わる、悪かったから……！」

さっきまでの己の優位を確信した末の、傲慢な態度は見る影もない。

しかしなんだ。立場が逆転した途端にこうも手のひらを返されると、それはそれで腹が立つな。

多少は灸《きゅう》をすえときたいところだ。

「でも俺、殺されかけたしなぁ」

わざとらしく、もったいぶるように言った。

「お前を生かしといたら、またこんな目に遭うかもしれないし。あー、どうすっかなぁ」

もちろん殺すつもりはない。だが、釘の一つは刺しておかなければならない。なにせ魔人が顕現していなければ、俺や藤原《ふじわら》が為す術《すべ》もなく殺されていたかもしれないのだ。

俺は人間ができてないので、感情的だと言われようとも、お咎《とが》めなしで見逃すことができそうになかった。

「許して……も、もうしないから、なんでもするから、こ、殺さないで……！」

「信じらんねーよ。だってお前、野心まみれじゃん。隙を見せたらまた俺らを襲うんだろ？」

「もうしないって言ってるだろう!?　本当だよ、信じてくれよ！」

「うそくせぇ」

「主様よ。信ずるに足らぬ者など殺すのだ。死人は裏切ることなどない。妾《わらわ》に任せよ」

どうやらこの魔人は本当に人の命をどうとも思っていないらしい。

待ちきれないと逸《はや》るように、腕に魔力を集中させた魔人に、涼華が「ひっ」と悲鳴を上げた。

「ちょーっと待ってください！　それは最終手段です！　い、今、色々考えてるんで！」

慌てて止めると、魔人の腕から溢れ出していた魔力が霧散した。

「で、あるか。邪魔して悪かったの。主様は慈悲深いのだな」

従順すぎる魔人に調子が狂う。

召喚試験の時に殺されかけたことを思い出すと、ギャップがすごい。

ただ、味方になればこれほど頼もしい奴もいないだろう。怖いけど。

「さて、どうするか」

俺の独り言に涼華《りようか》がビクッと震えた。

まるで近づいてくる看守の足音を耳にした死刑囚のようだ。

「芦屋《あしや》くん、どうか後生だよ……」

ぼろぼろ涙を零《こぼ》す涼華は、この上なく哀れで憐憫《れんびん》の情を誘う。

だからといって絆《ほだ》されてはいけないのだが、しかし実を言えば対応に困っているのもまた事実だ。どうにも上手い落としどころが見つけられそうにない。

まず殺すのはない。後遺症が残るようなけじめのつけ方も良くない。涼華が西日本支部における大物の一人である以上、下手な手を打てば連中に目を付けられるからだ。

なにより俺に嗜虐《しぎやく》趣味はなかった。殴ったり殴られたり、クソ喰らえですわ。

つまり、物理的な制裁は選択肢に入らない。

じゃあ、金輪際《こんりんざい》俺らに関わるなと契約させるか？　いや、それだと少し軽いな。

かといって金銭を要求するのもなぁ。いっそ学園に報告して処罰してもらうとか？　そしたらこいつ間違いなく退学処分になるけど。それはそれで逆恨みされそうで嫌かも。

逆にここで恩を売っとけば、後々上手い具合に扱えないだろうか？

あー、でもそれだと隙を見せた時に裏切られそうな気がしないでもないな。

うーん、うぅーん……………おっ。

そこでふと、初めてのクエストをクリアした時のことを思い出した。

そうだ。こんな時は、根本的な原因を消してしまえばいいのだ。

要するにこいつは、会長を倒したいがために俺らを引きこもうとしてきたわけである。だったら、こいつがどう足掻《あが》いたって会長に逆らえなくなる状況へと持ち込めばよいわけで。

その上でこいつに灸《きゆう》をすえるのならば、選択肢は一つしかない。

「よし。一部始終を会長に説明して、処罰は会長に丸投げしちまうか」

そう宣告した瞬間の涼華の顔といったら、筆舌《ひつぜつ》に尽くしがたかった。

命が助かるという安堵。野望が潰《つい》えるかもしれないという絶望。

二極の感情が混ざり合い、滑稽な百面相を形成する。

「あ、芦屋くん？　厚かましいのはわかっているんだけどね？　できれば他に……」

「嫌か？　なら仕方ない。もう考えるの面倒くさいし、魔人のお姉さんに任せることに……」

「嘘でしょぉ!?」

魔人が満面の笑みで光り輝く拳《こぶし》を引き絞った瞬間、涼華《りょうか》が機敏に叫んだ。

そして歪《いびつ》な愛想笑いを浮かべる。

「うっ、うそうそ！　嘘だって！　芦屋《あしや》くんの判断にこのあたしが難癖なんか付けられるわけがないじゃあないか！　本当にありがとう！　こんな酷《ひど》いことをしたのに許してくれてさあ！　恩に着るよ!!　一生ついていく!!」

今にも足に縋《すが》り付いてきかねない勢いだな。死にもの狂いとはまさにこのことだ。

有無なんて言わさない、とにかく話はここで終わらせる、という意思が感じられた。

まあ、別にいいけど。実際これが最も無難な落とし所だろうし。

「主様は人が良すぎるのではないか？」

魔人がわずかに呆れたように言った。

俺は頭を振る。

「そんなことはないですよ。だってこれでこいつは会長に叛意《はんい》を知られる。きっと三条《さんじょう》本家からも強くマークされるし、滅多な事じゃ悪だくみなんてできなくなるでしょうからね」

「殺しても悪だくみはできなくなると思うがの」

「いえ。こういう輩は、生きたまま野望を潰されることが何より辛いんじゃないかなと」

俺の言葉に涼華がガクッとうなだれた。

はは、ざまあみろ。

◆◆◆

「この度は本当にすまなかった」

涼華の引き渡しをつつがなく終えた次の日。

放課後、俺は会長に呼び出されて生徒会室に足を運んでいた。

俺と会長以外には誰の姿もない。

「うちの涼華が大変な迷惑をかけてしまって、本当に、何と言えばいいのか……」

入室するなり、会長はそう言って、俺の目の前で深々と頭を下げた。

ピンと背筋を伸ばしたまま直角に腰を折り曲げたその姿は、マナー講習の教本に掲載できそうなくらい見事に謝意を示している。

「どれほど言葉を尽くしても許されることではないだろうが、どうか」

憔悴《しょうすい》した声でひたすらに謝罪の言葉を紡ぐ会長に、逆にこちらが心苦しくなる。

「もういいですって。会長の気持ちはしっかり伝わってますから、頭を上げてください」

重苦しい空気に耐えられずそう言うと、会長がゆっくりと顔を上げた。

顔色が悪い。隠しきれない疲労感が滲《にじ》んでいた。

「すまない……」

「い、いやいや、別に会長は悪くないじゃないですか。逆に謝りすぎですって」

「そんなことはない。私があいつを甘やかしすぎたのがいけなかったんだ。私がしっかりしていれば、君に迷惑をかけることもなかったのだから……慙愧《ざんき》に堪《た》えない」

眉間に皺を寄せて眉尻を下げ、歯噛みする会長からは、これ以上ないほどの悔恨の念が感じられた。人間はこうも後悔ができるのかという表情。少なくとも俺には無理だ。

「そこまで他人の行動に責任を持たなくても。涼華《りようか》のお母さんじゃないんですから」

「お、お母さん」会長は咳払いを一つ挟み「いや、私は昔から何かとあいつの世話を焼いていて、実の妹のように思っていたんだ。それがこんな、君に迷惑をかけたとなれば、私の教育が悪かったとしか思えなくて。私があいつをまともに育てていれば……」

その教育が苛烈《かれつ》だったから、あんな性格に育ってしまったんじゃないかと思ったが、さすがにそれを指摘する気にはなれなかった。俺だって空気くらいは読むのだ。

「とにかく会長が気に病むことはないです。こっちだって必要以上に謝られても困りますし」

「……そう、か。身勝手だが、そう言ってもらえて、少し気持ちが軽くなったよ。ありがとう」

会長が控えめに笑った。

苦労性だなぁ。生真面目というか、なんというか。

あらためて、応接セットのソファに腰かける。

「ところで涼華はどこに？　今日は校内で一切姿を見ませんでしたけど」

対面に座った会長に尋ねれば、大きなため息が返ってきた。

「本家の爺様たちに厳しくしごかれている。しばらく登校してくることはないだろう」

「へぇ？　折檻《せっかん》ですか？」

「そんなところだ。この一件で本家が激怒してな。分家の馬鹿が謀反《むほん》を企てた、許せんと。流石《さすが》に私でも庇《かば》えなかった。だが、あいつにはいい薬だ。今回ばかりは痛い目をみるべきだろう」

訥々《とつとつ》と語られた内容に胸がすくようだ。会長にこそ恨みはないが、涼華には普通に殺されかけたわけだから、やはりそれなりには痛い目をみてほしかった。信賞必罰である。やったぜ。

会長は軽く眉間を一揉みし、微苦笑を浮かべた。

「それにしても、学校に報告せずに、涼華を直接我々に引き渡してくれて本当に助かった。ありがとう。本来なら退学になってもおかしくないことをやらかしたのに、どうにか首の皮一枚でつながったよ。あんな奴でも私にとっては可愛い妹みたいなものだから……」

涼華は会長を目の敵にしていたが、当の会長はそうでもないらしい。

ままならないものだ。

「可愛い妹みたいなものですか」

「うむ。どうにも私は昔から、弟や妹を特別に甘やかしてしまう質《たち》のようで」

「へー……あれ？　会長、弟さんとかいましたっけ？　一人っ子じゃありせんでした？」

疑問を口にすると、会長が無言で俺を見つめてきた。その真っすぐさは何かを訴えかけてくるようだが、何を伝えたいのかがさっぱりわからなくて、こっちは戸惑うことしかできない。

「あのぉ？」

堪《こら》えきれずに声をかけると、会長が諦めたかのように、悩ましげな吐息を零《こぼ》す。

「……あぁ、そうだ。想太《そうた》くんが言う通りだよ。私には弟も妹もいない」

「ですよね。じゃあ、さっきの間は、なんだったんですか？」

「なんでもない。わからないのならいいんだ。少なくとも、今の私は間違いなく一人っ子なのだからね。だからこそ、涼華《りょうか》を必要以上に気にかけてしまう、というのもあるのだろうな」

その歯に物がはさまったような口ぶりは、会長が韜晦《とうかい》していると確信させるに十分だったが、しかし余所《よそ》様の家庭の事情にホイホイ首を突っ込むのも気が引けた。

つーか、仮に過去には会長に弟だか妹だかがいたとしても、今いないのなら、その理由なんて知りたくもない。人間が増えることに関してはともかく、減ることに関して愉快なことはあまりないように思えた。

「そうですか。とにかく、会長の可愛い涼華の処遇に関しては全部そっちに任せますんで」

「その言い方はともかく、了解した。後日、涼華には改めて直接謝罪させるから」

「わかりました。それじゃあ俺はこれで――」

「あ、ちょっと待ってくれ」

立ち上がったら呼び止められた。

会長は少し言いにくそうに一度目を伏せ、しかしすぐに俺を見上げてくる。

「藤原《ふじわら》さんは……元には戻れそうか?」

俺は首を振った。

「駄目ですね。完全に魔人に体を乗っ取られました。残念ですけど……今はまだ、元に戻せる目途は立ってません」

会長は「そうか」と表情を曇らせた。

涼華の暴挙によって引き起こされたことだから、罪悪感を覚えているのかもしれない。

確かに人間を一人、ある意味では消してしまったのだ。後味も悪かろう。

「そんな顔しないでください。ちゃんとどうにかしますから。その、俺も藤原の意識が消えたままってのは、やっぱりちょっと困りますし」

「お、おぉう?」

俺の発言に会長が瞠目《どうもく》した……え、なに? その不良が捨てられた子猫助けるところを見てしまったような顔は。

自分でも似合わないことを言ったってのはわかるけど、そんな反応はなくない? 割とショックなんですけど。いや普段の素行の悪さのせいではあるのだが。

会長は逡巡《しゅんじゅん》するように目線を彷徨《さまよ》わせ、やがて俺から目を逸らしながら口を開いた。

「その、なんだ。想太《そうた》くんは、藤原《ふじわら》さんのことを、どう思っているんだ……？」

「なんですか急に」

「あぁ、深い意味はないんだ。ただ、なんだか気になってしまって」

勘繰《かんぐ》られやすい関係にあることは確かだが、よもや会長からこんな質問をされるとは思わなかった。

ふむ。俺が藤原をどう思っているか、ね。パッとは言葉が浮かばない。なので奴との思い出を振り返ってみた。初めて出会い、そして昨日、その意識が消えたあの瞬間までを。

あれ？　ろくでもないことばかりが思い返されて好印象といえる出来事があんまりない……てか皆無だ。そりゃそうか。あいつには苦しめられ、虐げられた記憶しかないもんな。

うーん、やっぱ助けなくていいのかも。いやでも、そうはいっても短いながらも共同生活を送ってきたんだし、ミジンコほどの情は生まれている……かもしれないし。

いやないかも。ないんかよ。それは冗談としても、少なくともあいつがとった最後の行動には思うところがないでもないわけで。

だから、できることならば俺は、藤原を助けてやりたかった。素直にそう思えた。

「厄介なパートナーってとこですかね？」

苦慮の末に言葉をひねり出すと、会長がなんとも言えなさそうな味のある表情を浮かべた。

「パートナーか。それは召喚士と使い魔として？」

「そりゃそうでしょ」

会長は俺の肯定を聞き、小さく頷く。

「そうか。なんにせよ、君がどうにかすると言ったんだ。それならきっと、本当にどうにかなってしまうのだろうね」

そしてどこか安堵するように笑った。

また出た。過大評価。

もうね、聞き飽きましたわ。

「……相変わらずな分不相応な高評価、ありがとうございまーす」

「分不相応なものか。想太くんがその気になれば、きっとなんだってできるさ」

確信に満ちた強い眼差しを向けられた。

「君にはそれだけの才能があるんだ」

はいはい。

そうだね。

閑話　『神様』の話 2

夢を見た。

妙に現実感のある、まるで自分の記憶を深く探るような夢だった。

光に満ちた広い部屋に、今よりいくらか年若い俺と、藤原《ふじわら》に良く似た少女。そして眩《まばゆ》いばかりに輝く美しい女がいた。

その女は比喩ではなく物理的に輝いていて、全身から燐光《りんこう》が放たれている。白い布をゆったりと体に巻きつけていて、それ以外の衣服は一切身に着けていない。豊満と表現しても差支えないグラマラスな体型を強調するような服飾だが、自然といやらしさより神々しさが勝った。

まるで女神のようだ。

彼女の足元には召喚陣が広がっていて、紫色に発光している。

俺に——年若い俺に、召喚されたのだろうか？

その年若い俺は、神々しい女に何かを訴えかけていた。

「この子に……千影《ちかげ》ちゃんに、魔術師としての強い才能を。何者にも負けることがない、自分の意思を貫けるだけの、絶対といえる才能を。どんな魔術師が立ち塞《ふさ》がったってものともしない、そんな力を……与えてあげてください。お願いします……それを叶えてもらえるのなら、僕はなんだって差し出しますから……！」

微笑みながら、静かに俺の訴えを耳に入れていた女が、頷く。

そして女はなぜか俺に手をかざし――


「うわぉっ!?」

全身が痙攣《けいれん》し、目が覚めた。

慌て、警戒するように周囲を見渡せば、そこは暗闇に包まれた自分の部屋で、俺はソファの上で寝ていた。

「……？　…………あ、あぁ……んだよ、夢かよ……」

額に浮かんだ寝汗を手の甲で拭う。

寝る前の記憶がうっすら蘇り、悪夢を見ていたのだと思い至った。

すぐ近くでは、ベッドに横たわって寝息を立てる魔人の姿がある。

就寝前の記憶と違わぬ光景に安堵のため息が漏れた。

「はあ……なんか、すっげぇ恥ずかしい夢を見た気がする……」

藤原っぽいガキのために、小さい俺がやたらと頑張っていたような……そんな夢を。

――藤原が、もしも幼馴染《おさななじ》みだったら。

よもや自分がそんなことを望んでいるわけもないだろうが、なんにせよ自己犠牲とか英雄願望とかそういうのがはみ出した妄想みたいで、もう、こう……

現実との乖離《かいり》が著しくて、むず痒い！　恥ずかしい！

「……何をしておるのだ？」

芋虫みたいにのたうっていたら、いつの間にか目覚めた魔人、もといソフィアが、胡乱《うろん》な目で俺を見ていた。

「あっ。すみません、起こしちゃいましたか？」

「いや、それは別によい。一体どうした？　ただならぬ様子であるが」

「変な夢を見て恥ずかしさから悶《もだ》えてました」

「……そうか。まあ、深くは聞かぬが……ん？　なるほどな」

ソフィアが何かを思い出したように頷いた。

「その夢は、幼い主様と藤原《ふじわら》千影《ちかげ》が関係するものであったか？」

ドキッとした。

「な、なんでわかるんですか？」

「妾《わらわ》は藤原千影と記憶を共有しておるからの。しばらく前にも真夜中に目を覚まして、悪夢を見たと、あの小娘に愚痴っておったではないか」

「え、全く身に覚えがないんですけど」

「ん？　……あぁ、そうだったな。主様はあの時のことを忘れておったな。ふむ。呪いか？」

何言ってんの？

言葉の意味を理解できずにいると、魔人が「こちらの話だ」と誤魔化《ごまか》してきた。

「とかく、そのように窮屈な寝床では夢見も悪くなろう。こちらへくるといい」

魔人がベッドの端に体を詰め、あいたスペースを示してくる。

「い、いや、それはちょっと」

「なんだ？　照れておるのか？　気にすることはないのだぞ？　もとよりこの身は主様に捧げておる。主様が望むのであれば、妾はその全てを受け入れる覚悟だってあるのだ」

そう言って魔人が蠱惑的《こわくてき》に笑った。

「あ、あー、その、言ってる意味は全然わかりませんけど、遠慮しておきます……」

タオルケットに包まりながら俺が言うと、魔人は「へたれたか」と笑った。

「違いますし。俺は、自由意思がない使い魔にそんなことをするような、モラルの低い人間じゃないんです。言っときますけど、今のソフィアさんは、服従の刻印の影響で軽い洗脳状態にあるんですからね。自制して感謝をされるならまだしも、貶《けな》されるいわれはありませんよ」

「ほう。そのわりには、主様は以前に、藤原千影の唇を無理矢理奪おうとしておったような」

「多感な時期にある男子高校生の黒歴史をほじくり返すのは、やめていただけませんか？」

「悪かったの。だが、なんにせよ、洗脳などにかかる妾ではないぞ？」

魔人は己の額に浮かぶ刻印を指さした。

「そもそもこれは、急ごしらえであるせいか、いくつかの付加機能が働いておらぬ。主様の言う洗脳とやらもそのうちの一つだ。ほれ、藤原千影《ふじわらちかげ》の奴も、日常的に主様を罵倒し、時には殴ってすらおったではないか。洗脳された者がそのようなことをすると思うか？」

「言われてみれば確かに」

説得力が半端ねぇわ。

でもさ、それって相当にやばくない？

だって使い魔の枷《かせ》、ほとんど残ってないじゃん。いや、刻印の根幹である強制命令権はまだ機能しているはずだから、いざというときは言うことを聞かせられるはずだけども。

うーん。なんにせよヤバすぎる。もう何も考えたくなくなってきた。どうにでもなぁれ。

「これで妾《わらわ》が本心から主様を慕っておることがわかったろう？　では、こちらへ来い」

「行きません。じゃあ俺、寝るんで」

頭がパンクしそうな俺は、あらゆる問題から逃げるため、とりあえず寝ることを選んだ。

だが魔人は「のう」としつこく声をかけてくる。

「主様は、己を取るに足らぬ塵芥《ちりあくた》であると思っておるようだが、もしそれが正しい認識ではないとすれば、どうする？　たとえば、主様が才気に溢れておるとすれば」

「はあ？　別にどうもしませんけど。世迷いごと言ってないで寝ましょうよ」

「世迷いごとか」

ソフィアの苦笑するような気配。

「まあ、主様がどうであれ、妾のやることに変わりはないしの」

「やること？」

「妾は、主様をこの世界の王とする」

なるほど。こいつはあれか、不思議ちゃんなんだな。

あまりに突飛で馬鹿馬鹿しいことを言い出したので、相手をする気が失せた。

「男たるもの、生まれ落ちたからには王を目指さねばならぬ。なによりこの妾が仕えておるのだ。やはり主様はそうした定めの下に生まれたに相違ない。なに、妾の手にかかればこのような程度の低い世界などたちまち……」

「すみません、そろそろ眠らないと明日に響くので」

「む、そうか。ではその辺りについては後日ゆっくり話し合うとしよう」

「そっすね。んじゃ、おやすみなさい」

「おやすみ、主様」

会話が切れ、ほどなく俺の意識は水に溶けるように失われていった。

同時に、色々な記憶もなくなっていくようで…………あぁー……

3 きみじゃなきゃだめみたい

授業が終わり、校舎から出れば、空が分厚い雲に覆われて鈍色《にびいろ》によどんでいた。

曇天。

今にも一雨降りそうな天候に、そういえば巡回しているニュースサイトで梅雨入りの見出しを見かけたな、と思った。今日からそうだったのかもしれない。もう六月だしな。

早いものだ。つまりそれは、召喚試験からはすでに二か月以上が、藤原《ふじわら》が魔人に体と意識を乗っ取られてからも半月以上が経過したことを示している。光陰矢の如し。

「っと、急がないとな」

今にも雨が降り出しそうな天候に、俺は足早に待ち合わせ場所の中庭へと向かう。

不穏な空模様のせいか、そこには生徒が一人しかいなかった。

美砂《みさ》だ。ベンチに腰掛けてスマホを弄《いじく》っている。

「悪い、待たせたか?」

声をかけると、美砂がちらりと俺を見て、すぐさまスマホに視線を戻した。

「全然待ってないっすよー。てかすみません、今イベント中なんで、逆に少しお待ちを……」

そして両手の人差し指で画面を素早くタップしたり、フリックしたりする。

隣に座って画面をのぞき込むと、３Ｄモデルの女の子が音楽に合わせて踊っていた。

音ゲーか。こいつ、昔からゲーム好きだったからな。熱はまだ冷めていないようだ。

待つこと数分。美砂が大きく息を吐き出し、顔を上げる。

「ふうぅ。どうもお待たせしました！」

そして笑顔を向けてきた。

「で、ウチに何の用ですか？ 中庭なんかに呼び出して……はっ、もしかして愛の告白でもしてくれるんすか⁉ よっしゃ、バッチこいっすよ！」

「ばかたれ。まずはポイントの返済をしたいんだけど、確認いいか？」

スマホを取り出してポイント管理アプリを開き、美砂の口座へポイントを振り込む。

同じようにスマホを操作した美砂が、ギョッと目を剝《む》いた。

「うぇ……あの、想太《そうた》さん？ なんか、三万ポイント一気に振り込まれたんすけど……」

「一括返済。幸か不幸か、最近はクエスト攻略がクソほど楽になったから」

「あ、あぁ、そういや想太、こないだ藤原さんを生贄《いけにえ》に捧げることで、超絶優秀な使い魔を手に入れましたもんね。そりゃあクエストの攻略だって楽になりますよね。なるほどなぁ」

「言い方が辛辣《しんらつ》すぎるだろ」

とはいえ、美砂の発言は学園における現在の俺の評価を端的に表現していた。意図的ではなかったにせよ、藤原を見捨てて強力な魔人を手にした俺への風当たりは、強い。

涼華《りょうか》を返り討ちにしたことも含め、現在の俺の学園における立ち位置はすこぶる悪かった。

まあ、派閥無所属の雑魚《ざこ》が第二学年の東西トップをぶちのめせば、そうもなるわな。

「とはいえ、あの魔人のお姉さんが便利なのは確かだけどよ。大抵のクエストはあの人をブチ込めばどうにでもなっちゃうし。俺、なーんにもしなくて済むの。チートだぁ」

「クズっすね。で、その魔人の方はどちらに？　姿が見えませんけど」

美砂《みさ》が辺りを見渡すが、近くにソフィアの姿はなかった。

「校内を視察してるよ。あの人、空気中の魔力を操作して自力で魔力を調達しやがるから、藤《ふじ》原《わら》と違って供給回路の範囲外に出たって屁でもねぇの。だもんで好き勝手にやりやがる」

おかげで多くの生徒と問題起こしまくって、俺の評判をワイヤーが切れたエレベーターみたいに落としていってくれやがったが。いやまあ、俺の懇願によって、最近は多少節度ある行動をとってくれるようにはなっていたけど……一度落ちた評判は、当然のように戻っていない。

「は？　あの人自力で魔力を調達するんすか？　それ、どちゃくそヤバくないすか？」

美砂がドン引きしたように言った。

「おう、どちゃくそやべぇぞ。滅茶苦茶すぎて実感わかねぇ。規格外にもほどがあるだろ？」

「ほぇー……」

美砂が途方もない話を聞いたように、気の抜けた声を上げる。

その気持ち、わかるわぁ。

「でさ。まあ、本題なんだけど」

「あ、はい。なんすか？　美砂ちゃん、想太《そうた》のためなら死ぬほど頑張っちゃいますよぅ？」

「頼もしいな。じゃあさ、ソフィアさんの人格を引っ込める魔導器具、作ってくんない？」

「え？　……うーん、それは無理っすね」

あれ、普通に断られた。

お互い、黙って、見つめ合う。

「……えーと。例の一件から藤原の人格、表に出てきてねぇの。つまり体も人格も、ソフィアさんで固定されちゃってるわけだ。でも俺は、藤原が主人格の方が都合よくてさ」

「や、理由とか聞かされても無理ですってば。そもそもあの人、装置を作るための身体検査とか、させてくれるんすか？　させてくれないでしょ？」

「……言われてみれば、確かに」

美砂が半目を向けてくる。

「でしょお？　てかぁ、もしかして想太ってぇ、藤原さんのことが好きなんすかぁ？」

「は？　いや、急になんだよ。なんでそうなんの。お前の脳みそ、プディングなのか？」

「だって好きでもないなら、藤原さんを目覚めさせるメリット、ないじゃないすか。ソフィアさんが表に出てる方が強いんでしょ？　それなのに藤原さんを選ぶ理由ってありますぅ？」

「強すぎるのも問題だろ。今の俺をたとえれば、猿山の子猿が爆弾持ってるようなもんなのよ。猿にそんな戦力いるか？　いいや、いらないね」

「はあ。けど、それを言うなら、藤原《ふじわら》さんは藤原さんでめっちゃ強いじゃないですか。ならどっちが表でも、同じことだとウチは思いますけどね。後はもう、単に好みの問題かと」

反語まで使ったのに、論点をずらせなかった。馬鹿みたいだ。

まあ、本気で隠すようなことでもないから、別にいいんだけども。

「……もちろんそれ以外にも理由はあるぞ。しかも三つもな」

「へえ？」

「一つは、藤原家の怖い人たちに殺されそうだから。連中、ただでさえ苛立《いらだ》ってたのに、藤原の意識すら消えちまったもんだから、大激怒してさ。今にも暗殺されかねない雰囲気なの」

「そりゃまた物騒な」

「な。俺を殺しても何も解決しねぇのに……で、二つ目だけど、単純にあの魔人がやばい」

「やばいって、何がですか？」

「なんかね。あの女、武力で世界を征服して、俺を世界大統領にするつもりらしい」

美砂《みさ》が「は？」と真顔で俺を見てくる。つまらない冗談でも聞かされたような表情だ。

しかし、俺が何も言わずにただただ見返せば「えぇー、超ウケるぅ……」と唸《うな》った。

「あの女マジだから。ネットで色々調べて、まずはこの施設から攻めるだの、あの国なら自分一人で制圧できるだの、普通に言うから……タブレット端末なんか与えるんじゃなかった」

俺の悔恨の言葉に美砂が「ぶはっ」と吹き出し、堰《せき》を切ったように笑いだした。

「あは、あっはははは！　や、やばい、ヤバすぎるっすよそれ！　ひーっ！　そ、想太《そうた》、世界大統領になっちゃうんすか!?　ファー!!　やっべぇー！　想太やべえぇ！」

自分の膝をバシバシ叩きつつ、涙の浮かぶ目で俺を見る。

「……笑いごとじゃねぇわ」

「だ、だってだって想太がっ……あははは！　あは、あーっははは！　い、いいじゃないすか今のまんまで!!　せ、世界大統領って！　馬ッ鹿みてぇー!!　小学生の造語かよ!!」

ツボに入ったのか、美砂はひとしきり笑い転げ、咳込んだ。

「げほっ、ごほっ……あ、あぁ、笑いすぎた。それにしても、いやー……ぱないっすね！　もし本当に世界大統領になれたら、側室でかまわないんで結婚してくださいよ？」

「ざけんな。だから、そんなもんにならずに済むように装置作れねーか聞いてんだろが」

「あー……はは。難しいと思いますけどねぇ……で、最後の一つは？」

目に涙を浮かべたまま、美砂が尋ねてくる。

俺は素直に言うべきか言うまいか迷った。最後の一つは、それまでとは少し毛色が違う。

だが、ここまできて隠し事をするのもどうかと思い、白状することにした。

「藤原がさ。意識を消す直前に、俺を守る、みたいなことを言ったんだよ」

「はあ？」

「いや、だから……俺らが涼華《りょうか》に追い詰められた時に、藤原《ふじわら》の奴、多分だけど、自分の意思でソフィアさんに体を明け渡したんだよ。そんな感じのこと、言ってたから」

あの時の藤原は、間違いなく己の内に眠るソフィアに願いを乞うていた。

あのプライドの塊みたいな女が、俺を守るためだけに、だ。

「……ふーん。案外、愛されてんじゃゃないすか」

「はあ？　愛とかじゃねぇよ。気色悪ぃ。つーか愛されるようなことなんか一切してねぇし」

妙に低い声で言う美砂《みさ》に返した。

「とにかく、そんな流れで助けられといて、藤原を見捨てるってのはなぁ」

「クズのくせして真人間みたいなことを言う。はいはい、わかりましたよー、なるほどなー」

美砂は腕を組むと、今更ながらに真面目な表情となり、うーんと眉間にしわを寄せた。

「とはいえ、やっぱり難しいかと。ウチも、想太《そうた》の力にはなりたいっすけど、これぱかりは」

「……そっ、か。いや、悪かったな。無理を言って」

「いえ、ウチもご期待に沿えず申し訳ないっす…………………あっ！」

唐突に声が上がる。

「どうした？」

「あ、や、言いたいことがあったのを思い出したんすよ。ちょっと前に、藤原さんが試験を失敗した原因が第三者の細工によるものかも、みたいな話をしたじゃないすか」

「あったな、そんな話」すっかり忘れてた。「それが？」

美砂がきょろきょろと辺りを見渡し、こそっと耳元に口を寄せてくる。

「もしかすると、その犯人がわかったかもしれません」

「へえ？　誰？」

「あくまで根拠の薄いウチの推測にすぎませんけど、もし犯人がいるとするなら、それは十中八九……」

美砂が声をさらにひそめ、面白そうに笑った。

「生徒会長、三条茉莉花《さんじょうまりか》です」

◆◆◆

今さらではあるが、三条茉莉花について軽く説明をしておこう。

三条茉莉花は魔術師の名家である三条家、その本家当主の長女としてこの世に生を享《う》けた、俺らの世代を代表する魔術師の一人である。

才気煥発、英華発外。その魔術的素養の高さは三条家のみならず、国内全体でも注目を集め、いつからか日本の魔術師界隈では西の神童、三条茉莉花、東の神童、藤原千影《ちかげ》、などと並び評されるようになっていた。

溢れんばかりの才能を秘めながら、それを鼻にかけることのない高潔さまで持ち合わせた彼女には、選ばれし人間という表現がこの上なく相応《ふさわ》しい。ゆくゆくは魔術師界隈を牽引するだろうことは衆目の一致するところであった。

凡人では決して届くことのない存在であり、人の上に立つ器。

神に約束された雲上の人。

そんな人間が、わざわざ藤原《ふじわら》の妨害をしたという。

にわかには信じられないが……うーん？

「おや。自習中か？」

図書室で使い魔召喚の術式に関する学術書を読んでいると、声をかけられた。

顔を上げると生徒会長、三条《さんじよう》茉莉花《まりか》その人がいて、柔らかい微笑みを浮かべて俺を見ていた。

タイムリーな邂逅《かいこう》に軽く焦る。

「あ……と、はい。会長も、自習ですか？」

他の利用者の邪魔にならないよう小声で尋ねると、「いいや」と首を振られた。

「校内の見回りをしていたんだ。そしたら想太《そうた》くんを見つけてね。隣、いいだろうか？」

頷きを返せば、会長が椅子を引いて俺の真横に腰をかけた。

「そうだ、この間はすまなかった。改めて謝らせてほしい」

「だからそれはもう結構ですってば。こないだ涼華《りょうか》本人にも謝ってもらいましたし」

「そうか、そうだったな、あまりしつこいのも逆に失礼だったか。うむ。ところで何を勉強しているんだ？　私に分かる範囲ならば教えてあげられるのだが……」

と、学術書を覗き込んでくる。トレードマークのポニーテールが揺れ、いい匂いが鼻孔をくすぐった。その艶《つや》やかさは、日頃から丹念に手入れをしているからこそだろう。

「使い魔の術式に関してです。藤原を元に戻せないか調べてて」

俺の言葉に会長がピクッと肩を震わせた。

美砂《みさ》の推測を耳にしたからだろうか。普段であればなんとも思わない些細な挙動すら、裏があるのではないかと疑ってしまう。情報バイアスか、それとも本当に動揺したのか。

「図書室で調べたくらいじゃなにもわかりそうにありませんけど、できることはしとかなきゃなと思って――あ、そうだ。会長は召喚試験で起きた事故に関してどう思いましたか？」

ここぞとばかりに探りを入れる。

会長は腕を組み「そうだな」と呟《つぶや》いた。

「よくわからないというのが本音だ。あの藤原さんがイージーなミスを犯したとは思えない。魔導書や術式、召喚陣だって事前に学園側が精査をしていたわけだろう？　だとすれば、そもそも事故は起こり得ないというのが私の考えだよ」

「なるほど。なら、あれは意図された、言い換えれば人為的な事故なんですかね?」

会長が俺を見た。

その表情は、どうだろう、不自然ではないが、少し硬いような気がしないでもない。

「君は、あの事故が誰かに仕組まれたものだと考えているのか?」

「はい。藤原《ふじわら》が前に愚痴ってたんです。ミスなんかしてないって。最初はただの負け惜しみにしか聞こえなかったんですけど、最近は、もしかすれば本当だったのかもなと思い始めて。だとすれば、事故の原因は他者からの妨害くらいしかありえませんよね?」

「可能性は否定できないが……」

「でしょ? じゃあ仮に、仕組まれたことだったとすれば、犯人は誰だと思いますか?」

会長がこちらの意図を探るように黙り込んだ。

数秒ほど沈黙が満ちる。

やがて、会長はゆるやかに顔を伏せた。

「君は……いや、そうだな。普通に考えれば、藤原さんがいなくなることで得をする人間が怪しいだろうね。それは、藤原さんを蹴落とすことで相対的に地位が上がる東支部の上位陣、あるいは純粋に東と敵対する西支部の誰かだろう。しかし、学内における東支部の上位陣は総じて藤原さんと良好な関係にあり、そんな彼らが藤原さんを貶《おとし》めるとは考えにくい」

「東の内情に詳しいですね。だとすれば、怪しいのは西の人たちってことですか?」

「そうだ。とりわけ有力なのは、藤原さんと日頃から争う涼華《りょうか》、もしくは西の派閥を統括する私だね。しかし涼華には藤原さんの魔導書にトラップを仕込めるほどの技術がない。畑違いだから。つまり、最も怪しいのは私となるわけだ」

会長は淀みなく言うと、ニッと挑発的な笑みを浮かべた。

「どうだ？　おそらくだが、想太《そうた》くんも似たようなことを考えていたんだろう？　そこはかとなく私を試すような口振りだったんだ。まさか否定はしないだろうね？」

見透かされている。いやまあ、それは俺じゃなくて美砂《みさ》の推測なんだけど、会長本人がサスペンスドラマの犯人さながら、ベラベラ喋ってくれるので、否定はしないでおこう。

俺に分不相応な高評価を下すから、勘違いして自爆する羽目になるのだ。間抜けめ。

俺は気まずさを紛らわせるように作り笑いを浮かべた。

「まあ、その、そうですね。じゃあ逆に聞いちゃいますけど、犯人ですか？」

「それを私に直接聞くのか？　なんというか……ふむ。だとすれば、どうする？」

まるで開き直ったかのような反応に、俺はどう返そうか少しだけ考えた。

答えはすぐに出る。

「何もしません。今更犯人がわかったところでどうしようもないし。ただ、どうしてそんなことをしたのかだけは聞いておきたいところですけどね。再発防止のために」

「意外だな。仕返しをしようと思わないのか？」

「狙われたのは藤原《ふじわら》だ。俺は巻き込まれただけだし、そんな気はありませんよ。仮に復讐したって藤原が元に戻るわけでもあるまいし。それに会長強いし」

「そうか。理性的だな」

「違います。ものぐさなんです。大体のことに関してやる気がないんで。それで、どうして会長は藤原の魔導書に細工をしたんですか？　殺すつもりだったんですか？」

尋ねると、会長が苦笑した。

「私が犯人だと決めてかかるのだな」

「違うならしっかりそう言ってください。床に額こすり付けて謝りますから」

ここまでのやり取りから半ばの確信を込めて告げる。

会長が腕を組んで天井を仰いだ。

「そうやってまっすぐな目を向けられると……色々と考えを巡らせ、誤魔化《ごまか》す自分が、とても愚かしい生き物なのだと言われているようで、駄目だな」

この人にしては珍しく、どこか投げやりな笑顔を浮かべた。

「あぁ、そうだ、そうだとも、私がやったさ。学園に保管されていた藤原さんの魔導書に細工をし、試験を妨害してやった。これでも教員には信用されているからね。保管所に入るのは容易だったよ…………あーあ、自白してしまった。想太《そうた》くんには特に知られたくなかったのになぁ……」

「その割には、びっくりするほどあっさり認めましたね」

「どうせ隠し通せるとは思っていなかったからね。追及されれば認めるつもりではいたさ。現にこうしてばれてしまったし。やはり悪いことはできないな。それで、私をどうする？」

観念するように、会長が両手を上げた。無抵抗の意だろう。

それにしても、人の話を聞いていなかったのか？

「だからどうもしませんって。面倒だから藤原《ふじわら》にも黙っときます」

「えっ？　あ、えっと……まさか、本気だったのか？」

「はい。それよりなんであんなことを？　会長はどちらかといえば、こういう姑息《こそく》な手を嫌いそうなイメージだったんですけど。小細工とか裏工作とか、そういうの」

「そ、そうだな、こういった手段は望むものではない。だが、これ以外に手がなかったのだ。動機を教えたところで理解はしてもらえないだろうが、簡単に言えば、藤原さんが身の丈に合わない使い魔を召喚しようとしたから、個人的に許せなくなった」

「身の丈に合わない？　なんで？　藤原は優秀ですよ？」

「彼女の才能は借り物だ。あれは、あの才能は、本来彼女の持つべき才能じゃない」

会長はどこか遠いところを見るような目をしていた。

理解できずにじっと会長を注視すれば、優しく微笑まれる。

「実のところ藤原千影《ちかげ》それ自体は、大した才能を持っていない。これは私の対抗意識や嫉妬からくる偏った意見ではなく、純然たる事実だぞ。私と本人以外にそれを理解できる者はいないだろうが、現在の彼女が持つ眩《まばゆ》いまでの才能は、彼女ではない別の人間が持っていなければならないものなんだ。つまり彼女はズルをしている。借り物の才能を振りかざし、さも生来からそうであるかのようにふるまっているのだな。それがどうしても許せなかった」

意味がわからなかった。

会長の言う言葉を一つずつ咀嚼《そしやく》し嚥下《えんげ》するが、どうしてもやっかみにしか聞こえない。

「えー、と。つまり、藤原が自分より才能あるのが許せない、と？」

「なぜそうなる。違うぞ。やはり理解は無理か……いや、どうしたって説明が抽象的になってしまう以上、君に理解できることではなかったな」

「そもそも理解させる気あります？　意味がわからないんですけど」

「詳しく知れば君はそれを忘れてしまうから、詳細な説明はできないと言っている」

「馬鹿にされてる？　俺、そこまで物忘れは酷《ひど》くないですよ」

「馬鹿になどするものか。むしろ私は想太《そうた》くんを尊敬している。だって君は、私や藤原さんなんかより、ずっと素晴らしい素質を持っているんだから……違うな、持っていたんだから」

「マジかよ。俺、すごすぎない？」

適当に流した。この人また変なこと言っとるわ。お世辞が下手くそすぎて笑える。

まったく取り合う気になれなかった。

「ま、とにかく犯人は会長ってことでいいんですね？」

「……あぁ。それだけは間違いない」

会長が頷く。

どうやら美砂《みさ》の推測は正しかったらしい。

「そうですか。じゃ、もうそんなことはしないでくださいね。困るんで」

「軽いな。私が言うのもなんだが、本当にそれでいいのか？」

「藤原《ふじわら》がどう思うかは知りませんよ。ただ、俺はこれ以上の面倒事は結構なんで。あ、話は変わりますけど、藤原を元の姿に戻す方法に当てがあったりしませんか？」

「……悪いがない」

「ですよね」

呟《つぶや》き、学術書に視線を戻す。

すると、途端に会長がそわそわ落ち着きなく俺の様子を窺いだした。

「ほ、本当に、私がしでかしたことをなんとも思わないのか？　……何もしないのか？」

「だから……あの、もしかして怒られたいんですか？　なら、怒りますけど……」

「い、いや、そういうわけではないのだぞ!?　な、ないが…………そうか……」

会長は力が抜けたかのように、険のない笑顔を浮かべた。

「ふふ、そうか、そうだな、わかった。では、せめて、藤原さんを元に戻すための協力をさせてくれないか？　私にできることがあればなんだってする。遠慮なくこき使ってくれ。それが今回の罪滅ぼしになるとは思えないが……せめてそれくらいは、な？」

「それは助かります。何かあればすぐに相談させてもらいますよ」

会長が原因でこんなことになった以上、マッチポンプな感じは拭えないが……

まあ、頼りになるのは間違いないか。

◆◆◆

図書室が閉館時間を迎えたので寮へ帰る。ちなみに会長の協力を得られた以外の釣果はゼロでした。

わかりきっていたことだが、やはり成果がないのはしんどいね。

「あぁ、主様。おかえり」

部屋に入ると、どえらい美人がベッドに腰掛けて、タブレット端末を弄《いじく》っていた。

緋色の炎を擬人化したような、烈火の皇女。

俺の現在の使い魔にして、この人生における史上最大のストレッサー。

ソフィア・エーデル・エイラムだ。

藤原が彼女に取って代わられて半月経っていたが、未だにこの女には慣れていない。

異質な美しさの異邦人が、当たり前のようにこの部屋に存在している光景は、何度目にしても違和感が拭えなかった。藤原《ふじわら》の時はそうでもなかったが、やはり何事にも限度はあるらしい。

ソフィアが俺と目を合わせ、微笑んだ。藤原が持ち込んだ豪華な家具と合わさって、あたかもここが北欧の古城のように思えてくる。実に絵になるなぁ。手にしているものがタブレット端末じゃなくてハードカバーの類いだったら完璧なのだが。どうでもいいか。

「ただいま。またネットサーフィンしてるんですか？　目を悪くしますよ？」

「妾《わらわ》が近視になどなるものか。それに、藤原千影《ちかげ》の記憶だけではこの世界の知識が十分に得られぬのだから仕方なかろう？　特に軍事方面に関しての知識がからきしだからの。なんたる怠慢か。主様にとって最も必要な知識だと言うのに。まったく、あの小娘ときたら」

文句を連ねていくソフィア。だが前提として軍事知識は俺の人生には微塵《みじん》も必要とされていない。そんなものより、女性受けするハンドクリームのメーカーでも教えてくれた方が、よほど人生の糧《かて》になる気がしてならなかった。

半笑いで頷きを返すと、ソフィアが端末をベッドに置いて俺と向き合った。

「ところで主様よ。帰って早々に悪いのだが、少しいいか？」

「はい。なんですか？」

「実は、そろそろ計画を実行に移そうと思っておるのだが、どうであろうか」

「計画？　なんの話ですか？」

「とぼけおって。世界征服についてだ」

「あぁ、それ…………んん？　実行に移す？」

聞き返すと、ソフィアがこくっと頷いた。

「無論、大々的な行動に打って出るには時期尚早であるが、肩慣らしという意味を込め、とりあえずこの学園を支配しておこうと思っての。ここ数日学園を視察して回ったが、主様であれば容易に支配ができそうではないか。こうなれば善は急げだ」

「いや…………え？」

「生徒会長なる輩を倒せば、この学園の支配権を握れるのであろう？」

我が国の教育機関ってそういう仕組みじゃなかったよな？

野生の王国じゃねぇんだぞ。

「ちょ、ちょっと待ってください。生徒会長を倒すって、そんな……えぇと、学園のトップになるんだったら、生徒会選挙っていうのがあるんで、そこで勝たなくちゃいけなくて」

「なんだ、知らぬのか？　少し待て。えぇと、確か、これだったかの？」

ソフィアはタブレット端末を手に取ると、スイッと慣れた手つきで操作した。目当ての情報が開示されたのか、画面を向けてくる。見れば、学園の校則が表示されていた。

入学したばかりの頃、なんとなく生徒手帳を流し読みした際の記憶が蘇った。

「えぇ、こんな規則があんの？　うそぉ……」

そこには選挙以外での、生徒会役員の選出法について書かれていた。

ざっくり言えば、選挙以外でも生徒会役員の変更は可能で、その解任権と任命権は両方とも会長にあるというものだ。変更できる役員の範疇《はんちゅう》には会長自身も含まれるため、生徒会長は任期中に限ってだが、生徒会を自由に作り替えることができることになる。

まさしく独裁政権だな。それでいいのか生徒会。民主主義はどこにいった？

「要は現会長を力でねじ伏せ、主様を新生徒会長として認めさせるという手筈である」

「獣じゃないんですよ。何のための知性だと思ってるんですか」

「何を言う。強く優秀な一握りの選民が衆愚を統《す》べるのは自然の摂理であろう。愚図どもも優れた支配者の下でこそ真なる幸福を享受できるというものだ」

「俺がまさにその愚図どもの一員なんですけど」

「またそのようなつまらぬ謙遜《けんそん》を。そも、いずれ我々はこの世界を制覇するのに、この学園の長《おさ》一人を倒せずしてどうとする？　わかれば腹を括らぬか、腹を」

括れるわけねぇだろ。クーデターじゃねーか。

価値観が根本から違ってて話にならねぇ。

このご時世にそこまでして天下を取りたいか？　冷静に考えてみ？　いらねぇだろ、天下。

「というか、前提として、会長が勝負に応じてくれると思えないんですが」

「なあに、そこらについては妾《わらわ》がどうとでもする。それに交渉が失敗したとしても、最悪その場で会長とやらを殺せば済む話であるしな」

「済みませんよ。ポリスメンに逮捕されちゃいますよ」

「そやつも殺せばよかろう。官憲なぞ物の数ではない」

「残念、そしたら今度は軍隊とか、協会の処理班とかが出張ってくるだけですからね？」

「そんなものは皆殺しだ。むしろ流れに乗ってそのまま国を支配するかの？　支配者こそが法である。とかく明日、宣戦布告をするのだ。場合によってはその場で決闘であるぞ」

「待って待って。待ってください。おかしい、おかしいですよ」

「おかしくないし待たぬ。妾が王にすると言ったのだ。主様は安心して見ておればよい」

安心できる要素が何一つないのだが。

その後も議論は平行線を辿《たど》り、それでも諦めずに深夜まで必死に説得を続けた俺だが……まるで上手くいかなかった。というか逆に説教をされる始末。

聞く耳を持たないとはこのことである。

こうなったら会長がソフィアを突っぱねてくれることを祈るのみだ。

会長のことだしなんとかしてくれるとは思うけど……

うーん……

◆◆◆

明けて翌日。

放課後を告げるチャイムが教室に鳴り響き、担任がホームルームを終了させる。

にわかに教室が活気づく中、俺は気配を殺しながらそっと立ち上がった。

ソフィアが何らかの行動を起こす前にここから逃げ出してしまおうという算段だ。それは消極的対応で問題の先延ばしでしかなかったが、仕方ない。他に手がないんだもの。

そう自分に言い訳して、一歩踏み出せば、すかさず手首を掴《つか》まれる。

ぎょっとして振り返れば、ソフィアが薄い笑顔と共に俺を見ていた。

「どこへ行こうというのだ?」

「お、お手洗いに」

「そうか。では妾《わらわ》も行こう。護衛をせねばの」

「……やっぱり引っ込みました」

「で、あるか。ならば目指すは生徒会室。いざ決闘である」

有無を言わさぬ強硬策に為されるがまま。

抵抗は……無駄だろう。

もちろん服従の刻印を用いればこの暴挙を収めることは可能だ。しかしそれをすれば、ソフィアから強い反感を買うことも確実である。この先も関係が続く可能性を考えれば極力避けるべき手段であって、今はまだその時ではない。

もちろんそれは、藤原《ふじわら》を元に戻した後にも言えることだ。

牛歩戦術をかますも強引に手を引かれ、程なく生徒会室にたどり着いた。

ソフィアは一息つかせる間も置かず、勢いに任せて扉を開け放つ。

「生徒会長はおるか！」

会長の三条《さんじょう》茉莉花《まりか》は、部屋の奥でつまらなさそうに何かの書類に目を通していた。

他の役員の姿はない。放課後になったばかりでまだ来ていないのか、はたまた元から集まる予定がなかったのか。これから話す内容を思えば、余計な外野はいない方が助かる。

「珍しい来客だな」

俺らの姿に会長が意外そうな顔をした。

だがすぐ笑顔を作ると「どうぞかけてくれ」と応接セットの椅子を勧めてくる。

これから俺らが切り出す馬鹿げた話のことを思えば、その歓待ムードが心を苛《さいな》む。

一方で、ソフィアはそんな繊細な機微《きび》になど興味がないというように、横柄に椅子に腰を下ろした。仕方なく俺もその隣に座る。

「さて、どういった用件かな？」

会長が俺らの対面に腰を下ろしながら尋ねてきた。

「うむ。大した話ではないのだがな。貴様、生徒会長を辞めるのだ」

ソフィアがさらりと告げやがる。まるで当然のことを当然のように伝えたというように。

あまりに自然すぎたからだろう。内容に反し不遜さや傲慢さが感じられないほどだ。

案の定、会長はいまいち何を言われたのかわかっていなさそうな顔になった。

「すまない、意味がわからないのだが」

「察しが悪いの。力不足である貴様に代わり、主様が直々にこの学園を治めてやろうと言ったのだ。わかれば直ちに主様を会長、妾《わらわ》を副会長に任命し、貴様は退任せよ」

改めて聞いてみても、正気とは思えねぇな。どうかしてるわ。

会長が困ったように俺へ目配せをしてくる。

「私に喧嘩を売りに来たのか？」

「丸めて言えば、まあ。正直俺は乗り気じゃないんですけど、この人がどうしてもって」

「主様は未だにそのように及び腰なままであるか!?　男ならば腹を括らぬか!!」

真横で叫ばれ、脳が揺さぶれる。やめろ。耳がいかれたらどうしてくれる。

そんな俺らのやり取りに会長が腕を組んだ。

「どうやらその使い魔だけが先走っているようだな……どうしてあなたは嫌がる彼を無理矢理会長にしたがるんだ？　理由を聞かせてほしい」

あくまで落ち着いた態度を崩さない会長に、ソフィアが鼻を鳴らした。

「言って聞かせねばわからぬか？　愚かな。最も優れた者が群れを統《す》べる、それは全ての生物における、正義であろう。妾は妾より劣る者に従うつもりなどない。そしてこの学園に妾を従えるに足る者は主様をおいてほかにはおらぬ。なれば貴様は頭《こうべ》を垂れて主様にその座を譲り渡さねばならぬというわけだ。はっきり言ってやろう。弱者は従え」

原始的な理屈だが、それだけに単純明快でもある。

会長が「なるほど」と頷いた。

「とてもわかりやすい言い分だ。しかし承服はできない」

「……ほう？」ソフィアがあざける様に唇の片端を吊り上げた。「正気か？」

「正気だとも。個人の勝手を一つ一つ丁寧に叶えていては組織の運営など立ち行かないんだ。たしかに私は生徒会の任命権を持っているし、現生徒会を解散させることも可能だが、しかしそれは刷新のために用いるべき権利であり、我《が》を通すためのものではない。我々生徒会役員は全校生徒に任命されて生徒会を運営しているのだから、そういった……」

会長の説明はソフィアの笑い声に遮られた。

「そんなものは弱者の道理ではないか！　思い違いをしているようだが、妾は一人でこの学園を更地にできるのだぞ？　つまり主様を除いたこの学園全てより、妾は強く、偉い！　そんな妾がなぜ貴様ら弱者の言い分に従わねばならぬのだ？　ええ？」

モンスタークレーマーここに極まれり。

会長がため息を吐《つ》いた。

「ルールだからだ。どうしても彼を生徒会長にしたければ、来期の選挙まで待つことだね。私が推薦すれば必ず当選する。多少の反感を抱かれはすれど、反発されることはまずない」

「たわけが。そこまで待てるものか。今この瞬間も主様や妾《わらわ》が低能の下にある、その事実が受け入れられぬと言っておるのだぞ？　どこまで愚昧《ぐまい》であれば気が済むのだ？」

「そうか。だが、こちらはきみの勝手を聞くつもりなどないぞ。学園の長《おさ》として、ルールを守らず生徒に規範を示すなど不可能だからな。悪いが諦めてくれ。話は以上だ」

会長は立ち上がると、俺らに背を向け書類が広がる机へと戻っていく。

有無を言わさぬ毅然とした態度に安堵を覚えた。きっぱり断ってくれて良かった。

そうやって胸をなで下ろしていると、ソフィアが「救えぬ女だ」と吐き捨てた。

「貴様は本当に学習というものをせぬのだな。そうであるからこそ過去、藤原千影《ふじわらちかげ》なんぞに想い人を取られたというのに。その経験を経て何も変わらぬとはよほどの阿呆か？」

ピタッと。会長が足を止めた。

な、なに？　なんか、不穏な空気が……

会長の背中にソフィアが嘲笑《ちょうしょう》を向ける。

「いいことを教えてやろう。妾は藤原千影と記憶を共有しておる。つまり妾は過去に何があったか、全て知っておるのだ。全てな。ん？　貴様、悔しくはないのか？」

「黙れ」

それまで挑発に一切乗らなかった会長が、小さく零《こぼ》した。

暗雲が立ち込めるように、嫌な予感が満ちてくる。ソフィアは一体何を話しているんだ？

ソフィアは、魔人の名にふさわしい邪悪な笑みを浮かべたまま、先を続けた。

「後生大切にしてきた宝物を後から現れた得体の知れぬ女などに掠《かす》め取られ、悔しくはなかったのか？　え？　納得できたのか？　確かに三条《さんじょう》家と藤原家の取り決めは幼い貴様にとり、大きな障害であったろうな」

ソフィアはそこで間を置き、会長から何も反応がないのを確認して、さらに続けた。

「しかし同時に、貴様には力もあったはずであろう？　不快な現実を打破し、我を押し通せるだけの力がな。だが貴様は、大人どもの定めたルールに従い宝を手放した。日和見《ひよりみ》主義で自ら諦めたのだ。あんなに大切にしていたのになあ。愛していたのになあ？　哀れなことだの？」

「黙れ……」

「だが、そうして惨めに諦めた結果はどうだ。結局藤原千影は貴様から奪い取ったモノを捨ててしまったではないか。ゴミのような才能と引き換えに。しかもご丁寧にそのモノが存在していたという事実すらも消したのだぞ。おかげで世界そのものが貴様の大切にしていたモノを忘れてしまった。貴様はそんな現実を唯々諾々《いいだくだく》と受け入れられたのか？」

「黙れと言っている」

その声は震えていた。

何かを耐えるように、拳《こぶし》がきつく握りしめられていた。

ソフィアが笑みを深くする。

「悔しければ黙らせてみよ。出来ぬか？　では語るぞ？　そのような目に遭っておきながら、未だにルールルールと、貴様は馬鹿なのか？　望む物があれば力尽くで手に入れねばならぬとその時に学ばなかったのか？　いいや、貴様は学んだはずだ。妾《わらわ》にはわかっておるぞ？　で、あればこそ、貴様はルールを破ってまで、報復とばかりに藤原千影《ふじわらちかげ》の魔導書に細工をしたのであろう？」

「黙れ!!　黙れと言ってるだろう!?」

怒声。

会長がいよいよ耐え切れないといったように、勢いよく振り返る。

その顔は、かつて見たことがないほどの憤怒に染め上げられていた。

「好き勝手に知ったような口でベラベラ余計なことを！」

殺気すら込められた視線を受け、しかしソフィアはゲラゲラ笑う。

「己がルールを破ったというのに、どうして偉そうに講釈を垂れることができる!?　よくもまあ、そのように厚顔な真似ができるものだな！　なにが規範を示すだ、笑わせるな！」

「やかましい！　清廉潔白でなくとも、組織のトップである以上はそう振る舞わなければいけないんだよ！　私たちは理性を持った人間なんだ！」

「貴様に理性などあるものか！　その腹の奥にどす黒い情念をしこたま抱え込んでおるくせによくもまあ！　くは、くはははは！　仮に藤原千影に横やりを入れられなんだとして、その情念の行き着く先は破滅であるぞ！」

「だまれぇぇぇ!!　貴様にっ、貴様に私の何がわかる!?」

会長が激しく反論しだした。

これは良くない。良くない流れだぞ。

だが、会長がなぜこうも怒っているのかがいまいちわからない。少し話を整理しなければ。

まず……まずはここからすでに信じがたいが、会長は過去に藤原に男を寝取られたようだ。

だめだ、余計に混乱するぞ。

これはあれか、こないだ藤原が言ってた許嫁《いいなずけ》云々の話なのか？

で、藤原がその寝取った男をポイ捨てして、ブチギレた会長が藤原に報復をしたと。

話の流れからすると、その報復行為が召喚試験時の細工ということになるのだろう。

けど、それだと昨日会長が自白した内容と少し違う感じになるような。

なんにせよソフィアはその事実を利用して会長を挑発しているわけだ。

論理的な会話を投げ捨てた感情論の殴り合い。うーん。昼ドラかな？

――なんて考えていると、いつの間にだかソフィアと会長の罵《のの》り合いが止んでいた。

やべぇ。聞き逃した。

「え、あれ? もう終わったんですか?」

「いいや?」どこか満足げなソフィア。「ただ、口では埒《らち》が明かぬというので、結局殴り合いで白黒つけることになったのだ。もちろん妾《わらわ》が勝てば主様が会長となる条件で、の」

予想だにしなかった言葉を受け、反射的に会長を見やる。

すると会長はバツの悪そうな顔で、俺の視線から逃れるように顔を背けた。

嘘だろ。頭のてっぺんから血の気が滑り落ちていく感覚が……

「か、会長? あの、さっき、話は受け入れられないって……」

「……仕方ないだろう。その魔人があまりに滅茶苦茶なことを言うのだから。私もまだまだ未熟な学生で、どうしたって許せないこと……看過《かんか》できないことがあるんだ」

拗《す》ねたような口振りでそんなこと言われても。

こっちとしては考え直してくれと言いたいところだったが、俺ごときが何を言ったところでこの二人の考えを改めることができるとは思えない。いやでも、えー、マジで?

「なにをそのように空が落ちてきたかのような顔をしておる。笑わぬか。ほれ」

なんて言ってくるソフィアに、俺は半笑いを返すことしかできなかった。

うわぁー……!

◆◆◆

会長との勝負は一週間の準備期間をおいて行われることになった。

これは生徒会を引き継ぐために最低限必要な期間であるらしい。もちろん会長は勝つことをあきらめているわけではない。ただ、もしもの時に、生徒会の運営が滞らないようにしているのだ。そう思えばこそ、ソフィアの傍若無人っぷりを申し訳なく思う。

「少しばかり予定は狂ったが、一週間後には主様がこの学園を支配するのだ。妾と共にの」

ソフィアは上機嫌にそんなことを言った。

ふざけんな。

こんな輩に学園運営の実権を握らせて完成するものがあるとするならば、それはまかり間違っても教育機関などではない。無法者の武装集団だ。俺にはわかる。こいつは権力を持っていい類いの知性体じゃない。知性体というには、知性があんまり感じられないけど。

なんにせよ、座して待てば訪れるのはソフィアの勝利だ。そこは揺るがないだろう。

無論、会長を侮っているのではない。彼女が学生ながらに、プロ上位に食い込むほどの天才であることは承知している。ただ、そんなのが意味を為さないほどに、ソフィアは強い。

断言できるが、この世界にソフィアとサシで戦って勝てる魔術師はいない。

つまり、こいつを止めたければ、使役者である俺がどうにかするしかないのだ。

……何があっても、三条《さんじょう》茉莉花《まりか》を生徒会長の座から引きずり下ろすわけにはいかない。

なぜなら西東の支部が表だって争えない現状、生徒会選挙は双方にとって格好の代理戦争の場であるからだ。自然と、生徒会長を擁する支部は強い発言力を得ることになる。現在の魔術師協会日本支部において、三条家《さんじょうけ》が幅を利かせているのは、三条茉莉花《まりか》に依るところが大きい。

生徒会長という肩書きは、学内だけでなく業界全体で見ても強い影響力を持っていた。

で、だ。そこを踏まえて、もしもこのまま俺が生徒会長になろうものなら、果たしてどれほど酷《ひど》いことになるのやら。考えただけで背筋が震える。

特に三条家からは、殺されるほどに恨まれるだろう。すでに藤原《ふじわら》家から睨《にら》まれているのに、さらにそこに三条家まで加われば、もはや東西、魔術師協会日本支部そのものが敵と化す。

まさに地獄。だからこそ、ソフィアを勝たせるわけにはいかないのだ。

絶対に。

俺と会長が決闘をするという話は、翌日の昼休みが終わる頃には校内の隅々にまで広まっていた。会長から話を聞いた生徒会役員が、方々で口を滑らせたのがきっかけらしい。

絶対にわざとだ。

学生とおばちゃんは噂話が大好きだからね。こうなっちゃうのもやむかたなし。

なんにせよここしばらくの悪評も相まって、気付いた時には俺はとんでもない悪役、あるいは腫れ物のような扱われ方をされるに至っていた。

噂話って、嫌われ者が主語の場合は大抵悪意ある変換、歪《ゆが》まされ方をするのが常だしね。

しかも、実は会長って東にも隠れファンがいるくらい人気者だし、こっちは業界のルール破ろうとしてるんだし、そりゃあ敵役にもされますよね。わかるわかる。

なんなら俺という共通の敵を手に入れたことで東と西が少し仲良くなるまでありそう。

おかげで、もう、ぜーんぜん居場所とかないの。

あの美砂《みさ》ですら、表立っては俺に近づいてこないほどだ。覚えてろよ、あの薄情者め。

そんなわけで放課後を迎えた俺は、クラスメイトに石を投げられる前に早々と教室から逃げ出していた。

いや、さすがに太古の罪人ではあるまいし、投石されるようなことはないだろう。でも、一歩間違えれば本当にそういうことをされそうな雰囲気というか。だから念のため、逃走。

誰もいない屋上で、この先どうすれば自分が助かるのかとか、藤原を取り戻せるのかとか、その方法を考える。

そう。数日後の決闘で、不自然ではない流れで会長を勝たせ、あわよくば俺の風評被害も解消させ、ついでに藤原の意識を引っ張りだす、その方法を見つけなければならないのだ。

そんな冴えた方法は……方法を………方法？

なくね？

何も思いつかず無為に時間だけが流れる中、寝そべってねずみ色の空を眺めていると、影が差した。

「ね、こんなところで何してるの？」

一瞬、校内の改造計画を練るために、視察を続けていたソフィアが戻ってきたのかと思った。

だが、全然違った。クラスメイトの平野旭《ひらのあさひ》がすぐそばで俺を見下ろしていた。

「なんだ、旭か。どうした？　今や校内で魔王扱いされるこの俺に堂々と話しかけるとは、まさかお前は勇者だったのか？　……こんなとこ誰かに見られたらハブられるから帰れよ」

しっしと手を振ると、旭が苦笑した。

「友達に話しかけてるだけなんだから、そんなの関係ないよ」

いい奴だ。でも、だからこそ俺と話すことで彼女の立場を悪くしてほしくない。

「お前なぁ、今の俺の立場わかってねーの？　マジで仲良くしない方がいいから。それともあれか？　実は俺を油断させて屋上から突き落とそうって魂胆？　恐ろしい奴だな」

「私が想太《そうた》くんにそんなことすると思う？」

クスクス笑いながら旭が俺の隣に腰を下ろした。

丁寧にスカートを押さえ、足を崩す。

垂れた前髪をそっと耳にかけると、大きな瞳を柔らかく細めた。

何ともないはずの一連の動作だが、妙にドキッとさせられる。

最近、旭《あさひ》の様子がおかしい。

まず、堂々としゃべるようになり、そのせいか大人びた雰囲気を醸すようになった。

さらに全体的に垢抜《あかぬ》けたというか、やけに色気を感じるというか……そう、蠱惑的《こわくてき》なのだ。

「なんかさぁ、お前、変わったよな？　雰囲気とか……」

「え、そう？　んー……だとしたら、リリスと、あ、私の使い魔のサキュバスのことだけど、それと、あの大野《おおの》さんに協力してもらって、色々頑張ってるから、その成果が出てるんじゃないかな？　お洋服とかお化粧とか。あと、こないだは度胸を付けるために、人通りが多い駅前で、自作の詩を朗読させられたんだよね。大声で」

旭が遠い目をしながらしみじみと呟《つぶや》いた。

「ショック療法にも程があるだろ。お前、サキュバスどもに弄《もてあそ》ばれてんじゃねぇの？」

「そうだとしても、想太《そうた》くんが変わったって言ってくれるなら、結果が出たみたいで嬉しいよ」

そう言って笑う旭は、間違いなくタフネスになっていた。よく見ればその素朴な素材を活かすように丁寧なメイクが施されているし、本当に見違えたものだ。

原石が研磨されている工程を目の当たりにしているようで、軽い高揚感を覚える。

「どーりで。最近は男子にもモテてるみたいだし、あやかりたいもんだな」

「あー、あはは……正直、それはあんまり嬉しくないんだけどね」

「なんで？　異性にちやほやされたら普通ウハウハだろ。俺なら狂喜乱舞するね」

「人によるよ。私は、好きな人にだけ気にしてもらえれば、他はどうでもいいから」

「一途《いちず》だねぇ」

旭は答えなかった。ただ、指先でちょいちょいと髪を弄《いじく》り、はにかんだ顔を向けてくる。

おっと危ない。元からの知り合いでなければ今の一撃で理性を破壊されていたかもしれない。それほどに魅力ある笑顔。きっとこれを見せれば意中の男子もイチコロだろう。

着々と人造サキュバスが作り上げられているようで、若干の恐怖を覚えたが。

モンスターどもの手により、新たなモンスターが生まれようとしているのか……

「そんだけ努力してんだから、きっと好きな男も余裕で落とせるだろうよ」

「……だといいんだけどね、本当に……ところで想太くん、会長と戦うの？」

「らしいな」

投げやりに答えると、旭が小首を傾《かし》げた。

「そんな他人事みたいに」

「俺が関与しない形で話が進んだから実感ないんだよ。なんか魔人と会長が勝手に盛り上がってて、正直やめてほしいんだけど。つーかやめさせなきゃヤバいんだけどな」

「どういう意味？」

俺は昨日の出来事を掻《か》い摘《つま》んで説明した。

話を聞き終えた旭が「へー……そういう感じなんだ。噂と違う」と驚きの声を上げる。

どんな噂を流されてんだろう。多分ろくでもないんだろうな。もう逆に知りたくない。

「災難だったね」

「マジでな。青天の霹靂《へきれき》だよ。いや、別に青天ってほど順風満帆じゃなかったけど」

使い魔召喚試験からこっち、ずっと曇天の下を歩いてきたようなもんだ。どちらかといえば弱り目に祟《たた》り目か。それにしても今回の一件はパンチが効きすぎてるけど。オーバーキルだ。

「事情はわかったけど、想太《そうた》くんはどうするつもり？」

「角が立たない方法で、うちの使い魔を負けさせたいんだけど、なんかいい案とかない？」

「え、えー？　……えっと、じゃあ、使い魔を元の世界へ送り返しちゃうとか、どうかな？」

「それができたら苦労しねぇよ。あの魔人、藤原《ふじわら》が混じってるんだぞ？　それなのに無理やり異世界に送り返すのはいかんでしょ。藤原家の奴らに殺される」

「あっ……そっか、それは絶対ダメだね。んぅ、じゃあどうすればいいんだろ」

旭《あさひ》は「ん、ん」と真剣な面持ちで黙り込んだ。必死に案を考えてくれているんだろう。

現状を思えば、それだけでも涙が出るほどに嬉しかった。

今の俺、孤立無援ですからね。

「まあ、いざとなれば刻印使って命令すりゃ済む話なんだけど、それで恨み買うのも嫌というか。奴からは、今にも服従の刻印を自力で解除してきそうな凄味を感じる。刻印自体が不完全っていうのもあるしな」

「あ、あはは……そもそもあの魔人って、本来想太くんに制御できる魔物じゃないもんね」

「そ。だからあんま刺激とかしたくない。何が奴の起爆剤になるかわかんないから」

「……難しいね。もう、いっそ、裏で会長と協力しちゃえばいいんじゃないかな？」

「はあ？　ん、いや、言われてみれば……あれ？　そうか、利害は一致してたのか」

「会長と協力して罠に嵌《は》めたら、きっとあの魔人にも勝てるよ。ただ、想太くんの名誉挽回の方は、ごめんね、ちょっとどうしたらいいかわからないけど」

「そこはひとまず置いとこう。一番重要なのは会長が勝つことだし、それさえどうにかなるなら、地に落ちた評価は最悪放置でもいいや。ハブられたって死ぬわけじゃねぇし」

「でも……あ、じゃあどうにもならなかったら、私も一緒にハブられてあげるね？　そうしたら一人じゃないし、大丈夫でしょ？」

旭がクスッと笑った。

あまりに綺麗《きれい》な笑顔に、思わず見蕩《みと》れてしまう。

「……そりゃ、どうも。はは……やっぱ持つべきものは親友だな」

どぎまぎしながら言うと、旭が「んー」と空を見上げた。

「親友、かぁ」

「おい。そこ否定されたら、俺もう立ち直れそうにねぇんだけど」

「ふふ……別に否定はしてないよ？　間違ってないもんね。親友っていうのも」

そこで旭《あさひ》は立ち上がり、スカートに付いた埃《ほこり》を手で払う。

「じゃ、生徒会室へ行こっか。私も藤原《ふじわら》さんには戻ってきてほしいから、協力させてね？」

◆◆◆

さっそく旭を連れて生徒会室に向かった。

生徒会室には昨日と打って変わって生徒会役員たちが集結していた。

各々作業に追われているようで、室内は静かながらも緊張感に包まれている。

いざという時の、引き継ぎの準備だろう。俺らのせいだな。申し訳なさすぎて泣きそう。

役員たちは、俺の姿を目にした途端、一様に嫌そうな表情を浮かべた。

まるで親の仇《かたき》でも前にしたみたいだ。よほど俺が憎いらしい。うんうん、わかるわ。

役員どもから放たれた無言の圧力にやられて動けずにいると、会長が「おや、想太《そうた》くんか。昨日の今日でどうかしたのか？」と、気さくに声をかけてくれた。

「ちょ……ちょっと、相談したいことがあって。お時間、いいですか？」

針のむしろのように敵意全開な空気の中、ヘコヘコと会長に近づく。

旭もわずかに緊張した面持ちでついてきた。

「少しであれば構わないが……ところで、そっちの君は平野《ひらの》さんでよかったかな？」

「え？　どうして私のことを……」

会長が疲労の滲《にじ》む顔をふっと緩めた。

「昨年の選挙の時、廊下ですれ違った私に『頑張ってください』と声をかけてくれただろう？　お礼を言いそびれていたね。あの時は本当にありがとう。励みになったよ」

旭が顔を真っ赤にしてぶんぶんと手を振った。

「そ、そんな、私は別に……！」

会長が笑い、若干室内の雰囲気がほぐれる。

旭さんってもしかして救世主かなにか？

よし、この波に、雰囲気に乗るのだ……！

「会長、いいですか？」

「ん、あぁ。なんだ？」

「一つ聞きたいんですけど、ソフィアさんには勝てそうですか？」

その質問に生徒会室の空気が固まった。まるで地雷でも踏みつけたような、そんな緊張感が生まれる。波には乗れなかったらしい。はい転覆。死んだ。

会長は腕を組み、片眉を持ち上げると、小さなため息を吐《つ》いた。

「普通に考えて、無理だ」

その声は淡々としていて、ただ事実を述べたのだと、そんな印象を受ける。

役員たちもそう思ったのだろう。声こそ出しはしなかったが、沈痛な面持ちに。

「無理ですか」

「あぁ。昨日、学生課で君たちが解決したクエストのデータを見せてもらい、涼華《りょうか》からも話を聞いてね。それらの情報をまとめたところ、あの魔人が思っていたよりずっと強いことがわかった。底が知れない。おそらくは私の手持ちの使い魔を総動員したとしても、勝ち目は薄いだろう。想定外だよ。まさかここまでとはな……」

「……そうですか」

「で？　君はそれを聞いてどうするつもりだ？　降伏勧告でもしにきたのか？」

「違います。あの、俺、会長に勝ってほしいんです。だから、協力してあの魔人を一緒に倒しませんかって、提案しにきたんですけど」

会長が両目を細め、胡散臭《うさんくさ》そうに顎《あご》をさすった。

「よくわからない。意図を説明してくれるか？」

「単純に生徒会長になりたくないんです。そもそも俺、乗り気じゃなかったでしょ？」

「それは……いや、だが、それなら刻印で魔人を大人しくさせればいいだけじゃないのか？」

やっぱそこが引っかかるよな。

「それはそうなんですけど、ほら、奴は自分で魔力を調達できる上に魔術耐性も高いから。もしかすれば刻印を自力で解呪してくるかもしれないなと。で、もしそうなった時、俺に命令されたという事実があれば、奴に殺されちゃいそうで。厄介なんですよ」

「あぁ……なるほど」

「それを抜きにしても、あの魔人はここで倒しとくべきです。奴はこの学園を制したら、次は国盗りするつもりなんですから。だって奴の最終目標は世界征服なんですよ？」

「世界征服？」会長が半笑いを浮かべた。「本気で言ってるのか？」

「本気です。しかも、奴にはそれを成せるだけの可能性がある。だから俺らは奴に、この世界はそんなに甘くはないと、一度思い知らせてやらなきゃならない。会長、一緒に奴を倒しましょう」

「む、う」

会長が唸《うな》る。

そして、しばらく目を伏せ何かを考えていたが、やがて「そうだな」と呟《つぶや》いた。

「そもそも大元の原因を作ったのは私だ。あの魔人がこの世界の敵となりえるならば、それを止めるのもまた私の役割、義務というわけか。ふふ、因果応報だな……」

その自嘲《じちよう》混じりの呟きに、役員たちが不思議そうな顔をした。会長の手によってあの魔人がこの世界に顕現したという事実を知らなければ、そんな反応にもなるだろう。

「わかった。想太《そうた》くん、君の申し出を受けさせてもらう。共にあの魔人を打ち倒そう」

立ち上がった会長が俺の肩に手を置く。

「とりあえず内密に作戦を立てたい。これから私の部屋に来てくれないか？」

◆◆◆

会長が住む学生寮は、西日本支部からの出資金で建てられた『西方園《せいほうえん》』である。

鉄筋三十階建て、高級マンションを髣髴《ほうふつ》とさせるハイソな建物だ。

しかも学内派閥のトップであるため最上階、三部屋ぶち抜きの特別室にお住まいらしい。

「少し散らかっていて申し訳ないが、どうぞ」

通されたその部屋は、三ツ星とか四ツ星ホテルのスイートルームのようだった。

おしゃれな敷物に格調高そうな調度品の数々、壁にかけられたごつい額縁の風景画等々……

こんなの学生が住んでいい部屋じゃねぇだろ。部屋に設置された多くの家財道具は、藤原《ふじわら》が
俺の部屋に持ち込んだどの家具よりもさらにランクが上であるように見えた。

これはもう、おおよそ独身高齢な開業医などが住む部屋といえよう。

ブルジョワジィ。これが格差社会なのですか？

「うわあ。なにこれ。なにこれ」

旭《あさひ》が驚きを通り越して呆れたような声を出した。

思わず同調し「やっべぇな！　やっべぇな！」とはしゃいでしまう。小学生か。

「適当にくつろいでいてくれ。お茶を淹れてくる」

会長に勧められソファに腰を下ろすと、尻が固すぎず柔らかすぎない感触に包まれた。

「気持ち良すぎて気持ち悪い。これ素材なに？　妖精とか殺して中に詰めてない？」

「あわぁ、ふかふかすぎるよぅ……私、ここで全然眠れる……欲しい、これ欲しい……」

そんな貧乏くさい会話をしていると、会長がトレーにおしゃれなティーカップを乗せて戻ってきた。そしてお茶請けの洋菓子と共に俺らの前に並べる。

「口に合うかはわからないが、よければ。親戚が送ってくれたのだが」

「あ、どうも」

「いただきます」

口を付ければ紅茶も菓子も笑えるほど美味かった。

いちいち見せつけてくれる。上流階級め。どうにかして養ってもらえないだろうか？

「――それで、作戦なんだが」

一息ついた頃、テーブル越し、俺らの対面に座る会長が切り出した。

居住まいを正す。

「実は全くの無策というわけではないんだ。私もむざむざやられるつもりはない」

会長が通学鞄からクリアファイルを取り出して、俺に差し出してきた。

受け取れば一枚の紙が挟まっていて、魔法陣のようなものが描かれていた。

「なんだこれ」

「それって魔法陣……じゃ、ないよね？」

隣に座る旭《あさひ》が、呆けた顔で紙を覗き込む。

その魔法陣、のようなものは、仮にそれが魔法陣だとすれば、あまりに荒唐無稽な構造をしていた。異質にも程がある。どんな魔法陣であれ、その骨子は共通しているはずなのに、これにはその骨子となるべき点が見当たらない。

例えば召喚陣。召喚試験の時に俺が作成したストーンゴーレムを召喚するための召喚陣と、藤原《ふじわら》が作成した魔人を召喚するための召喚陣は、一見すれば全くの別物に見えた。だが、細かい肉付けの差はあれども大元の作りは共通していて、そのため俺みたいなやる気がない仮免魔術師でも藤原の召喚陣を目で見れば、どのようなものなのかを推測することはできたのだ。

あーよくわかんねぇけど凄い魔物を召喚する召喚陣なんだろなー、くらいには。

でもこれは違う。何のためのものなのか一切わかんない。現代アートかよ。

「召喚陣だ」

会長の言葉に顔を上げる。

「これが？」

「あぁ。もしそう見えないのであれば、それは既存の技術体系から外れた魔法陣だからにほかならない。我々の扱う魔術とは成り立ちが違うんだ。たとえれば英語と日本語のように」

「会長がこれを？」

「まさか。私如きがそんな大それたものを生み出せるわけがない。その魔法陣を作ったのはある天才魔術師で……詳しくは教えられないが、とにかく製作者は私ではない」

「へぇ」

その召喚陣を眺めていると、胸の奥にちりちり妙な感覚が生じた。

なんだろう。何かが、引っかかる？

「……？　まあ、いいか。で、これは何を喚《よ》び出すものですか？」

「『神様』だ」

簡潔な返答に、俺は旭と顔を見合わせた。

いや、神様て。ゴッド？

「なんですか、それは」

「『神様』を知らないのか？」

また難しい質問をしてくれるものだ。

言葉としての意味であれば知っている。わからないでもない。だが……

「知ってますよ。けどそれ、宗教的な話に繋《つな》がっちゃう感じですか？　すみません、俺無宗教なんで、その辺の話はちょっと得意じゃないというか」

「安心してくれ、繋がらないから。つまり、その召喚陣はあくまで我々から見て『神様』のような『何か』を召喚するもので、実際に喚《よ》び出される存在が我々の認識するところの神性を持つ創造主かどうかはわからない。というか、それは問題ではない。もう面倒だし言い切ってしまうが、それは、異様に強くて得体が知れない超越者を喚び出すための特別な召喚陣だよ」

「その超越者ってのは魔人とは違うんですか？」

「まったく違う。魔人はあくまで並行世界に生息する、我々と同格の生物だろう？　彼らが扱う魔術の原理が、我々の魔術と同じであることがいい証拠だ」

「同格かはともかく、そうですね。じゃあ『神様』はどう違うんですか？」

「『神様』は……なんだ、ちょうどいい言葉が見当たらないな。仕方ない、図に起こすか」

会長が鞄からルーズリーフを取り出し、シャーペンを走らせた。

ささっと描き上げられたのは、X軸とY軸からなる二次関数の表だ。十字のあれ。

「私たちの世界がある場所をここ、原点（X・Y）＝（0・0）と仮定すると」

会長がX軸とY軸の交差したポイントに丸を書きこんだ。

そこからペン先を右へ一メモリ分動かし。

「魔人が住む世界はY値こそ同じだがX値の異なる世界（1・0）だ。ここは我々の世界と同水準、つまりY値が同じであればX値が異なっても単なる並行世界にすぎないと思ってくれ。しかしY値がプラス域の方向に存在する世界はここより上位世界となり」

原点から見てY値が一つ上の目盛りにバツを書きこむ。

「我々の扱う既存の召喚術はこのような上位世界へ干渉することができない。つまり現状は（1・0）のような並行世界の生物しか呼び出せないわけだが、その魔法陣はY値がプラスの上位世界（0・1）にも干渉できる」

そうか、わからん。たとえが適切なのかさえわからん。

教養がない馬鹿にも分かるように説明してくれないかな？

「へー。とにかくこの魔法陣は凄いってことですね？　ふーん………んー……」

まるで魔法陣から誘われるように目が離せなかった。

奇妙な感覚だ。既視感だろうか？

覚えもないのに、この魔法陣を見ていると、絶え間なく懐かしい感覚に襲われた。

構造も由来も使い方も、何一つわからないはずの魔法陣なのに……何かが引っかかる。

――俺はこれを知っている？

「そうだ。『神様』はY値がプラス域の世界に存在する超生物だ。だからとてもすごい」

「……え？　あぁ、そうですか。すごいんですね。それはすごい」

魔法陣から目を逸らさずに相槌《あいづち》を打つ。

「語彙力《ごいりょく》が足りなくて上手く表現できないのがもどかしいが……低レベルなこの世界に顕現するにあたり、『神様』はデチューンされた状態で現れざるを得ないわけだが、それでもなお、魔人などでは相手にならないほど強いわけだからね。本当にすごいんだぞ」

「つまり、とんでもなく強い上位生物を『神様』って呼んでるってことですか?」

「さっきからそう説明していたつもりだが」

「理解力がなくてすみません。けど、そんなすごいモノを喚《よ》び出せるなら、魔人なんかチョチョイのチョイとやっつけられるんじゃ。あ、それとも何か問題があるとか?」

「その通り。一つ問題があって、喚び出した『神様』は、基本的に制御できない」

「は?」

思わず顔を上げた。

何の冗談だと思ったが、会長は至って真面目な顔をしていた。

「実際、その召喚陣を作り出した魔術師も、喚び出した『神様』にやられて、逆に上位世界へと連れ去られてしまったのだ」

「やられ……え、拉致《らち》? い、いや、じゃあこれ、使えなくないですか?」

途端に描かれた魔法陣が禍々《まがまが》しく見えてくる。

持ってるだけで吸い込まれそうな……気のせいだろうけど……

「そんなことはない。『神様』は制御こそできないが、お願いは可能だからな。『神様』へ対価を差し出すことで、我々は願いを叶えてもらえるわけだ。シンプルな方法だろう?」

「あ、あぁ、そういう。じゃ、何か供物《くもつ》を捧げて、魔人をやっつけてもらうんですか?」

「もしその魔法陣を使わざるをえなくなれば、そういったお願いをすることになるだろう。ただ、求められる対価は『神様』の匙《さじ》加減による。決して等価交換ではない。場合によっては魔人を倒してほしいと願うことで、私の命を求められることもありえるのだ」

「やっぱ駄目じゃないですか。欠陥品ですよ、これ……」

「そうは言っても、最悪の場合は頼らざるをえないぞ？　私の自業自得なのだし」

と、浮かべた苦笑がかすかに震えていて、そこからは確かな覚悟が窺い知れた。

しかし、いくらなんでもそんな危険なことをさせるわけにはいかない。

「そうするくらいなら、俺が刻印で魔人を大人しくさせますから」

「……ありがたい申し出だが、それだってリスクはある。とにかく、手段さえ選ばなければどうにかできるのは確かだ。もちろん、私たちが協力することでより安全な策を思いつくかもしれないし、そうなれば危険な手段を取る必要もなくなるのだけどね」

「そうですね、そういう安全なのを考えましょう」

俺はそう答え、再び魔法陣に意識を戻した。

ギリギリと脳が発熱するような感覚があった。違和感が強くなっている。

まるで、何かが浮かび上がろうと、頭の中で必死にもがいているようだ。

「あの、いいですか？」

黙って話を聞いていた旭《あさひ》が口を開いた。

「さっき、その『神様』？　が、デチューンされた状態で出てくるって言ってましたけど……

それは、どういう意味ですか？」

「ああ、それはだね、Y値が異なる世界間では、物質のやり取りができないのだ。例えば我々が漫画やアニメの世界に入れないように、値がプラスの世界にいる存在はこちらの世界にそのまま現れることができない。そのため、召喚の際は上位世界から『神様』の魂魄《こんぱく》だけを喚《よ》び出し、肉体はこちらにある物質で再構成することになるのだが、当然、元の体でない以上は本来の力を発揮できない。そういう意味でデチューンと言ったわけだね」

「なるほど……あの、会長はこの魔術体系を、ある程度、理解してますか？」

「いや。あまりに既存の魔術と違いすぎて、実はさっぱりだ。ただ、この魔法陣を生み出した魔術師とは個人的に親しかったから、折に触れて色々話を聞いていてね。今までの説明も受け売りなんだよ。情けないが、仕組み自体は理解できていないな」

「……得体の知れない魔術を使うのは、危険じゃないですか？」

「魔法陣やそれを起動させるための魔導書に不備はない。その点に関してだけは、信用してもらって結構だ。問題になるのは、喚び出される存在なのだから」

「そう、ですか。でも、その魔法陣を作った人は……」

「悪いがその辺りに関しては答えられないんだ。色々込み入っている」

「……ごめんなさい」

「構わない。それより想太《そうた》くん」

名前を呼ばれ、ハッと顔を上げた。

いけない。完全に話を聞き流していた。

「な、なんです？」

「……随分熱心に魔法陣を見つめているが、何か気になることでもあるのかな？」

「え、いや、ただ……珍しいので、つい」

既視感や妙な感覚、違和感について誤魔化《ごまか》してしまった。説明のしようがないし。

なんだかこれ、見覚えあるんですよね！　もしかして俺これ知ってるかも！

とか言っても、寝ぼけてるのかこいつとしか思われないだろう。

実際自分でもそう思う。うん、寝ぼけてるわ。

でもやっぱ、何かが引っかかるんだよなぁ。

「ふむ」

会長が腕を組み、ジッと俺を見つめてくる。

まるで内面を探ってくるかのような熱視線にたじろぐ。

「な、なんですか？」

「……それ、貸してあげようか？　起動のための魔導書も一緒に」

「え？」

耳を疑った。

魔術師にとって非公開の魔術は最大の武器であり、秘匿《ひとく》すべき商売道具だ。特にこの魔法陣に関しては、魔術そのものに著しい進化を促す可能性すら秘めた宝物に等しい。それをこうも気軽に放出すると言い出す会長は、錯乱しているとしか思えなかった。

「こんな重要なものをですか？」

「君なら構わない。ただ、他の人には知られないようにしてほしい」

会長が分厚い魔導書を取りだし、テーブルの上に置いた。

「この魔導書にはその魔法陣の構成式しか書かれていないが、それでもこの分厚さだ。一緒に持っていって、気の済むまで目を通してくれ」

「本当にいいんですか？」

普段の俺であれば、謹んでお断りをしていただろう申し出。

どう考えてもこの魔術は俺のキャパを超える知識であり、余計な力だ。

知る必要はないし手に入れるべきでもない。

それがわかっているのに……なぜだか断れなかった。

強い引力に導かれるように、魔導書へ手を伸ばす。

「きっと私より君の方がそれを上手に扱える。そんな気がしてならないんだ」

「それはさすがに、どうですかね。でも、貸してもらえるなら、ぜひ」

数百ページはありそうな魔導書をパラパラめくれば、その内容に圧倒された。

視界から雪崩《なだれ》のように知識が流れ込んできて、瞬く間に脳を制圧される。

強烈な既視感。懐かしい感覚。やはり俺は、どこかでこれを……

目覚めながら夢を見ているような浮遊感に包まれた。

「そ、想太《そうた》くん？」

振り向けば、旭《あさひ》がどこか心配そうな顔で俺を見ていた。

「……なに？」

「あ、えっと……なんだか、様子がおかしく見えて。大丈夫？　それ、想太くんには荷が重いんじゃないかな？　というか、いつもの想太くんなら、面倒だからって突き返しそうなのに。そんなに気になるの？　その、もちろん気にはなるだろうけど、あの」

「んー……はは」

曖昧に笑ってごまかす。

旭は眉尻を下げて俺を見て、それから会長を睨《にら》んだ。

「どういうつもりですか？　想太くんに、こんな得体の知れないものを預けて……会長は、本当に、想太くんがこれを扱えると思っているんですか？　まだ、学生なんですよ？」

「歳《とし》など関係ない。むしろ、彼以上にそれを上手く扱える魔術師はこの世にいないよ」

「わ、私は真面目に！」

「私も真面目だ。根拠こそ教えられないが、そういう期待があるんだ。平野《ひらの》さん。きっと君が思うより、想太《そうた》くんはできる子だ。普段はやる気がないだけでね」

はい、きたよ、分不相応な高評価。この人ちょっと俺に対して色眼鏡が過ぎやしないか？

まあ、今回はそのおかげで魔法陣を見せてもらえたんだけど。

旭《あさひ》をあしらった会長は、柔らかな微笑みを浮かべて「さて」と姿勢を正した。

「では、いよいよ作戦を考えよう。優れた作戦を思いつけば、私がその魔法陣を使う必要もなくなるわけだし、想太くんもリスクを伴う強制命令なんてしなくて済むのだからね」

◆◆◆

あっという間に数日が過ぎた。

何度目かになる会長との作戦会議を終えて寮に帰れば、部屋にはソフィアの姿がなかった。またぞろ校内の散策でもしているのだろう。

よし。

学習机に魔導書を広げ、空白のページに新たな魔術の構成式を書きこんでいく。

実は、会長から預かった魔導書を解析していたら、その特殊な技術を応用した術式を一つ、思いついたのだ。もしも形にできれば、決戦の時に大いに役立ってくれるだろう。

羽ペンを特殊なインクに浸し、空白のページへ走らせる。

少しずつ、魔術の構成式が伸びていく。

既存の魔術とは毛色の異なる、新たな体系の魔術。

だけど、どうして俺はこんなものを生み出せるのだろう？

あたかも昔から知っていたかのように。自分が自分でないような……

そういえば、人は一度覚えた物事を、基本的には頭の中にずっと残し続けると聞いたことがある。仮に何かを思い出せなくなっても、情報それ自体は脳にしっかり存在しているらしい。

つまり、ふとした拍子に忘れていた記憶を思い出すこともある、というわけだ。

……いや、もちろん、俺が過去にこの魔術に触れたことがあって、それを今思い出している、というわけではないだろうが。しかしそれにしても、不可解な……

あ。

思考の片隅でそんなことを考えていたら、不意に藤原《ふじわら》と出会った時のことを思い出した。

なぜ、この流れで藤原のことを思い出すに至ったのだか。不思議なものだ。

——それは、この学園に入学した日のことだった。

「ちょっといい？」

ホームルームを終えて、寮に帰るため昇降口で靴を履きかえていたら、声をかけられた。

最初、俺はそれが自分にかけられたものだと思わなかった。

「無視しないで。ねぇ、あなたよ」

肩を掴《つか》まれ、ようやく声が自分へ向けられていたのだと気づき、振り返る。

すると、美しい黒髪の少女がいて、まっすぐに俺を見つめていた。

少し前、教室で多くの生徒に囲まれていた彼女のことを思い出す。

思わぬ人物の登場に、俺は驚いた。

「あ、ごめん。俺に声かけてるってわかんなかった。えっと、なに？」

「あなた、名前は？」

前置きもない。

向けられたのは値踏みするような視線で、何かを確かめようとしているようだった。

不快とまでは言わない。だが、決して愉快と思える態度でもなかった。

「芦屋想太《あしやそうた》だけど」

とはいえ、この頃の俺はまだ、業界有数の権力者様に噛み付くような蛮勇を持ち合わせていなかったので、素直に答えた。ただの小市民が藤原《ふじわら》家の息女に盾突くなど普通はありえない。

いやまぁ、後々我慢の限界に達して吹っ切れるんだけども。

藤原は絶句して口を半開きにした。

「あしや……そう、た……？　やっぱり、やっぱりそうだったのね……！」

なにがですか？

「あの、よくわかんないけど、特に用事が無いならもう帰ってもいい？」

「待って！　私っ……ねぇ、私に見覚えはない!?」

意気込み、ずいっと体を寄せられる。

迫ってきたのは、熱に浮かされて高揚したような、何かを期待する面持ちだった。

俺は体をのけ反らせながら頷いた。

「そりゃあるけど。藤原千影《ちかげ》さんだ」

藤原が言葉を詰まらせた。そして表情をぐしゃっと崩し「あっ、う、うぅっ、わっ、私っ……私、ずっと！」と、何かを言い募ろうとしてくる。

感極まりすぎて、その感情をうまく表に出せていないような表情だった。

そこはかとなくよろしくない勘違いをされている気がする。

俺は慌てて「あぁ、いや」と藤原を押しとどめた。

「日本の魔術師で藤原さんのことを知らない奴なんていないよ。雑誌で何度も特集組まれて、写真だって何枚も掲載されてるんだし、ネットにも動画が溢れてるからね……有名人でしょ？」

一転、藤原は表情を凍りつかせた。果たして期待外れな返しだったらしい。まるで悪い事をしてしまったようで申し訳なく思ったが、それ以外に心当たりがないのだから仕方がない。

いや、もしかすればこの反応からしてどこかで会ったことが……なんて、まさかな。

こんな有名人と面識があれば忘れるわけがない。

「で？　何の用？」

促すと、藤原《ふじわら》がなんだか今にも泣きだしそうな目になった。

震えるように一歩踏み出し、片手を伸ばそうとして……そのまま脱力する。

「……別に。同じクラスメイトとして、挨拶をしておこうと思っただけ」

いや、お前、絶対にそんなライトな感じじゃなかっただろ。

でも、本人がそう言うのならば追及はしない。面倒だし、それほど興味もないし。

「そうなんだ。ご丁寧にどうも。芦屋想太《あしやそうた》です。よろしく」

「……ええ、よろしく。芦屋、くん」

そして一言二言、言葉を交わし、俺はそのまま下校して、藤原は校内へと戻っていった。

藤原との初遭遇はこんな感じで、俺としては正直よくわからないものだった。

なんにせよ、奴とはこのまま顔を見知っただけの他人として、特に深く関わることもなく、その関係性を終えるのだろうなと思った。住む世界が違うしね。

でも、それは間違いだった。

このやり取りの何が琴線《きんせん》に触れたのかはわからないものの、これ以降、藤原は率先して俺にからんでくるようになった。召喚試験時などがいい例だろう。

きっと奴は、俺を誰かと勘違いしたまま、突き進んでいるのだ。

そうとしか思えない。

思えないのに。

引っかかる。

今になって疑問に思ったのだが、藤原は、俺を誰と勘違いしていたのだろうか？

加えて、その誤解が解けてもおかしくないのに、そんな素振りすら見せずに、俺に突っかかってくるのはどういうことなんだ？

変な話にはなるのだが、俺は本当にこの日、この時まで、藤原と出会ったことがなかったのだろうか？　もしかすれば、本当は、藤原と前から面識があったんじゃ……

忘れている？

魔導書の解析を進めるたびに、擦《す》り切れた記憶を思い出せそうな感覚が生じていた。

思い出せなくなった、孤立した記憶が、脳のどこかで声をあげている予感があった。

そう、俺は藤原と、昔…………

……いや、きっと気のせいだな。馬鹿らしい。それに、仮に藤原と以前から面識があったとしても、思い出せないのならば、それはすなわち思い出す必要がないということだろう。

うん。

◆◆◆

忙殺という言葉を体感するうちに、決戦の当日を迎えてしまった。

この一週間は、人生で最も慌ただしい一週間だったように思う。おかげで記憶も曖昧。

ただ、突貫作業ではあったが、今の自分らにできることは、どうにか全てやれた、と思う。

会長と打ち合わせを重ね、予め会場に細工までし、最悪の場合に備えて『神様』を喚《よ》び出す準備も終えている。おそらくは何があっても魔人を撃破できるだろう態勢を整えた上で、今日この日を迎えることができて、ひとまずは安心。

作戦自体は俺が開発した新魔術を軸にしたものであり、完全に詰め切れていないところもあるが、まあ……会長もいるしどうにかなるだろ。

卑劣なことをしている自覚はあったが、そもそも魔人という存在がチート同然なのでさして罪悪感も生まれない。というか、学生二人で魔人を倒そうというのだからこれくらいは十分ハンデの範疇《はんちゅう》に含まれるだろう。

正々堂々のスポーツマンシップ？　知らん。

「ついに決戦だね……！　頑張って、想太《そうた》くん！」

全ての授業が終了したので教室を出ようとしたら、旭《あさひ》に声をかけられた。

旭は、「ふん！」と擬音が付きそうなほどに意気込み、小さな握りこぶしを作っている。

「おう、頑張ってくる。旭も今日までありがとな」

このところ何かとちょこちょこ俺についてきては、そばで応援したり励ましてくれていた旭なのだが、そのせいで教室における旭の立場は結構微妙なことになっていた。

そりゃそうなるよなという感じ。

もちろん、決闘が終わるまで俺には近づかない方がいいと伝えてはいたのだが、旭は妙に頑固で、まったく聞く耳を持たなかったのだ。

俺としても会長以外に味方がいない中にあって、旭の存在は相当な救いであり、どうしても強くは拒めず、こうしてずるずると最後まできてしまった。

そうだ。だからこの決闘は、旭の立場を回復するためにも絶対に負けてはならないのだ。

「ふん。無用な心配であるな。応援などされずとも妾《わらわ》が勝つ。さ、主様、行くぞ」

何も知らないソフィアに促される。俺は旭に手を振って教室から出た。


今日は一年生を含め、全校生徒午後からの授業がない日なので、俺ら以外にも多くの生徒がワラワラ演習場へと向かっていた。大勢の前に出ると思えばやっぱり緊張してくる。

決闘の場である演習場は、生徒間での模擬戦や学部対抗戦などに使われる巨大な建物だ。作りはサッカースタジアムに酷似している。広大なフィールドを取り囲むように階段状の観客席が設けられており、かなりの数の観客を収容できた。少なくとも全校生徒程度なら余裕だ。

「それにしても観客が多いな」

フィールドに立ち、ぐるりと周囲を見渡せば、数える気力が湧かないほどの見物人。おそらく生徒以外にも、学園の関係者や噂を聞きつけた暇なプロが足を運んできているのだろう。

相当注目されている。そりゃそうだ。今回の決闘の結果は業界全体に波及することだしな。

「ひっこめー！」「負けちまえー！」「ゴミクズ！」「死ね!!」「くたばれ!!」

「会長勝ってぇー!!」「負けないでー！」「今日も美人ー!!」「がんばってー！」

明暗の分かれ方がえげつない。どんだけ俺嫌われてるの？　あと会長好かれ過ぎ。

野次と応援が入り混じる中、指を鳴らしていたソフィアが邪悪な笑みを浮かべた。

「くはは っ！　この雑音がすぐさま悲痛な嘆きに変わると思えば楽しみで仕方がないの！」

「神経図太いですね。俺なんか今にもゲロ吐きそうですよ」

「情けないことを言うでない。あのような塵芥《ちりあくた》どもにどう思われようが構わぬではないか。主様は少々繊細がすぎるぞ。王たる器としての自覚が足りぬのだな。ふむ。一度、女でも抱いて自信を付けたほうがよいのではないか？」

「こんな時に下ネタですか」

「これは真面目な話であるが」ソフィアは至って真剣な目で。「例えば主様はこの国のトップが童貞だとすればどう思う？　情けない奴だと、いっそ信用できぬのではないか？」

「……いや、まあ、頼りないとは思うかもしれませんけど」

「で、あろう？　すなわち世界を統《す》べる王たる主様も、早急に経験をせねばならぬというわけだ。よし。この戦いが終われば、妾《わらわ》を抱け」

「うそだろ」

「妾は本気だ。うむ、それがいい」

一人コクコクと頷き、ご満悦なご様子のソフィア。

自己完結も甚だしい。

「ふふ、今宵が楽しみだ……では、やるとするかの」

ソフィアが両腕に魔力を集中させながら言った。

そして離れた場所に立つ会長を睥睨《へいげい》する。

彼我《ひが》の距離は五十メートル以上。

魔導書を携える会長の前には、四体の使い魔がいて、ソフィアを睨《にら》みつけている。

フィジカルに特化したクリスタルゴーレムと人狼。

魔術の扱いに長《た》けた亜人種のエルフ。エルフは魔人と間違われやすいが、詠唱によって魔術を操ったり、独自に信仰する精霊とやらの力を扱う点が魔人とは異なる。

そしてあの、巨大な赤い竜。古代竜種である赤竜は、魔人に次ぐ上位カテゴリの魔物と評されていた。フィジカルも、魔術も、知能も、あらゆる点において優れている。

そういった高位の魔物らを同時に使役するのはプロでも中々難しいと聞くものだが、それを一学生の会長がやってのけるというのだ。底知れぬ才能と不断の努力がなす技術は、素晴らしいの一言に尽きた。それでソフィアを倒せるかはおいておくとして。

「こちらはいつでもよいぞ！」

ソフィアの宣言に、会長が目配せを送ってくる。

顎《あご》を軽く引いて短いアイコンタクトを交わして……距離があるから、めっちゃ見づらいな。

「ソフィアさん、ちょっといいですか？　観客に俺らの強さを知らしめるため、一瞬で呆気なく終わらせるんじゃなくて、じわりじわりと恐怖や絶望を与えるような戦い方をしてください」

「ふむ？　なぶり殺しか。そうだの、衆愚を従えるには効果的かもしれぬ。わかった。主様の良いようにしよう」

「ありがとうございます」

「よい、よい。ふふ、主様がいよいよ腹を括ったようで、妾《わらわ》は嬉しいよ」

そう言って笑みを向けてくるソフィアに、若干の罪悪感を覚え……あ、でもこいつも俺の意思を無視して自分勝手に暴れまくってんだよな。どっちもどっちか。じゃあいいや。

「わかってると思いますけど、観客の奴らを巻きこんだり会長を殺してしまうような、強力で広範囲な魔術は使わないでくださいよ」

「無論、弁《わきま》えておる」

「さすがです。あと、会長の使い魔も極力殺さないよう心掛けてくださいね」

「ん？　衆愚やあの小娘はまだわかるが、畜生どももか？」

「はい。会長は戦力として魅力的です。どうせなら強いまま配下に加えたいので、力を削がないでほしいんです」

「なるほど。一理あるの。配慮するとしよう」

よし。これで開幕早々に終了という最悪の展開は免れた。正直これが一番の問題だったからな。スタートと同時に全力の爆炎なり落雷なりをかまされれば、あの使い魔四体は一瞬で蒸発しかねない。その時点で作戦もクソもなく、最終手段に頼らざるをえなくなるところだった。

あとは会長がソフィアを誘導し、引き付けてくれたら、作戦は成功したも同然だ。

「こちらも準備は整った！」

日配せすると、離れた場所に立つ会長が声を張り上げた。

魔導書に魔力を込めているのか、光を放っている。

審判（という名の監視員）として、フィールドに待機する教師の一人が俺らの間に立つ。

「ではルールの最終確認だが、勝利条件は相手術者の使い魔全てを戦闘不能にすることで、術者への直接攻撃は禁止。その他危険行為が見られれば我々が止めに入り反則負けとする」

これは召喚士同士の模擬戦でよく見られる、オーソドックスなルールだった。

「問題なければ、私が手を振り下ろすことで模擬戦の開始とするぞ。両者、構え」

教師が手を振り上げ、観客席からの罵詈雑言《ばりぞうごん》が止んだ。

演習場の空気が張りつめる。

大丈夫だ。全て上手くいく。そのための仕込みはできているのだから。

「……始め！」

教師が叫ぶと同時、ソフィアが光弾を放った。様子見の一撃だろう。

使い魔四体が散開し、的を失った光弾が地面を抉《えぐ》って砂埃《すなぼこり》を巻き起こす。

「ロウガとアレスは魔人へ直接攻撃！　意識を散らすように多方向から攻めろ！」

会長の命令に従い、人狼とクリスタルゴーレムが左右から挟撃してきた。

ソフィアはクリスタルゴーレムの大振りな打撃を器用に躱《かわ》しつつ、手数の多い人狼の攻撃を片腕で防ぐ。その顔には余裕の表れか嘲笑《ちょうしょう》が張り付いている。

「サリア、攻性魔術！　エルは空中で待機し、大規模魔術の準備を！」

エルフが弓矢を構え、その矢じりに魔力が灯った。

次の瞬間、青い輝きが一筋、放たれる。

魔力によって加速した一撃は、とても反応が間に合う速度ではない。

「小賢《こざか》しい！」

しかしソフィアは攻防をしていた人狼を蹴り飛ばし、片手で強化された矢を摑《つか》んでしまう。

あまつさえ、そのままステップを踏むように体を回転させ、魔力を上乗せして投げ返した。

勢いと輝きを増した矢が、放たれた軌道を辿《たど》って射手の元へ。

咄嗟《とっさ》に飛びのくエルフだが、間に合わない……そう思われた瞬間、何層もの透明な障壁が出現して矢の勢いを殺していく。矢は止まりこそしなかったが、エルフは間一髪で避け切った。

会長のサポートだ。

「うかつだぞ！　放てばすぐに動け！」

「申し訳ありません！」

「反射不可の攻性魔術を放て！　手を休めるな！」

「はいっ！」

会長の指示にエルフが呪文の詠唱を始めた。

紡がれる文言によって、エルフの周囲に次々と火球が浮かび上がっていく。

火球が発する高熱によって、辺りの空気が歪《ゆが》む。すさまじい熱量だ。

「これだけあれば……いっけぇ！」

数えられないほど大量の火球が、ソフィア目がけて次々飛来した。

同時に、ゴーレムが連係をとってソフィアへと襲い掛かる。

「はっ。なんたる児戯《じぎ》か！　恥を知れ！」

事もなげにゴーレムの大振りをかわしたソフィアが地面を殴ると、それに呼び起こされるように地鳴りを伴って地面が盛り上がった。そのまま巨大な土壁が生まれる。

火球はもれなく土壁に衝突し、その表面を這《は》うように炎がうねった。

「そんな⁉」

「弱い弱い弱い！　くははっ！　身の程を弁《わきま》えぬ弱者に、現実を知らしめてやるこの瞬間こそが至高の快楽であるなぁ！　ははっ……はーっはっはっはっは！」

　ソフィアがゲラゲラ笑いながらクリスタルゴーレムを殴打する。目視できない速度で幾度も拳《こぶし》を打ち込まれた水晶の魔物は、見る間に体を削られ、変形していった。

　トドメとばかりに回し蹴りを腹に打ち込まれたゴーレムが吹き飛び、観客席に展開した結界に叩きつけられる。一拍遅れて生徒たちの悲鳴が響いた。

　ゴーレムは地面にずり落ちると、そのまま動かなくなった。

「まずは一体！　ついでに魔力でも回復しておくか？」

　大気中の魔力が渦を巻きながらソフィアへ収束していく。

　過剰摂取によって体から溢れ出した魔力が、青いオーラとなりソフィアを覆った。

　そのおぞましさ、そして美しさに、俺は目を奪われそうになる。

　圧倒的な光景に、会長らもひっ迫したような表情をしていた。

　……これ、本当に大丈夫なのか？　予想より、ずっとソフィアが強いのだが。

　果たして目的のポイントまで誘導できるのだろうか……？

「良いものをくれてやろう！」

　ソフィアが魔力を纏《まと》った拳で、己が作り上げた土壁を殴り壊す。

　砕かれた土砂が魔力を帯び、中空で待機し続ける竜や、走りながら呪文を唱えていたエルフへと迫る。追尾するそれを、竜は炎を吹いて溶かし、エルフは竜巻を発生させていなした。

が。

「隙だらけだ！」

ソフィアが地面を蹴り、竜の放つ火炎の中に飛び込んだ。土砂をも防いだ高温の炎を全身に浴びてもものともせず、勢いのまま竜の背中に着地、両手を頭上に掲げる。

「雷爪である！」

振り下ろされた両手から紫電が放たれ、赤竜が感電した。

青白い火花が幾筋も飛び散り、周囲の照明が次々と割れ、耳障りな破裂音が続く。

だが赤竜は電撃に耐え、雄叫びを上げた。

その咆哮《ほうこう》に呼応し、赤竜とソフィアの頭上に巨大な魔法陣が浮かび上がる。

直径十メートルはあろうかという、円形の魔法陣。

「なんだ？」

雷撃を放ちながら首をかしげるソフィア。

次の瞬間、魔法陣から光が放たれた。

土石流のような怒濤《どとう》の光に、ソフィアが赤竜もろとも呑み込まれる。

捨て身の一撃。

眩《まばゆ》い輝きが演習場をあまねく照らし、たまらず顔を覆った。

「直撃だ！」会長が叫んだ。「古代竜種のみが扱える原初の魔法！　そのまま光に焼き尽くされてしまえ！」

激しい光は地面をも穿《うが》ち、魔法陣と同じ円形の穴を生み出す。

空気が震えていた。肌に痛みを感じるほどの振動が伝わってくる。

呑み込まれたものは強すぎる光に遮られ、その姿を認めることはできない。

そんな強烈な光も段々と輝きを失っていき……やがて、宙に浮かぶ魔法陣が消え去った。

「……やったか？」

言葉とは裏腹に、会長の所作に油断はない。

フィールドには底が見えない、深くて暗い大穴だけが残されている。

赤竜はおろか、ソフィアの姿すらない。

数秒の静寂。そして、破裂するような歓声が観客席から沸き上がった。

あら……？

ソフィア、やられちゃったの？

マジで？

いや、もちろん正攻法で倒せたのならそれが一番いいんだけど……会長、すげぇな。

てか、し、死んでないよな？　あの魔人、藤原《ふじわら》が混じってるんだけど……

そうやって、若干の不安を覚えたまさにその時だった。

穴の奥底から何かが飛び上がってきた。

赤い大きな塊。ボールのようにスピンをかけられたそれは、四方八方に液体をまき散らしている。パタタタッと飛沫《しぶき》が頬にかかった。手の甲で拭えば、生暖かいそれは、血だった。

会長が慌てて飛びのくと同時、赤い塊が彼女の目の前に墜落する。

果たして塊は、全身を傷だらけにした赤竜だった。

ぐったり脱力した赤竜は、か細い鳴き声を一つ上げ、力尽きたように目蓋《まぶた》を下ろす。

どう考えたって自力で戻ってきた風ではない。

では誰が赤竜を奈落から投げ上げたか……いや、考えるまでもないだろう。

いつの間にか――

あれだけの喧騒を極めていた場内が、水を打ったように静まり返っていた。

大穴の中に、まだ、いる。この場の誰もがそれを理解していた。

無数の視線が注がれた奈落の底から、人影が飛び上がる。

空高く舞い、軽やかに着地したのは……やはり、ソフィアだった。

だが無傷ではない。左腕が半分以上炭化し、黒煙を上げている。

「ふん。蜥蜴《とかげ》の分際で中々やりおる」

「ソ、ソフィアさん？　腕、なんか、炭になってますけど……」

「ん？　これか？　すまぬの、油断した。だがこんなものはすぐ治る。案ずるでない」

ソフィアが己の損壊部分に右手をかざせば、言葉通りにたちまち癒えてしまった。

傷一つ残っていない。ふざけてる。

とんでもないレベルの治癒魔術だ。もはや永久機関じゃないか。

「赤竜の原初魔法だぞ……？　それを、無防備に食らって……こ、ここまでとは……！」

会長が戦慄《わなな》く。

あの一撃は彼女の切り札だと聞いていた。召喚士にとって竜を使役するというのは一種のステータスであり、それほどに彼らは強力な魔物とされているのだ。そんな魔物が放った渾身《こんしん》の魔術がこうも呆気なく破られたのだから、恐怖を抱いてしかるべきだろう。

今や全ての観客が息を呑み、恐れるようにソフィアを見ていた。

教師たちですら顔を強張らせ、補助器具を強く握り締めている。

俺だって言葉を失っていた。

強いとは、思っていた。会長では勝てないとも、確信していた。

それでも、ここまで圧倒的だとは思っていなかった。

あの女、クエストの時は、あれでも相当手を抜いていたのか……？

「二体目だ。折り返しだの？　それ、気張らぬか。このままでは終わってしまうぞ？」

ソフィアがコキッと首を鳴らし、立ちすくんでいた二体の使い魔へ歩み寄る。

「っ……ロウガ、サリア、予定通りに動け！　もはや正攻法では無理だ！」

弾かれるように二体の使い魔がソフィアから距離を取った。

「鬼ごっこか？　無駄な足掻《あが》きだの――」

そう呟《つぶや》いた時には、ソフィアが人狼に肉薄していた。

相手が認識するより先に、両手を組んで、上段から頭を打ち据える。

人狼は地面に叩きつけられ、白目を剝《む》いたまま動かなくなった。

立ち上がる気配なんてない。

「あと一体。学園の長《おさ》などと言っておきながら、なんと他愛《たわい》のないことか」

ソフィアがエルフに視線を投げた。

まずい。終わる。

「ソフィアさん！　最後ですから瞬殺せずにしっかり恐怖を植え付けてください！」

「ん、任せよ」

気楽に答えたソフィアが、エルフへ向けて次々と光弾を放った。

それらは一発としてエルフに直撃せず、ぎりぎりのところをかすめていく。

「それそれ、逃げよ逃げよ。もはや貴様にできることは無様な逃走のみである」

雨霰《あめあられ》と襲いくる光弾から必死に逃げ惑うエルフをゆったり追いかけるソフィアの姿は、ネズミを弄《もてあそ》ぶ猫そのものだ。勝負になっていない。

嬲《なぶ》られるエルフも魔術を駆使してどうにか逃れようとあがいていたが、それがかえって自分を傷だらけにしていく。仕方がないとはいえ、見ていて気持ちのいいものではない。

「ぐっ、はっ、はぁっ……確か……ここね……！」

だが、しばらく逃げ続けていたエルフが、急にある地点で足を止めた。

顔を上げて、ソフィアをキッと睨《にら》みつけ、拳《こぶし》を構える。

「ふううぅ……来いッ！　せめて一矢報いてやる！　正々堂々私と殴り合え！」

エルフの挑発に、ソフィアが口の端《は》を吊り上げて凶悪な笑みを浮かべた。

そして指を鳴らしながら歩み、エルフの前で立ち止まる。

「その覚悟や、潔し。褒美《ほうび》に一撃で楽にしてやろう」

ソフィアは放たれた拳を真正面、額で受け止めると、お返しとばかりにエルフの顔面に拳骨を叩き込んだ。

演習場に鈍い音が響き、殴り飛ばされたエルフが二転三転し……動かなくなった。

ノックアウト。

ソフィアが「うむ！」と力強く、満足気に、頷いた。

「やったぞ！　これで主様が王である！　ここから始まるのだ！　我々の覇道が！」

静まり返った演習場にソフィアの高笑いが木霊《こだま》した。

ゴーレム。赤竜。人狼。エルフ。

フィールド上の使い魔たちは、ことごとく力尽きた。

規定上では言い逃れのしようもなく会長の敗北である。

だが、そんなことはもはやどうでもよかった。

最後の最後、エルフが目的を達成してくれていたから。

「……ソフィアさん、ストップ。動かないで。危ないですから」

喜色満面に溢れて一歩を踏み出したソフィアに、俺は声をかける。

ソフィアは不思議そうに、だが素直に歩みを止めた。

「どうしたというのだ？　危ないもなにも、主様の敵は妾《わらわ》が全て……」

俺は隠し持っていたゼウス一号を装着し、手にしていた魔導書に魔力を送り込んだ。

ソフィアの足元が光を放つ。

カモフラージュしていた芝生が吹き飛び、隠蔽していた魔法陣が現れたのだ。

「魔法陣!?　なんだこれはっ……主様!?」

観客席からどよめきが起こった。ソフィアの足元に出現した魔法陣が、既存の魔術体系から外れた異質なものだからだろう。紫の光を放つ魔法陣の正体を知る者は、俺と会長、あとは旭《あさひ》を除けばこの場にはいないはずだ。

加えてその未知の魔術を、己の使い魔へ向けているという状況も動揺を誘う一因となっているに違いない。

「よもや謀《はか》ったのか!?　だとすればっ……だとすれば、冗談では済まされぬぞ!?」

「こっちだって冗談で済ますつもりはありませんよ。申し訳ないですけど、どーしても生徒会長になりたくないんです。ついでに言えば世界大統領とかいうのにも興味ないです」

俺の返答に、ソフィアがみるみる表情を険しくしていく。

そして苛立《いらだ》ったように魔法陣から出ようとし……魔法陣上に展開した結界に阻まれた。

乱暴に透明な壁を殴るソフィアだが、その程度で壊れるような作りはしていない。

「……そうかそうか。そうであるのだな？　よーくわかった。主様は余程妾を怒らせたいようだ。愚かな。敵対する者は、たとえ我が主であれども容赦せぬぞ。この妾が忠臣として一度、しっかり、教育をしてやらねばならぬようだの……！　そう、らっ！」

放たれた光弾は呆気なく結界に弾かれた。

ソフィアが目を見開く。

「馬鹿な。これは召喚試験の時と同じ……いや、それより遥かに強固な……ならば！」

と、続けて放たれた爆炎も結界に阻まれて消えていく。

「なっ⁉」

「上位世界へアクセスするための技術を応用した結界です。絶対に破れませんよ」

「は、あ？　今、上位世界と言うたか？　……き、記憶を取り戻したのか⁉」

「え？」

わけがわからずに素で返すと、ソフィアも不思議そうに見返してきた。

なんだか変な空気に。まあいいか。情報に齟齬《そご》でも生じたんだろう。

「えっと、一応説明しときますけど、それはここより上位の世界の魔物を召喚する際に用いられる魔術の一部を応用した特殊な魔法陣で、普通のものとは根本から作りが違います」

「……ふん。大したものだ。で？　その特殊な魔法陣で妾《わらわ》をどうするつもりだ？」

「別にソフィアさん自体をどうこうしようっていうんじゃありません」

言いながら、魔導書へ魔力を送り込んでいく。

魔法陣が輝きを増して渦を巻き、ソフィアの燃え盛る炎のような髪を吹き上げた。

「理論が正しければ、作り上げたこの魔術で！」

俺のすぐ前、地面が輝きを放つ。

次の瞬間、芝生が吹き飛びもう一つ魔法陣が現れた。

同時にソフィアが顔を歪《ゆが》めて膝をつく。

「なにを……！」

紫に輝く新たな魔法陣のその上に、肌色の肉塊が浮かび上がる。

ハンドボールサイズのその塊は、胎動するように激しく蠢《うごめ》き、かと思えば瞬く間に肥大化すると、やがて人の形を取って……そのまま一人の女へと変化した。

長い黒髪に、華奢《きゃしゃ》な体をしたそいつは……

「よぉしっ！」

目論見《もくろみ》が上手くいき、思わず小さなガッツポーズを作った。

魔法陣が輝きを失い、宙に浮く女が背中から地面に落ちる。

意識がないのか、倒れたまま動かない。

「それは、藤原《ふじわら》千影《ちかげ》か？　いや、間違いない、妾の中から藤原千影の魂魄《こんぱく》が……」

ソフィアが呆然と呟《つぶや》いた。

観衆も教師も、その場にいる人間は皆言葉を失い、藤原を見ている。

全裸の藤原を。

うん。ちょっとだけ失敗したかもしれない。

さすがにこのまま放置はあまりに酷過ぎるので、学ランを脱いで急いで藤原に着せた。

「会長、後は頼みます。俺、今ので一気に魔力を持ってかれたんで」

「あぁ。よくやってくれた。あとは私に任せてくれて構わない」

いつの間にか傍まできていた会長が力強く頷き、己の魔導書に手のひらを乗せた。

ソフィアを拘束する俺の魔法陣が輝きを失い、その下に別の魔法陣が現れる。

青く輝くそれは、異世界とのトンネルを開くための転送陣だ。

「説明をせぬか！　何が起きておるのだ⁉　わからぬ、まるでわからぬぞ⁉」

ソフィアが結界を殴りながら声を裏返す。

俺の結界とは違い、受けた衝撃に透明な壁が揺らいでいた。会長がうめき声をあげている。

俺は藤原に着せた学ランの前ボタンを留めながら、ソフィアを見やった。

「ソフィアさんの中から藤原の魂だけを抜き出して、その魂を元に体を再構成したんです。早い話が分離ですね」

上位世界の生物を喚《よ》び出す際は、魂魄《こんぱく》だけをこちらの世界に引きずり込む必要がある。

その技術を応用し、ソフィアの中から藤原《ふじわら》の魂魄を抜き出したのだ。

「で、今から転送陣でソフィアさんを元の世界に送り返させてもらいます。お疲れ様でした。どうか元の世界でもお元気で」

「ふざけるな!!」ソフィアが金切り声をあげた。「なぜそのようなことを!? 藤原千影《ちかげ》との分離はまだわかる！　だが、妾《わらわ》を元の世界へ送り返すというのはわからぬぞ!?」

認めたくないと。

ソフィアが結界を殴りながら、悲痛な表情で必死に訴えてくる。

価値観は合わずとも、ソフィアなりに俺を真剣に想っていたことがわかってしまい、自分でも予想外の心苦しさを覚えた。せめて理由だけでも伝えておくべきだろう。

「わかってください。あなたは俺の手に余ります。価値観のすり合わせも全くできません。だから、その、ごめんなさい」

「…………で、ある、か」

ソフィアの表情から感情が抜け落ちた。

空恐ろしいまでの無表情で、俺を見つめ返してくる。

かと思えば、ピクッ、ピクッ、と表情筋が小刻みに痙攣《けいれん》しだした。

「よ……」

「よ？」

「よくも、よくもまあ、この妾を……ソフィア・エーデル・エイラムを、ここまでコケにしてくれたものだのぅ？　あぁ？　この代償は高くつくぞ？　償えると、思っておるのか……？」

巻き上がる燐光《りんこう》に包まれたソフィアは、笑っていた。

口の両端を極限まで吊り上げ、真っ赤な瞳に隠しきれない狂気をたたえて笑っていた。

「生まれて初めてだ……こ、こっ、ここっ、までっ、馬鹿にされたのはっ……舐《な》められたのは！　こんな感情は!!　許さぬ、絶対っ……！　絶対だ！　どれほど謝ったとしても許さぬぞ!!」

「あの、ホントすみません。でもですね」

「妾が！　この妾がだ！　主様のために！　他人のために働いたというのにっ!!　き、貴様は、そんな妾を不要になった途端、ゴミのように捨てると言うっ……な、なんとも思わぬのか!?　この妾に対して何も感じぬというのか!?　あぁ!?」

「も、もちろん心が痛みますよ？　痛みますけどね、でもこうするしかなくて」

俺の返答を受け、ソフィアが堰《せき》を切ったように笑いだした。

壊れたオーディオプレイヤーのようだった。

腹を抱え、涙を流しながら、笑う。

そのくせ殺意満点の目で俺を睨《にら》んでくるのだから、もう……

「そ、そうかそうか！　そうするしかないと！　く、くはっ、くはは、な、ならば妾《わらわ》は絶対に後悔させてやるとしようかの！　ひぃーっ！　あは、あーははは！　愚か者が、妾を敵に回して生きながらえることができるなどと思うでないぞ⁉　貴様は必ずこの妾が殺してやるッ……！　あっははははは！　後悔を与えてっ……決して、決して耐えられぬ責め苦をぉ！」

怖すぎる。

めちゃめちゃ怒ってるじゃないですか。

「……会長、早くあの人を送り返してあげてください。なんだか今にも視線で殺されそうで怖いんですけど。冗談とかじゃなくてマジで漏らしそう。が、眼力が……」

「言われずとも全力でやっている。やっているのだが、あの魔人の魔術耐性が高すぎる。雑に処理をすれば今にも結界を破られかねない抵抗が……こんなのは初めてだ。あの女どうかしているぞ。ありえない。わずかでも油断すれば、一瞬で破壊されてしまう……」

会長は額にびっしり脂汗を浮かべていた。顎《あご》の先からはぼたぼた汗が滴っている。

いや待って。これ、実は相当やばかったりしないか……？

「だ、大丈夫なんですよね？」

「……最善は尽くす」

切迫した声音に、一気に不安が溢れ出した。

俺は固まった表情筋を揉みほぐし、無理やり作った笑顔をソフィアへ向けた。

獰猛《どうもう》に歯を剝《む》くソフィアが、俺の視線にヒートアップするように叫びだす。おっかない。

「落ち着いてください。ね？　別に俺は、あなたが嫌いだから送り返そうとしているわけじゃないんですよ？　ただ、この世界の倫理がソフィアさんの価値観には合わないなと」

「黙れ!!」

「ひっ」

「初めてだったのだぞ!?　妾が他人を、男を認めたのはっ！　貴様ならば——上位世界へアクセスするほどの力を持った貴様とならば、共にいられると！　そう思えた！　……初めてだったのに！　この妾が共におりたいと思えた男は、貴様がっ……妾は本当にっ……！」

「あの」

「く、くは、くははは！　それがこんな、こ、このような裏切りも、は、初めてっ……はじっ、ふぐっ、ふぐうぅぅ……！　うううう、ぜ、絶対に許さぬぞぉ……！」

あのソフィアが、ボロボロと泣き出してしまう。感情が臨界点を超えたかのようだ。

でもそれを哀れだとは、可哀そうだとは、到底思えない。

なにせ殺気がまるで収まっていないのだ。

絶えず結界を殴り続けているのだ。

鬼の形相で。今にも喉笛をかみ切らんばかりの目で。もう手負いの獣も同然だ。

「ホントすみません、勘弁してください！　で、でもソフィアさんだって悪いんですよ!?　こっちの言い分を全然聞かずに自分の好きなように暴れて、もはや対処のしようすらないって言うか、エゴが凄いって言うか！　相手してられませんよ！　マジで！」

「男であれば女の我がままくらい受け入れろぉ……！　はっ、はあっ、はあぁぁっ……ふじゅっ、ゆ、ゆる、ぜっ、絶対、許さぬ……！　絶対、絶対にだッ！　許さぬぞおぉ！」

泣きはらした顔で、しかし満面の笑みを浮かべるソフィア。

俺はかつてここまで『可愛さ余って憎さ百倍』を体現した生き物を見たことがない。

一刻も早く、元の世界にお帰りしていただかなければ……

「ぐっ」

会長の、呻《うめ》き声。

「そ、想太《そうた》くん、すまない……！」

え？

心臓に氷水を流し込まれたような怖気《おぞけ》が、全身に走る。

バッと振り返れば、膝をついた会長。今にも死にそうな顔で俺を見ているが、その焦点は定まっていない。失神を堪《こら》えるように嚙みしめられた唇からは、幾筋もの血が流れていた。

どう見ても限界が近い。いや、違う。すでに限界を超えている。それでもなお、踏みとどまっているのだ。だからそれは、いつ倒れてもおかしくない、ということなのだろう。

終わった……

「は、ははっ、ははは、あは、あっはははははは！　お、惜しかったのぅ!?　あと一歩だったのになぁ!?　だが所詮《しょせん》は人間！　この妾《わらわ》に敵うわけなどなかったのだ！　やはり、やはり妾は一人でよかった！　なにが主だ！　妾に並び立つ者などおらぬ！　ははっ……は、恥ずべき記憶と共に貴様を抹消してくれようか！　くは、くはははは!!　はーっははははは！」

背後からは、狂喜に満ちた魔人の声。

恐怖で体が震えて、ソフィアを見ることができない。

「逃げてくれ……！　こんな、こんなはずでは……！　すまない……！」

会長が息も絶え絶えに言う。

いやこれ、逃げても殺される。つーか会長置いて逃げられるかよ。

だが、どうすればいいんだ？　もはや俺も会長も『神様』を喚《よ》び出すための魔力なんて残しちゃいない。だって作戦が上手くいくと思っていたから、完全にこれに注力してしまった。

とりあえず俺の結界を再起動させて……ぁあ駄目だ、転送陣を使えなければ結局はジリ貧だ。

一時的に封じ込めても無駄に魔力を消費するだけで意味なんかない。

だったら、そうだ、強制命令だ！　あ、で、でも、今のあれに通じるのか？

違う！　通じるとか通じないとかじゃない！　もうそれしか手が残ってないんだ！

それなら、なんて命令すればいい？　し、死ねとか？　いやさすがにそれは駄目だろ!?

けどっ……ぁあくそっ！

考えがまとまらない！

「芦屋《あしや》くん……」

聞こえた声に、ぎょっとして振り向く。

学ラン姿の藤原《ふじわら》が起き上がっていた。

「お前、意識が戻ったのか!?」

少しだけ気怠《けだる》そうだが、目立った異常は見当たらない。

ただ、額には相変わらず服従の刻印が刻まれたままである。

「おかげ様で。状況は……」藤原は周囲を見渡した。「なるほどね。詰めが甘かったの？」

高い理解力のおかげか、はたまた分離直前までソフィアと記憶を共有していたからかは定かでないが、藤原は特に説明せずともこの窮状を理解してくれた。

「そうだな、そんな感じだ。せっかく分離できたのに、こんなことになってて悪い」

切迫した状況で、いつもの憎まれ口を叩く余裕もない。

藤原はゆるゆると頭を振った。

「ううん。助けてくれてありがとう。大丈夫よ。あとは私に任せて」

「え？」

「私に魔力を……って、芦屋くん、きっともう魔力、それほど残ってないわよね。だとしたら、分けてもらったところで、供給回路越しだとロスしてほとんど消えちゃうのか……」

藤原はため息を吐《つ》くと、俺に歩み寄ってきた。

正面、一度だけ深呼吸を挟み、俺を見上げてにっこりと笑う。

そして、俺の頭へと両腕を伸ばしてきたと思ったら。

「──目、閉じて？」

「は？　いや、お前……」

「いいから」

何がなんだかわからないものの、とんでもない威圧感にあてられて、目を閉じた。

すると。

「んぶぅー!?」

唇を奪われた。

口に触れた柔らかい感触、その奥から弾力のある肉が割って入ってくる。

「んっ、んふっ、んむぅ、むふぅぅぅ!?」

慌てて目を開けば、眼鏡のレンズ越し、超至近距離まで接近した藤原の顔が。

その大きな目は閉じられている。

うわあ、こいつ、まつ毛長ぇ……じゃなくて！

口の中では侵入してきた舌がうねり、歯茎や唇の裏、そして俺の舌に絡みつき、粘膜越しに魔力を吸い取っていった。もがいても頭をがっしりホールドされていて全然逃げられない。

まるで大蛇に捕らわれたようだった。

このまま喰われる、と思った。

「……はっ⁉　貴様ら、な、何をしておる⁉　おい、聞いておるのか⁉　……おい‼」

ソフィアが叫んでいたが、それは耳を素通りしていく。

こっちはそれどころじゃねぇんだよ。

「んぐっ、ふ、ふううぅ………ん、ん？」

呼吸ができず、鼻から荒々しく空気を吸い込むと、馴染みのある匂いがした。それが共同生活の中で幾度となく触れた藤原《ふじわら》の匂いだとわかった途端、不思議と気分が落ち着いていく。

そして、慌てこそしたが、この行為自体にはさほど不快感がないことにも気がついた。

これは……あれだな。心理学でいうところの安心毛布的なあれだ。違いない。うん。

視界の中、藤原がゆっくりと瞼を開いていき……薄く笑った。

「――ぷはっ」

もう十分に魔力は奪い取ったと、口を離して、俺の胸を軽く突き飛ばしてくる。

大量の魔力を奪われた俺は、踏ん張りきれずにたたらを踏んだ。

「まったく。こんなのがファーストキスだなんて――最悪」

学ランの袖で口を拭った藤原が吐き捨てた。

けど、目の錯覚だろうか？　袖に隠れたその口元は、緩んでいるようにも見えて……

「まあでも、おかげで魔力は手に入ったことだし。ええ、やるわ」

藤原《ふじわら》がソフィアへ歩み寄る。

ソフィアを囲む会長の結界は、まだかろうじてその機能を果たしていた。けれど魔法陣に走る青い光はか細く、障壁も揺らぎ、数秒後にもその形を保てている保証はない。何よりすでに会長が倒れている。魔力どころか意識すらほぼ残ってはいないだろう。けど、それでも魔導書に手を乗せ、最後の最後まで魔力を注ぎ込んでくれているようだった。

「ふふっ。羨《うらや》ましい？　負け犬さん？」

藤原の挑発に、魔人の顔が、表情が、壊れた。

言葉としての体《てい》をなしていない絶叫。

結界が砕け散るのに先んじて、藤原が片腕を前に突き出した。その指先がわずかに輝く。

瞬間、ソフィアの足元に魔法陣が展開される。続けて魔導回路に青い光が走った。

転送陣だ。けれどそれは会長が残したものではない。考え難いことだが、藤原がたった今、その場に生み出したのだ。そうとしか考えられなかった。

あたかも、ソフィアが詠唱も補助器具も必要とせずに魔術を扱うように、だ。

「また結界か!!」

「転送陣よ。会長に代わって、私があなたを異世界に送り返してあげる」

輝きを増していく転送陣に、しかしソフィアが抵抗する。

「はっ！　そこのクズを己だけでは救えずに、妾《わらわ》へ救いを願い乞うた、貴様ごときがか⁉」

「忌まわしき過去だわ。だからこそ、あなたを送還することでその汚点を清算するのよ」

「言わせておけば……！」

ソフィアに睨《にら》みつけられた藤原が微笑んだ。

「それにしても、このシチュエーションって召喚試験を思い出しちゃう。まあ、あの時とはやることがまるきり逆だけども。だってそうよね？　あなたなんて、もういらないんだもの」

ソフィアの顔が紅潮した。

「み、身の程もわきまえずに妾を愚弄《ぐろう》しおって……！　こっ、後悔しても遅いぞ⁉　貴様は殺すっ……！　そこのクズも殺す！　ついでにこの世界も滅ぼす！　これは確定事項だ‼」

「やれるものならやればいい。きっと無理でしょうけどね。だってあなたは、これから私に送還されちゃうんだから。言っとくけど、あなたじゃ今の私を止められないわよ」

「調子に乗りおって！　この、盛りの付いたメス猿めがぁ‼」

「は、はあぁ⁉　あ、あ、あなただって人のこと言えないでしょぉ⁉　フられて暴れてみっともないったらありゃしない！　はんっ！　年下男子に相手にされなくて残念だったわね⁉」

「こっ……があぁぁぁぁぁぁぁぁ‼　うああああああああああ‼」

ソフィアが暴れだした。次々と魔術を繰り出し、がむしゃらに障壁を殴りつける。

その度に、言葉や態度ほどには余裕がないのか、藤原が小さな声を漏らした。

けれどソフィアを睨《にら》みつける鋭い眼差しだけは微塵《みじん》も揺らがない。

……とはいえ、相手はソフィアなのだ。最強の魔人、会長ですらやられた化け物である。

今の藤原《ふじわら》は絶好調であるように見えたが、それでも不安は拭い切れない。

くそっ。俺はもう、ただ見ていることしかできないのか？

もちろん俺は自分の弱さを自覚している。手助けしたくとも、足を引っ張るのが関の山だ。

先生たちですら傍観しているのに、何をかいわんや、というやつである。

でも、なんでもいいから、力に……あぁ、そうだ。

俺はほんの少しだけ悩み、藤原の隣に立った。そしてソフィアに向けられていない、藤原のもう片方の手を取る。触れた手がぴくっと震えたが、振り払われはしなかった。

「魔力、できるだけ送り込むから。俺にはこれくらいしかできないけど、その……がんばれ」

「……ん。がんばる」

体の奥底から魔力を絞り出し、ぎりぎりまで流し込む。

藤原が送還を担ってくれるというのであれば、俺にはまだ最後にやらなければならないことが一つだけ残されている。だから全てを渡してやることはできない。でも、それ以外は全て、藤原に渡す。もう、それくらいしか俺にはできない。

どうか頼む。

俺ら二人の姿に魔人の怒りが頂点に達したのか、獣のように叫んだ。

攻撃がさらに苛烈《かれつ》になる。結界を攻撃されるたびに藤原がよろめくので、支えた。

「大丈夫か？」

「え、ええ。問題ないわ。なんだかんだといって、あの女も消耗してたみたい。少しずつだけど、抵抗が弱まってきてる。あと少しよ……あの女だって、それはわかってるはず」

「そうか」

結界の中で暴れるソフィアは、言われてみれば確かに、時折苦悶の表情を浮かべているようにも見えた。そうだよな。術者が圧倒的に優位な転送の魔術に対して、転送対象でありながらこれほどに抵抗をしてのけたのだ。いくら最強の魔人といえども、限界はあろう。

「もし、あの女に伝えときたいことがあるなら、今のうちよ」

藤原の言葉に、少し考える。

伝えたいこと……別に、ないかな……

ただ、まあ。

「ソフィアさん。いつかの時は助けてくれてありがとうございました。それと、すみません」

最後に一言だけ謝り、俺は魔導書になけなしの魔力を送り込んだ。

息を吸い込む。

「……芦屋想太《あしやそうた》が命じる！　ソフィア・エーデル・エイラムよ！　この世界のことを全て忘れ、元いた世界で何事もなかったかのように過ごせ！　特に俺らのことは念入りに忘れろ！　記憶の奥底に沈めて、二度と思い出すことがないようにしろ!!　……絶対、絶対に思い出すなよ!!」

ソフィアの額の刻印が燐光《りんこう》を放った。

服従の刻印による強制命令だ。

ソフィアが戦慄《わなな》き、叫ぶ。

「このクズがぁ!!」

結界を殴り、張り付き、額を押し付けてくる。

障壁を一枚隔てた向こう側、ソフィアが極限まで目を血走らせ、俺を睨《にら》みつけてきた。

「ふざけるな!　そのような品性下劣な行いっ……畜生、畜生、畜生ぉ!!　消えてゆく……!　わ、妾《わらわ》の記憶がっ!　畜生!　ぐ、うぅ……忘れぬ、忘れぬぞ!　決して、決して!　忘れぬ、忘れてなるものか!　この感情、この悔しさ、この情念を忘れてっ……」

「さよなら」

藤原《ふじわら》の宣告と同時、ソフィアの足元から光の奔流が巻き上がった。

煽《あお》られ、ソフィアの輪郭が歪《ゆが》む。

「必ず、戻る!　全てを思い出してこの世界に!!　貴様は妾がっ、貴様は妾のっ……そっ……想太《そうた》あああ!!　逃さぬ逃さぬ逃さぬぞ逃さぬ絶対に逃さぬ逃してなるものか!　たとえそれが那由多不可思議無量大数を越えた先にある平行世界の彼方であっても妾は必ず貴様をおおぉおお、お…………」

まるでエコーがかかるように、ソフィアが光の向こうへ消えていった。

転送陣が完全に力を失う。

そこに、怒り狂う魔人の姿はなかった。

終わった……？

助かった、のか？

俺は死なずに……すんだ、のか？

本当に？

あぁ……

ずるずるとその場にへたり込んだ。

「よっしゃぁ……」

気が抜けて、声に力が入らない。

激しく拍動する胸を、震える手で押さえていたら「芦屋《あしや》くん」と名前を呼ばれた。

顔を上げれば、学ラン姿の藤原が、俺を見ていた。

「藤原……」

「どうにかなったわね」

「お、おぅ。見ろよこれ、今頃になって指が震えてきた。最後、マジで怖かった。ちびるかと思った。いくらなんでもキレすぎだろ、あの女……」

ぶるぶると痙攣《けいれん》する指を見せると、藤原《ふじわら》が嘆息した。

「やっぱり締まらないわね。最後くらい、ビシッとかっこよく決めてくれない？」

「無茶言うなや。あぁー……いや、マジで死んだと思ったわ。っはー……つーか藤原がタイミングよく目覚めてなけりゃマジで死んでたし。本当に助かった。……ありがとな」

張りつめていた緊張の糸が切れたからか、自分でも驚くほど素直に礼を述べていた。

藤原は意外そうに眼を瞬くと、苦笑して、へたり込んだ俺に手を差し伸べてくる。

「ほら、立てる？」

「あ、どうも」

手を取ると、力強く引き上げられた。

けれど魔力をあらかた使い切っていたせいで、力が入らずよろめいた。

踏ん張りがきかず、引き上げられた力そのままに藤原へ寄りかかってしまう。

「っと、悪ぃ」

「いいの、気にしないで」

正面から抱き着き合う形になったにもかかわらず、非難されなかった。

藤原の思いやりに溢れた対応に驚いていると、密着したまま「芦屋《あしや》くん」と名を呼ばれる。

「あ、あぁ、すぐにどくから……」

「こちらこそ、助けてくれてありがとう。嬉しかった」

耳元で囁かれた、優しい声。

横を向けば、藤原が、やわらかな笑みを浮かべていた。

邪気も皮肉もない、眩《まぶ》しい笑顔。

あまりに珍しい出来事に、俺は唖然としてしまった。

そんな反応をされて、藤原も恥ずかしくなったのだろう。

急速に顔を赤く染めて、俺から離れると、「んべっ」と舌を出し、そっぽを向いてしまう。

いや、なんだよその全然似合ってない照れ隠しは。

耳、真っ赤だしさ。

お互いどれだけ動揺してんだか。

「どういたしまして」

俺は、気分を落ち着けるように頭をかきながら、返した。

そして静まり返った演習場を見渡し、ようやく一息つく。

さて、どうしたもんかな。

エピローグ　クラスメイトが使い魔になりまして

「ソフィアは魔人の中でも変異種と呼ばれる類いの、特別な個体だったのよ」

数日後。

一連の騒動の後始末がようやく終わったその日の放課後。

俺は今回の出来事について整理を付けるために、藤原《ふじわら》と共に生徒会室へと訪れていた。

本当はすぐにでも会長を交えて話をしておくべきだったのかもしれない。だがここしばらくは慌ただしくて、十分な時間が取れなかったのだ。

俺と藤原、そして会長の三人しかいない室内で、来客用の椅子に深く腰掛けた藤原が淡々と語る。

「ソフィアのいた世界は、ここよりずっとファンタジーに偏った世界なの。だから当然のように私たち人間より優れた種族が山ほどいるんだけど、そういった世界においてでさえソフィアは突出していたのね。さらには皇族って出自まで加わるものだから、彼女には対等といえる存在なんてまるでいなくて、ずーっと孤独感を抱えながら生きてきた」

俺と会長は黙って藤原の話に耳を傾けていた。

藤原はソフィアの奥底に沈んでいた間、ずっと彼女の記憶を追憶し続けていたらしい。

そのおかげで、今やソフィアの考えが手に取るようにわかるのだという。

「だからこそソフィアは芦屋《あしや》くんを気に入った。いくら彼女でも上位世界に干渉するほどの力は持っていないから。つまり初めて自分と対等以上の力を持つ存在と巡り合えたわけね。だからこそ、その執着は馬鹿にはできない。好意が裏返って憎悪に変わった今、もしソフィアが服従の刻印を自力で解除するようなことがあれば、きっとあの魔人は芦屋くんを殺すためにどんな手を使ってでもこの世界に戻ってくるはずだわ」

「世界最強のメンヘラだな。笑える。奴が記憶を取り戻さないことを祈るしかねぇのか」

藤原の語る推測は、俺に多大な絶望をもたらしてくれた。当たり前だ。あんな化け物に命を狙われるとなれば、生きた心地なんかするわけがない。

「つーかなんだよ。上位世界にアクセスできる力って。なんでそんなもんが俺にあんの？」

藤原も、ソフィアも、会長さえも……それがさも当然であるように、語り、振る舞う。

俺が知らない俺のことを、なぜか知っている。

わからないのも、受け入れらないのも、俺一人だけ。三人の内、誰か一人だけがそう言っていたのならば、きっと俺はそれを虚言だと切って捨て、信じることなどなかっただろう。

だけどこんな状況下で己を信じ抜けるほど、俺は自分を信用していなかった。しかも実際、俺は会長から預かった魔導書の解析ができてしまったのだから、もはや藤原たちの方を信じざるをえないわけで。

「今は深く考えなくていい。どうせあなたは、自力では答えを導き出すことができない。それに万が一、その力のルーツにたどり着けたとしても……きっと全て、忘れてしまうのだから」

「忘れるって。それはお前が言うところの、俺がたまに見る『夢』とやらみたいにか？」

藤原《ふじわら》は「そ」と頷いた。

「でも、いつかはその失われた記憶を取り戻せる日が来る。私が取り戻してみせる」

「はあ……？　そりゃ、なんだ、どうも？」

「あと、勘違いしてるかもしれないけど、上位世界にアクセスする力と言っても、つまるところは知識でしかない。だから少なくとも今の芦屋《あしや》くんはただの魔術師なの。もっとも、あなたが本気になれば、その知識だってすぐに身に付けてしまうのでしょうけど。私たちと違って」

いまいち話を呑み込めない。

けれど具体的に教えてくれるつもりはないようだ。

会長も同じ考えであるらしく、口を挟まず静かに俺らのやり取りを見つめている。

俺は肺の空気を根こそぎ絞り出した。

「よくわかんねぇけど、結局俺は何もしなくてもいいってことか？」

「まさか。今のうちに死にもの狂いで鍛えときなさい」

「は？」

「ソフィアのこと、もう忘れた？　あの女がこの世界に戻ってきたらどうするの？　無残に殺されるわけ？　違うでしょ？　鍛えて、強くなって、返り討ちにしなくちゃならないのよ。私は、あの女がこの世界に戻ってくる確率は、そう低くはないと思ってるけど？」

　あっけらかんとそんなことを言われる。

　確かにそれはそうかもしれないが。

「百回生まれ変わったって、俺があの化け物に勝てるとは思えねぇんですけど？」

「別に芦屋くんそのものが強くなる必要なんてないじゃない。あなたは召喚士なんだから、使い魔に頼ればいいのよ。鍛えるってのはそういう意味」

　藤原が己の額を指さす。そこにあるのは、使い魔の証である刻印だ。

　それは、彼女の肉体を再構成した際、何をするでもなく最初から刻まれていたものだ。決して俺が意図して付けたわけではない。服従の刻印は、肉体でなく魂魄《こんぱく》との契約により生じるものなので、むべなるかなと言ったところではある。再構成に際してあわよくば解呪できていたらいいなあとも考えていたのだが、現実は甘くなかった。無念。

　会長が「そうだな」と藤原に同意した。

「あの魔人に勝てるかはともかく、想太《そうた》くんが訓練をしておいた方がいいというのは間違いないだろう。なにより君は今回の一件で目立ち過ぎた。数多《あまた》の魔術師に目を付けられたと言っても過言ではない。ソフィア以外からも身を守るために、最低限の力が必要だ」

　対面に座る会長が、机に肘《ひじ》をついて前傾になり、顔を近づけてくる。

「ここ数日だけでも例の魔法陣について、かなりの追及を受けたのだろう？」

その問いに苦い思い出が蘇る。このところ俺は数えきれないほどの魔術師から、例の魔法陣について技術提供をしてくれと迫られていたのだ。そこに東も西も本部も関係はない。なにせ会場にいなかったはずの魔術師まで詰めかけてきたのだから。

「あの魔術は世界に混乱をもたらしかねない。それは言うまでもなくわかるはずだ。あれを発展させた先には『神様』を喚《よ》び出す力が待っているのだからね。どんな魔術師であっても、あの魔法陣を見れば、そこに秘められている力が尋常ではないと、理解させられてしまう」

会長は腕組みし、背もたれに倒れこむ。

「それを仕方なかったとはいえ、大勢に晒してしまったのは……私も共犯だが、浅慮だったよ」

「……芝生が吹き飛んで魔法陣がまろびでるとか、考えもしませんでしたよね」

「うむ。そもそもあれしきの偽装で魔法陣を隠し通せると考えてしまった私たちは、やはり相当焦っていたのだろう。とにかく、あの技術は公開してはいけないよ。もし、モラルなき魔術師が『神様』を召喚するようなことがあれば、この世界にどれほどの災いが降りかかることになるか、見当もつかない」

「モラルに関してあなたがどうこう言える義理はないと思うけど」

藤原《ふじわら》がボソッと呟《つぶや》いた。召喚試験の事を言ったのだろう。

その辛辣《しんらつ》な指摘に会長が「う」と顔をひきつらせた。

「それは……その、申し訳なかった。あの時の私は、なんというか……本当に余裕がなくて、その、君の魔導書に細工をしてしまったのは、つまりだな……」

しどろもどろ。

すでに藤原は、魔導書に細工をした犯人が会長であることを知っている。当て勘だろうが、結果的には事実を導き出してしまったソフィア。奴と記憶を共有していたのだから仕方がない。

「危うく死ぬところだったんだけど。実際、あの場に芦屋《あしや》くんがいなければ死んでた」

藤原が無表情に会長をなじった。

責め立てられた会長は「ぐ」と口元を引き結び、顔を伏せる。

「……返す言葉もない。ただ、これだけは言わせてもらいたいのだが……誓って、命の危機にさらすつもりはなかったんだ。試験を失敗させて、想太《そうた》くんと違う学年になってもらおうと、それだけが目的で……こんなこと、言い訳にならないのは承知しているが……」

「あんな危険な魔人を喚び出すように魔導書を書き換えておいて殺意はなかった？　逆でしょ。殺意しかないじゃない。そもそも、どうしてあなたはあんな高位の魔人を喚び寄せる方法を知ってたの？　普通はあんなもん喚び出す構成式なんか作れやしないわよ」

「それが……わからないんだ。なぜ、自分があんなものの知識を持っていたのか」

会長が頭に手をやり、髪の毛をぐしゃっと握り締める。

藤原が胡乱《うろん》な目を会長へ向けた。

「とぼけてるの？」

「違う。確かに私は私の意思で藤原《ふじわら》さんの魔導書に細工をした。だがそれは、あくまで服従の刻印の構成式についてと、魔導書の発火についてだけなんだ。元々予定されていた魔物に関連する部分は弄《いじく》っていない……いや、弄るつもりはなかった。だというのに、気付けば細工をしていた。私が知り得ぬはずの知識を駆使して書き換えを行っていたんだ。私はそれを、こうして指摘されるまで、疑問にすら思わなかった……」

会長の弁明は不可解極まりない。だが、嘘を吐《つ》いているようにも見えなかった。

藤原が眉間にしわを寄せ、俺を向く。

「どう思う？」

俺は「さあ？」と肩をすくめた。

「でも、会長が言うように、あんなバケモンを召喚できる知識を会長が持ってたってのは、確かにおかしい気がする。トップの召喚士でもあれを喚《よ》び出せるかって言われると……」

「それは……でも、じゃあ、どういうことなのかしら？」

「全くわからん」

二人して首をひねる。解せなかった。

しかし、考えて答えが出る類いの疑問ではないという気もまたしていた。

「どのみち私が細工したという事実は変わりない。藤原さんの好きなようにしてくれて構わない。公表しようが、私刑にされようが、抵抗するつもりなどないよ」

会長が神妙な面持ちで告げる。

最後の審判を待つ罪人のようだった。

藤原はジッと会長を見つめて……やがて吐息を漏らす。

「今回は見逃してあげる。貸し一つよ。そのうち何らかの形で返して」

「いいのか？」

安堵というよりは、意外そうに会長が尋ねた。

「いいもなにも、全部を許したわけじゃない。ただ……私は、あなたも全てを忘れてしまったと思い込んでいたから。そうでなかった以上、私は謝っておかなくちゃいけなかった。たったそれだけのことができていれば、今回のことは全て防げていたかもしれないと思って。だからそれだけ。お互いに非があって、あなただけが悪いわけじゃない」

「……そうか。すまないな」

と、二人して何か通じ合ったかのように視線を交わす。

かすかな苦笑と共に。

俺？　蚊帳《かや》の外。

まあいいけど。

「……話は戻るのだが」

会長が仕切り直すように咳払いを挟む。

「例の魔法陣。とにかくあれを公表するわけにはいかない。しかし、そうはいっても存在自体を知られてしまった以上追及は避けられないだろう。間違いなく数多《あまた》の魔術師がその情報を狙い想太《そうた》くんのもとを訪れることになる。中には強硬手段に打って出る不埒《ふらち》な輩だっているかもしれない」

「否定できないのがすげぇ嫌だな」

「だから君は力を付けなければならない。己だけでなく、世界の秩序を守るためにも」

なんだか思ったよりずっと壮大な話になっている。

だけどそれを一笑に付すことなんかできない。

「もはや誰もが君を放ってはいられない。ゆめゆめそれを忘れないでくれ」


生徒会室を出て、藤原《ふじわら》と共に寮への帰路に着く。

道すがら、多くの生徒たちと行き交った。

彼らは俺の姿を捉えると、一様に視線を逸らし、足早に離れていく。

それは、ここしばらく向けられていた侮蔑ともまた違うものだ。

……恐れ。

「すっかり化け物扱いね。気分はどう？」

藤原がつまらなさそうに聞いてくる。

「言うまでもなく最悪だよ」

わかってはいた。

同級生の女や超高位の魔人を従え、得体の知れない魔術を操ったかと思えば、人間の魂魄《こんぱく》を自在に抜き取り人体を再構成するような奴なんて、わけがわからないにも程がある。恐怖を覚えて当然だ。

しかも連中はそんなわけのわからない奴を、自らの手でここしばらく冷遇していたのだ。今となっては恐怖しか感じないだろう。

元々衆目の前で藤原を復活させたのは、全校生徒に俺を見直してもらおうという小賢《こざか》しい狙いがあったからなのだが……結果としては、完全に裏目に出てしまったようで、へこむ。

「起伏の少ない、穏やかな生活を送りたかっただけなんだけどなぁ」

つい愚痴ってしまう。

「俺は巻き込まれただけで、自発的に何かしたわけじゃないんだ。でも転がり落ちるように事態は望まぬ方へと進んでって……今やこの有様だ。最悪以外に表現の仕様がねぇ」

「人生なんてそんなものよ。もう平穏な未来なんて諦めなさい」

軽く言われる。

それは俺の価値観の全否定だ。

「ふざけんな。たしかに今は、ちょっと分不相応に注目されたり、評価されたり、恐れられたり、クソみたいな状況になってる。わかるよ。でも、そんなもんが永続するわけねーだろ？正しい評価じゃないいんだから。つまり今を頑張れば、今だけ頑張れば、今さえ乗り越えれば！……きっとまた日陰の人生に戻れるはずなんだよ。本来あるべき正しい人生にな。だから俺は、絶対に諦めない」

そう力説すると、愚か者を見る目を向けられた。

「呆れた。頭がおかしいの？」

「主観だけで語るなら他人なんてもれなく頭おかしいわ。だって脳みそが違うんだぞ」

「そういうことを言ってるわけじゃないんだけど」

「知ってる」

藤原《ふじわら》がため息を吐《つ》いた。

「だったら少しは意識を高くしなさいよ。助けてくれて見直してたのに、台無しだわ」

「悪かったな。でも人間ってそう簡単にゃ変わらねぇだろ？」

「……変わるわよ。簡単に」

拗《す》ねたような物言いに、憮然とした表情も相まって、どこか寂しさが感じられた。

急になんだ？

どう返したものか考えていると、視線を外された。

「あなただって、自覚できていないだけで随分と変わってしまったんだから」

全くそんなつもりはないのに断言されてしまう。

何が変わったというのだろうか？

わからない。少なくともこの学園で藤原と出会って以来、俺の内面に何か変化が起きたという覚えはないのだが。まあいいか。

「藤原は変わらないよな。出会った時からずーっと向上心むき出しでさ。そういう生き方って疲れねぇの？　もしかしてマグロやブリみたいに止まると死んじゃうタイプ？」

「馬鹿言わないで。私は、一刻も早く強くならなくちゃいけない理由があるだけよ」

「なにそれ」

「……取り戻したいモノがあって、そのために倒さなくちゃいけない奴がいる。でもそいつはとても強いから、今の私じゃ到底倒せない。だけど諦めることなんて絶対にできないから、無理をしてでも自分を鍛えなくちゃならないの。召喚試験で魔人を喚《よ》び出そうとしたのだって、それが理由よ。で、そうやってあがく私の姿が、あなたの目には、向上心があるように映ってるんじゃないの？」

「なるほどなぁ。ちなみにその取り戻したいモノってのは、そんなに大切なもんなの？」

藤原はすぐには答えなかった。

自分の中にある気持ちを確かめるように、そっと己の胸に手を当てる。

「……そうね。きっと、とても大切なんだと思う。でなけりゃここまで頑張らない」

「そっか。じゃあ仕方ねーな。正直俺には何言ってるのかさっぱりわかんねぇけど、頑張ってくれ。応援してる」

「言われなくても。あなたこそ頑張りなさいよ？　……死にたくないならね」

流れるように釘を刺されてしまう。

俺は思いっきりため息を吐《つ》いた。

「死ぬのは嫌だな。嫌だ。あぁくそ、だったらもう、やるしかねぇのか？」

「そーいうこと」

「畜生。今回の事件のせいで俺の人生設計滅茶苦茶だよ」

「人生設計？　そんな大層なものじゃなかったでしょ？　それに、芦屋《あしや》くんは今回の事件をマイナスにしか捉えてないみたいだけど、私はそうは思わないわ。だって一連の出来事を通じて私たちは少なからず成長できたんだし。例えば、ほら」

藤原《ふじわら》がピッと人差し指を立てた。

その先端に紅の炎が灯る。

もちろん藤原は魔導書なんか持っていないし、長ったらしい呪文も唱えていない。

「それって……」

驚く俺に、藤原が悪戯《いたずら》の成功した子供の様な笑顔を浮かべた。

「ご想像の通りだと思う」

藤原が指を振ると、炎が地面へ放たれ、石畳を焦がした。

「ソフィアと融合して、記憶を追体験したことで魔人の特殊スキルを扱えるようになったみたい。これは芦屋くんもよーく知ってる、無詠唱で魔術を発動する技術と、ソフィアが得意としていた爆炎の攻性魔術ね」

「転んでもただでは起きないな」

「当然でしょ。糧《かて》になるものはなんだって糧にしなくちゃいけないのよ」

さも当然とでもいうような藤原からは、たとえようのない強《した》かさが感じられた。

モチベーションが高すぎる。その貪欲な生き方は俺の理想からあまりにかけ離れていて真似をしたいとは思えないが、それでもここまで来れば純粋に尊敬できた。

「というか、この力はあなたの力でもあるんだけど」

「え？」

「なんで不思議そうな顔するのよ。あのね、私とあなたは運命共同体なのよ？」

藤原が己の額の刻印を指差しながら言った。

それは今の俺らでは決して解呪できない、あまりに強固な楔《くさび》だ。

「私の力はあなたの力。本当に不本意だけど、私はあなたのために戦う覚悟がある。私があなたを守ってあげる。だからあなたはその見返りに、私を強くする義務があるわけ。きっとあなたがその気になれば……私はソフィアよりも、『神様』よりも強くなれるから」

藤原《ふじわら》がぽすっと俺の肩を叩いた。

「だから、これからもよろしくね？　芦屋《あしや》くん……ううん、想太《そうた》」

「お、おう？」

いきなり名前を呼ばれたことに驚いて、はっきりしない反応になってしまった。

藤原が「んっ」と咳払いをした。

「あのね？　これからも私たちはパートナーとしてやっていかなくちゃならないのに、いつまでも苗字呼びだなんて、よそよそしいでしょ。私はね、信頼関係はこーいうところから築いていくものだと思ってるわけ。だから想太も、今から私のことを名前で呼ぶように。いい？」

ビシッと指を突き付けられる。

有無を言わせぬ態度であるが、もっともであるような気もする。それに断る理由もない。

少しの気恥ずかしさはあるかもしれないが、どうせすぐに慣れるだろう。

俺は頷いた。

「わかったよ。こっちこそよろしくな。あー……千影《ちかげ》」

言うと、千影が、笑った。

俺はなぜかその笑顔に懐かしさを感じてしまう。

ほんの一瞬だが、どこかで見た幼い少女の姿が、千影と重なる。

「な、なによ」

つい、見つめすぎてしまったからだろう。不思議そうな顔を向けられた。

俺は苦笑して「なんでもない」と返した。

「多分、気のせいだ」

「そう？」

千影が不思議そうに小首をかしげた。

結局のところ、今回の件に関しては大してなにも解決していないのかもしれない。

むしろ、わからないことや解決しなければならない問題は、より増えたようにさえ思う。

けれど、普段の俺からすればありえないことなのだが……千影と協力すれば、そういった問題もいずれは全部、解決できてしまうんじゃないかという予感がしていた。

馬鹿げているかもしれない。楽観的かもしれない。

まあ、でも……今くらいは、それでいいじゃないか。

あとがき

はじめまして。鶴城《かくじょう》東《あずま》です。

この度は「クラスメイトが使い魔になりまして」をお手に取っていただきありがとうございました。楽しんでいただけたでしょうか。読書中に一度でも笑えたというのであれば、それに勝る喜びはありません。楽しめなかった方はすみませんでした。もっと精進します……

さて。本作は恐れ多くも第十三回小学館ライトノベル大賞で二つの賞をいただき、世に出る運びとなった、現代チックな魔法学園を舞台としたラブコメです。登場人物は揃ってバンバン魔術を使いますが、その中でも特に召喚術にフォーカスを当てた物語といえるでしょう。

そう。特殊な技法を用いて、力のある存在を喚《よ》び出す、あの召喚術です。

皆さんは、召喚術に馴染みはありますか?

私はあります。

十数年前のことでした。

当時高校生だった私は、期末試験中に携帯電話を盛大に鳴らし（着うた。愛と欲望の日々）、試験監督によって生徒指導室へと連行され、そこで校長と教頭と学年主任と担任と親を召喚する羽目になったのです。私を遥かに上回る者を五体同時に喚び出す大規模魔術。これは強い。

あまりに強すぎます。某ＲＰＧだったら特殊合体でエグい悪魔が生まれるレベルです。

あの時の私は、間違いなくあの時代における、最強の召喚士の一人でした。

なお、身の丈に合わぬ強大な召喚術を行使した私は、上位存在らを制御できず、その代償に召喚デバイスである携帯電話を取り上げられ、召喚士としての力を封じられてしまいましたが。

最後に謝辞を。

まずは本作を共に作り上げてくださった担当さん。この作品を最高の形で出版できたのは、言うまでもありませんが、担当さんのご尽力あってのことです。ありがとうございました。これからもよろしくお願いします。編集部、出版社の方々にも心から感謝を。

イラストを担当してくださったなたーしゃ様。可愛くもあり、綺麗《きれい》でもある、素敵なイラストをありがとうございます。この本が画集と言われないように頑張ります。あとソフィアのおっぱいのデカさが最高です。キャラデザ頂いた時に、自然とにやけてしまいました。

選考委員の浅井《あさい》ラボ先生。先生からあのような講評をいただけたことが未だに信じられません。ありがとうございました。大学生の頃、「strange　strange」を読んだ際に受けた衝撃が忘れられず、ずっと目標としていました。今回応募して、本当によかったです。

最後にこの作品を読んでくださったみなさまに深い感謝を。

次巻もお付き合いいただければ幸いに存じます。

ガガガ文庫5月刊

学園者！ ～風紀委員と青春泥棒～

著／岡本《おかもと》タクヤ

イラスト／マグカップ

学園のトラブルシューター・風紀委員の高校二年生、椎名良士と、日本の学園生活を経験したことがない帰国子女の新入生・天野美咲。凸凹コンビが学園内で起こる事件に挑み、最高の青春を追い求める学園物語！

ISBN978-4-09-451790-3（ガお9-9）　定価：本体667円＋税

クラスメイトが使い魔になりまして

著／鶴城《かくじょう》 東《あずま》

イラスト／なたーしゃ

ある日突然クラスメイトが使い魔に？　口汚さしか取り柄のない魔術師見習いの高校生活は、最強の魔人と融合した彼女に振り回され続ける。クズご主人×意識高い系使い魔女子が紡ぐ、ファミリア・ラブコメ！

ISBN978-4-09-451791-0（ガか13-1）　定価：本体630円＋税

前略、殺し屋カフェで働くことになりました。2

著／竹内《たけうち》 佑《ゆう》

イラスト／イセ川《がわ》ヤスタカ

殺し屋の女の子たちが集まる喫茶店・エピタフで働くことになった迅太。彼はその喫茶店で交渉屋としての仕事を果たすようになっていた。そして、エピタフに新たな依頼人が訪れるのであった――。

ISBN978-4-09-451792-7（ガた3-6）　定価：本体611円＋税

デスペラード ブルースII

著／江波光則《えなみみつのり》

イラスト／霜月《しもつき》えいと

南雲蓮を陥れた長谷川黒曜。殺し屋・鏑木翔馬を退けた篦白夜。状況は刻一刻と変化し彼らの周囲には様々な人間が訪れる。そして白夜の近辺に這いよる、過去の残滓たち。街を追われた男たちの、反撃の狼煙があがる。

ISBN978-4-09-451793-4（ガえ1-10）　定価：本体611円＋税

ピンポンラバー3

著／谷山走太《たにやまそうた》

イラスト／みっつばー

全日本ユース強化合宿に参加した翔星は、幼馴染の千波晴海と再会。数年会わないあいだに晴海はとんでもない化け物へと成長を遂げていた。ひとつしかない中国遠征メンバーの座を懸けて二人は激突する！

ISBN978-4-09-451786-6（ガた8-3）　定価：本体593円＋税

ガガブックス

世界最強の魔王ですが誰も討伐しにきてくれないので、勇者育成機関に潜入することにしました。

著／両道《りょうどう》 渡《わたる》

イラスト／azu《アズ》タロウ

食う、ヤる、寝るだけの怠惰な生活を続けて五百年――。どれだけ待っても一向に倒しにやって来ない勇者にしびれを切らした魔王が、少年に化けて勇者育成機関に潜入！　世界最強の魔王が送る学園ライフ！

ISBN978-4-09-461121-2　定価：本体1,200円＋税

GAGAGA
ガガガ文庫

クラスメイトが使い魔になりまして

鶴城 東

発行　2019年5月22日　初版第1刷発行

発行人　立川義剛

編集人　星野博規

編集　田端聡司

発行所　株式会社小学館
〒101-8001 東京都千代田区一ツ橋2-3-1
[編集]03-3230-9343　[販売]03-5281-3556

カバー印刷　株式会社美松堂

印刷・製本　図書印刷株式会社

Printed in Japan　ISBN978-4-09-451791-0